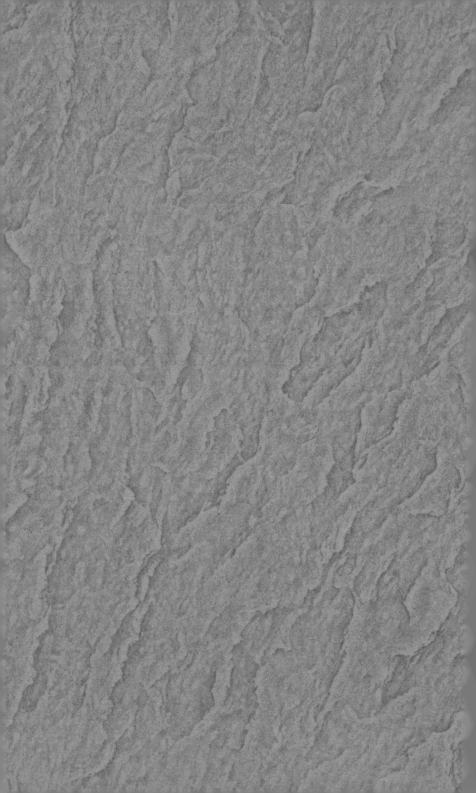

■■ 大西国宝藏

猴神

弦云 著

作家出版社

第十四章　山精宝体

时间紧迫，第二日，张献忠就禀明了郭友达，带着一帮人离开高家堡去寻五十年何首乌，临走之时，郭友达还假惺惺地带着张献忠拜了土地庙，并且将身边的十几个亲卫借给张献忠，说是帮忙。

有话则长，无话则短。且说张献忠领着一伙人，翻山越岭，专找那些人迹罕至之处，都是些悬崖密林，没有道路，荆棘丛生，崎岖难行，找了五日，一个个衣衫褴褛，伤痕累累，屁都没寻到，只得回到高家堡修养，被郭友达找着借口，狠狠责罚了一通。

第二次，又找了五日，只找到了几个三五年的何首乌，第三次，同样如此。

眼见得十五天已经过去，还有五天就到了期限，张献忠急得满嘴火泡，焦头烂额。

这半个月，真是无比的煎熬，看着崇山峻岭，看着满目的葱茂林木，张献忠真恨不得自己是神仙，修成一双火眼金睛，抬眼就能看到那东西！

"大哥，还有五天，我看是不可能了。不如，我们找个机会，跑了吧。"这一日，行进在群山之中，一个手下低声道。

"跑？没看见后面郭友达的那十几个亲卫跟着吗？说是帮我们，其实是监视，这帮人个个手里有鸟铳，往哪里跑？"

"那晚上把他们做了！"

"杀死这些人，更给了郭友达借口，到时候他禀明上头，各堡卫所齐齐出动，我们能有活路？"

"唉！左也是死，右也是死！"手下唉声叹气。

这个时候，张献忠竟然无比想念阴道士来，若是此人在身边，说不定能够帮助自己逃过此劫。

走了半日，翻下一座土坡，一抬头，却看见不远处群山连绵，一座高大山岭顶天而立，云雾缭绕。

"这是天台山吧？"张献忠道。

"嗯，真是天台山！"手下忙道。

天台山是神木县乃至陕西北部群山之中的一座高山，此山挺拔俊秀，北连数百里群山，南延五里是窟野河与黄河的交汇处，东面陡峭的山崖下是汹涌澎湃的黄河，西面滚滚的窟野河水由北向南擦山脚而过，树木蓊翳，气象万千。

"这山，看着不一般，说不定有我们要找的东西。"张献忠舔了舔嘴唇，将最后的希望，寄托在这天台山之中。

一帮人快马加鞭，进入了天台山，沿着崎岖山路，往深处行进。

刚开始，还能偶尔碰到几户山里人家，越往里走，越是人迹罕至，最后连路都没了。

荒山野岭，巨大树木遮天蔽日，蛇虫猛兽出没，让人胆战心惊。

眼见得太阳西斜，马上就要天黑，张献忠停下，看了看周围，前不着村后不着店，到处都是怪石，连个歇息的地方都没有。

深山之中本来就危机重重，若是找不到一个合适的地方扎营，那这一晚上可就难熬了。

"大哥，那边有个大宅子，好像是寺庙！"一个手下嗖嗖嗖爬上树，观望了一下，大叫道。

众人听了，欣喜万分，顾不得疲惫，纷纷站起来朝前走。

约莫走了半个时辰，穿过一个狭小的山谷，只见一条小路曲折盘旋通向山谷深处，两旁都是耕种的田地，山谷中间，有块凸起的平地，上面修建出一座寺庙来。

张献忠看了，不由得啧啧称奇。这地方，与世隔绝，简直如同桃花源一般，不但有个寺庙，竟然还在里头自给自足，真是优哉游哉。

一帮人沿着道路来到寺前，见匾额上写着"金刚禅寺"四个大字。寺庙不大，也就前后两进院子，年代久远，石阶上长满了青苔，一个小和尚在门口扫地，见到张献忠一帮人来，吓得掉头就往里跑。

时候不大，就听得里面传来脚步声，呼啦啦出来了一帮僧人。

大概有二三十个，有一多半都是须发皆白的老僧，但一个个身形矫健，双目闪烁，剩下的有些中年人，还有几个小和尚。

张献忠走上前去，抱拳施礼，说自己一帮人入山迷路，见天晚了，想借宿一晚。

为首的方丈看了张献忠一眼，点了点头，引众人进了寺院，给了房间，又命伙房赶紧生火做饭，做了一桌丰盛素斋。

虽然食物简朴，但一帮人吃得风卷残云。

"多谢大师！"吃完了饭，张献忠特意致谢。

"些许小事，不足挂齿。敢问壮士，从何处而来？"

"高家堡。"

"高家堡？"方丈眼神迷茫，似乎不知道是什么地方。

"高家堡距离此地也就百里左右，大师竟然不知道。"

"不知道。"方丈笑了笑，"不瞒壮士，这座寺庙地方偏僻，我等并不出去，所以对外面并不了解。"

"贵寺看起来，有些年头。"

"哦，乃是祖师在安史之乱时为了躲避战乱，在此修建，自那以后，便封闭山门，绝不出山。"方丈呵呵一笑，看了看张献忠，"敢问壮士，这外面大唐又是哪位圣人掌管天下呀？"

"大唐？"张献忠哭笑不得，"大师，唐朝早就亡了，后面的大宋、大元都亡了，现在是大明朝。"

"竟然……如此……"方丈露出惊愕之色。

"大师，你们真是自处一山，不问红尘之事了。这种生活，倒也让人羡慕。"张献忠呵呵一笑，"难道大师自幼就在这里？"

"贫僧生下来是山中弃儿，被师父捡来养大，不光是我，这些人都是。"方丈指了指寺里的和尚，"除此之外，我们从不与外界接触，故而不知外面的变化。"

"看大师精神矍铄，当然是得道高僧。"

"哪里是什么高僧，不过是个老朽罢了。贫僧今年一百二十一岁，倒也吃得下三碗饭。"方丈哈哈大笑。

"多少岁？一百二十一！"张献忠惊得目瞪口呆。

"然也。我还不是最大的，我的这位师兄，一百三十矣，超过百岁的，也有十人，往下的，那几个六七十岁，那三个年轻，四十多，最小的就那四个小的，十几岁。"

张献忠看了看这帮和尚，内心震颤，这十几个老僧，竟然都超过百岁，而且看上去丝毫没有老态龙钟，个个红光满面行走如风，说六十也有人信！

张献忠不由自主看了方丈一眼，山中绝世之人，并没有说谎。

可即便如此，一个寺庙里竟然有如此多长寿之人，也是件奇事！要知道在外面，普通人能活过七十，就已算是高寿了。

"壮士，你们来此地，为何呀？我见你们一个个提刀带枪，莫非是官军？"

"正是，"张献忠点了点头，"我等来此，那是找东西。"

"哦，找什么东西？"方丈十分好奇。

"何首乌，而且是五十年的何首乌！"张献忠微微直起身，"方丈在此栖身已久，想必对周围的环境很熟悉，还请慈悲我等，给指点一二。"

方丈捋了捋胡须："实不相瞒，我等对医药之类，并不熟悉。"

"难道寺里面没有医僧？"

"无有。"

"那你们平时生病了怎么办？"

方丈呵呵一笑："实话告诉壮士，我等好像还从来没有生过病。"

"怎么可能呢？"张献忠几乎跳起来。

"出家人不打诳语。"方丈双手合十。

张献忠像看着怪物一般看着方丈。

"此山谷周围，地势潮阴，树木茂盛，生长的东西倒是不少，何首乌应该有。"方丈对一个年轻和尚招了招手，"虚空，你可知道哪里有何首乌？"

叫虚空的和尚双手合十走过来："师父,我每日出去打柴挑水,倒是看到过几次生着何首乌的地方,就是不知道是不是壮士要找的东西。"

"那太好了,明日还请小师父带领我等去找。我等是为了救命!"

"那是自然。我佛慈悲,救人一命胜造七级浮屠。"方丈点了点头,"虚空,明日你便领壮士们去寻找。"

"谨遵师父法旨。"

一夜无话,第二日天刚亮,虚空和尚便来敲门,带着张献忠一帮人出了寺庙。

前一天众人来到寺庙,天色昏暗,没有看清,出了寺门,阳光普照,张献忠这才将周围的地势山貌看得清清楚楚,不由得赞叹这地方是个风水宝地。

三面环山,皆是起伏的高岭,尤其是背后的山,乃是天台山的主峰,俊秀无比,一道瀑布从上方冲下来,裹挟着林间的小小溪流,最终汇聚成一条小河,曲曲弯弯,从寺前经过。山上植物茂盛,古木参天,藤蔓疯长,空气清新无比。

虚空领着众人,走入深山。山里没有路,众人穿过倒伏的树木,爬上陡峭的山岩,自然艰辛无比。

中途,虚空会停下来,指点出生长有何首乌之地。都是些十分隐蔽的石下、树中,郁郁葱葱,张献忠等人狂喜,但紧接着就是一次次的失望。

这里找到的何首乌,固然比外面的要大得多,但没有一个有超过五十年,最好的一个,也只有个一二十年。若是寻常,也算是不多见,但相比于名医的要求,那就差远了。

折腾了整整一天,累得死狗一般,空手而归。

当天晚上,吃着斋饭,张献忠唉声叹气。

"壮士休要如此，明日再让虚空带你们去寻，一日找不到，那便再找一日，慢慢找。我佛慈悲，定会护佑尔等。"方丈连连宽慰。

张献忠苦笑，就剩下几天了，找不到脑袋都要搬家！

吃完了斋饭，手下们都去睡觉了，张献忠心中焦躁，如何睡得着？索性爬起来，披着衣裳，走出寺门，四下闲逛散心。

刚走出不久，见虚空挑着两个大木桶，摇摇晃晃而来。

"虚空师父，这么晚了，你干什么？"张献忠忙问道。

虚空放下扁担，合十行礼："原来是张壮士。寺里的用水，都是我负责，今日带你们找何首乌，水没挑，所以得补上，要不然明日无水可用。"

"寺里面难道没有井吗？"

"哈哈哈，寺外就有河，打井岂不是多此一举。"虚空指了指外面潺潺流淌的小河，"这河水清澈甘甜，可比井水强上万倍！"

"平日寺里的用水，都从河里来吗？"

"嗯。自然是。"

"虚空师父，有个问题，不知道该不该问。"

"张壮士客气，尽管说。"

"我观寺中各位师父个个身体矍铄，而且百岁之人如此之多，真是罕见，难道你们有什么特别的养生之道吗？"

"养生之道？"虚空挠了挠脑袋，想了一会儿，"倒是没有什么呀，我们该吃饭的时候吃饭，该睡觉的时候睡觉，该念经的时候念经，应该和寻常人没什么不同吧。"

"那为何都如此长寿健康？"

"这个……那可能是佛祖庇护。"虚空笑道。

"哦，可能是。打扰你了。"

"不打扰。"虚空笑着继续做事。

看着虚空的身影，张献忠直摇头，佛祖庇护，不太可能吧！外面虔诚向佛的和尚多了，也没见一个寺里面有这么多长寿的。

张献忠一边想一边往前走，顺着小河一路向上，也不知道走了多久，有些累了，在河边找了个凸起的大石，躺在上面，看着灿烂的星斗，微微发呆。

想着自己这一生，历经坎坷，好不容易在高家堡混得风生水起，却突然遇到这么一档子事，眼见得要人头落地了。

"难道我真的是命犯白虎最终要死于非命？"张献忠身形暗淡，突然听到旁边生出咯咯的一声笑。

这三更半夜的，偏僻山岭，突然传过来的这一声笑，可把张献忠吓了一跳，他急忙从石头上跳下，躲在石头后面，手摸向腰中钢刀。

月华皎洁，照得周围的山林明亮可爱，周围的林莽涌动着雾气，小河的水潺潺流淌，俨然一副月下美景。

就在张献忠前方几十米的地方，河滩之上，站着个小孩。

显然是刚刚从林子里跑出来的，张献忠刚到这里时并没有看到过。

这孩子，看起来有七八岁，虎头虎脑，十分可爱。

山中夜里有些冷，这小孩却只穿了件薄薄的红肚兜，除此之外，全身赤裸，光着脚，在河滩上蹦蹦跳跳，然后扑通一声跳进河里，在里头游来游去，玩起水来。

张献忠松了一口气，原来是山里人家的孩子。

他靠在石头上，看着那孩子玩水，心情柔软。

山中和睦，没有外面的烽火连天、兵荒马乱，若是人间都是如此，该有多好。

这么胡思乱想，约莫过了一炷香的时间，孩子看来是玩够了，从河里面呼啦啦出来，站在河边，冲着河水撒了一泡尿，然后蹦蹦跳跳走进了林子里。

"孩子都回去了，我也该回去了。"张献忠呵呵一笑，转身回寺。

兜兜转转，走了半个时辰才到寺门，却见虚空站在门口，一副心急火燎的样子，见到张献忠，急忙走了过来。

"哎呀，张壮士你总算是回来了。"

"怎么了？"

"你也太胆大了！这山里，猛兽众多，山上有虎，水中有蟒，你孤身一人，若是遇上了定然凶多吉少！以后万莫如此！"虚空有些埋怨。

"哈哈哈，虚空师父，你也太小心了，山里的孩子都能出来玩水，我一个大男人，怕什么？"

"山里的孩子？张壮士，你别逗我开心了。"虚空连连摇头。

"我可没逗你，刚才我在河边就看到了个孩子。那么小的孩子都没危险，我怕什么？"

虚空睁着眼睛看着张献忠："张壮士，别胡扯了，这山谷之中，方圆几十里，就我们一个寺庙，连个猎户人家都没有，哪来的孩子？"

闻听此言，张献忠头发吱啦啦竖了起来：若是如此，那自己方才看到的，是什么？

"虚空师父，出家人不打诳语！这周围果真没有山里人家的孩子？"

"张壮士，我怎么会骗你呢，莫说孩子了，一户人家都没有！"

"那我方才怎么看到了个孩子！"

"你莫非眼花了不成？"

"不可能！穿着个红肚兜，光着屁股，光着脚，在河里玩水呢，还撒了一泡尿！"

虚空目瞪口呆："张壮士，你定然是撞到了孽障。"

张献忠嘴角抽搐。

是了！古老深山，人迹罕至之处，常有一些蹊跷的山妖山怪！一定是碰到了这样的东西！

"赶紧回去！"张献忠扯着虚空，一溜烟回到了寺庙。

到了自己房间，躺倒在床铺之上，张献忠一颗心扑通扑通直跳，好险呀，差点儿就回不来了。

不过，等平静下来之后，张献忠觉得不对劲。

山妖山怪，自己也曾经听说书的说过，一个个都是面目狰狞、龇牙咧嘴的，可那个小孩，无比的可爱，怎么看怎么也不像是妖怪！

张献忠是个心思缜密的人，很快就琢磨上了——这寺庙，原本就有些蹊跷，寺里的众僧，岁数超过百岁的，竟然有十多位，这也太反常。出现这种情况，无怪乎两种解释，其一，他们有特殊的修行养生之法，这个可以排除，虚空不会说谎。其二，那就是有什么奇遇。

阴道士之前对自己提过，蹊跷之地定然有蹊跷之物，寺里僧人长寿，定然是因为这个！

他们平日里无非就是吃饭睡觉干活念经，没什么不同，吃的东西张献忠也看过，无非是河流两边种出来的粮食和瓜果，喝的也是河水……

难道是因为吃喝之物？

对呀，那孩子就在河中玩水，还撒了一泡尿，若是……

张献忠越想越激动，辗转反侧，一直到天亮。

第二天一早，虚空又来叫大家。众人跟着他，又找了一天，还是空手而归。

晚上吃完饭各自歇息，张献忠假装睡觉，待众人都睡着了，自己偷偷溜出来，直奔昨晚那地方而去。

还没走近那块石头，就听到玩水的声响。伸出头，发现昨晚的那孩子刚从河里面爬上来，乐呵呵地站在石头上痛痛快快往水里撒了一泡尿，然后一蹦一跳走进了树林。

果然！这孩子，每夜都在这里玩水，每夜都在这里撒尿！周围没有人家，这孩子定然不是人类的孩童！那就只有一个解释了——这东西，定然是天地造化的异宝所化，正因为它每夜都在这里玩水、撒尿，才将那无比的灵气带入河水之内，寺中和尚吃了河水滋养的食物、喝了河水，才会那么长寿，百病不生！

看来，真的让自己碰上了！

张献忠按捺住内心的激动，悄悄回了寺。

翌日，照常寻找何首乌，又是空手而归。

眼见得马上到了期限，一帮手下都是垂头丧气，做好了被砍头的准备。只有张献忠低着脑袋，一声不吭。

晚上，趁着夜深人静，张献忠早早到了那块巨石跟前，耐心等待。

等了一会儿，红肚兜的孩子又来了，照常是玩水，玩够了爬出来，撒了一泡尿，蹦蹦跳跳走向树林。

张献忠屏声静气，悄悄跟着。

那孩童并没有发现身后有人跟踪，一边咯咯笑，一边在密林中穿行。

张献忠死死跟在后面，倒要看他去哪里。

走了也不知道多久，来到一处绝壁之下！

山崖如同斧劈一般，险峻无比。挨着山崖，长着一棵无比高大的古木，估计要七八个人才能合抱，上面粗粗的藤蔓缠绕，长满绿苔。

这棵大树，不知道有多少年月了，全身散发出苍茫气息。

小孩来到树下，蹦到一根树杈上，晃荡着两条腿，对着月亮，咯咯笑着，张着嘴，一呼一吸，随着他的动作，古树发出哗哗的响声，树叶晃荡，周围的浓密雾气、水气、月华之气向着他的小嘴，蜂拥而去！

类似的情形，张献忠可是看到过！

果然不出所料！

张献忠内心一动，手伸进脖颈，扯断红绳，大手一挥，将落宝金钱抛出！

嗡！

落宝金钱飞出手，化为一道紫光，射向那大树，在小孩头顶停住，随即散发出耀眼的光华，将小孩罩住！

那孩子听到嗡鸣之声，吓了一跳，跳下树杈就想逃，可哪里躲得过落宝金钱。

金光映照之下，孩子面孔发出无比惊恐之色，四处乱撞，但无法撞开那包裹的紫色光芒。

"好个异宝！"张献忠吃了一惊，落宝金钱之下，若是一般的异宝，顿时就会现出本体原形，若是再高一些的异宝，便是不现出本体，也会动弹不得，可这小孩不但毫发无伤，还能四处乱撞，难道不是异宝而是个妖怪？

张献忠内心忐忑，现出身形，朝着小孩缓缓走过去。

那孩子很快看到了张献忠，越发慌张，待张献忠走到跟前，知道自己逃脱不了，扑通一声双膝跪倒，双目含泪，对着张献忠只顾磕头，似乎是在求饶。

张献忠来到跟前，仔细看了看小孩，顿生不忍之心。

他生下来母亲就难产，很小的时候就被父亲送给舅舅替人干活，后来又把父亲射死了，从来就没有享受过父母亲情之爱，如今看着这么个可爱的孩子，一时之间竟然不知道该干什么。

孩童只顾磕头，眼泪汪汪。

"你是妖怪？"张献忠问。

孩童直摇头，一边磕头，一边指着头顶嗡嗡直响的落宝金钱。

"你让我放了你？"

孩童拼命点头。

"你要是个妖怪，我放了你，岂不是会遭你毒手？"

孩子依然摇头。

"你一直在这山里，对吧？"

孩子点头。

"那定然是对此山熟悉万分了。我问你，你知道哪里有五十年的何首乌吗？"张献忠问道。

孩子急忙点头。

张献忠大喜："我可以放过你，但你必须带我找到五十年的何首乌，如何？"

孩子郑重点头，模样可爱。

张献忠想了想，叹了口气，挥了挥袖子，落宝金钱乖乖回到手中。

紫色光罩消失的瞬间，就见那孩童双脚一跺，嗖的一声，化为一道流光朝空中飞去。

"说话不算话！我放了你，你竟然想逃！"张献忠气得够呛，顾不得许多，紧跑几步，大手挥动，落宝金钱嗡的一声，化为一道流光，狠狠射向孩子那道身影。

就听得噗、啪两声闷响传来！

噗，是落宝金钱准确无误地射中了那孩子，随着这一声闷响，那孩童从空中掉了下来！

啪，是张献忠走得太快，没看到脚下，踩到了一根枯枝，仰面朝天摔倒！

"奶奶的！"身体摔倒的瞬间，张献忠破口大骂。

就在此时，那孩童已经从空中迎面落下！

张献忠就觉得红光闪烁，眼睛都睁不开，然后自己嘴巴一紧，似乎有什么东西落入了自己的嘴里，接着哧溜一声钻进了肚中，然后只觉得身体之内，轰的一声闷响，脑袋嗡鸣，全身仿佛掉进了火焰之中，一股灼热无比的气息将自己包围！

再接下来，张献忠就昏了过去。

昏厥之前，张献忠内心涌出一句话：我把那个妖怪，吃了。

等再次醒来，已是天明。

张献忠发现自己躺在一块青石上，旁边站着一帮手下。

"百户，你可算是醒了！真是急煞我等！"手下见张献忠醒了，皆是大喜。

张献忠头晕眼花，坐起来，见虚空站在面前。

"昨晚得禀，说是张壮士不见了踪影，我等甚是担心，便四处寻找，都以为张壮士被山妖吃了去，想不到竟然在此处发现你，我佛慈悲，张壮士无恙，那便好了。"

"我为何躺在这里？"张献忠揉着涨痛的太阳穴。

"我们还得问你呢。百户，三更半夜，你怎么跑到这里？"

"我……找何首乌而已。"张献忠道。

"那一定是找到了吧！"虚空面带喜色转身指了指，"年岁那么大的何首乌，我是从来没有看到过!"

张献忠看着远处的那棵参天古树，有些纳闷："什么何首乌?"

"张壮士不知，我们发现你时，你躺倒在那棵古树旁昏迷不醒，就在那古树下，生长着一棵绝代的何首乌!"虚空大声道。

"是了! 百户，那何首乌攀着古树生长，枝茎足有水桶粗细! 这么大的何首乌，真是稀罕了! 绝对有五十年!"手下忙道。

虚空连连摇头："远远不止! 二三十年的何首乌，枝茎不过手腕粗细，我看树下那何首乌，年岁太久，起码也有千八百年!"

"千年何首乌?!"便是张献忠，也是吃惊非小。

医书上记载的何首乌，最多也只不过是三百年，年岁再久的何首乌，便从来没有人遇见过了，千年的何首乌……

张献忠头脑有些乱了。

"百户，那何首乌，你放什么地方了?"手下又问。

"何意?"

"我们发现你的时候，那何首乌生长的地面，赫然一个大坑，向来定然是你挖了。东西呢?"

一帮人都以为张献忠找到了，十分欢喜，期待地看着他。

"没有，我没发现什么何首乌，"张献忠摊了摊手，本想说出昨晚之事，又觉得不妥，改口道，"我昨晚来到树下，摔了一跤，便什么都不知道了。"

这时，郭友达派出的那十几个亲卫中的一个，立刻不乐意了："张百户，你这话便甚是没道理! 何首乌就长在那里，大家都看到了，有何首乌的地方，也被人挖出了一个大坑，你就躺在旁边，若不是你，还能有谁?"

"我真没有看到什么何首乌，"张献忠摇着头，"至于那大坑怎么回事，我如何知道?"

这时候，一帮手下也议论纷纷："是了，百户不会骗我们，人命关天的，他没有必要自己把何首乌藏起来。"

"可千辛万苦才找到，没了我们如何交差!"

张献忠挣扎着站起来，觉得身体轻软，好像没有重量一般，摇摇晃晃走到树下，果然情形如同众人所说。

看着那大坑，张献忠内心颤抖——我曾经听阴道士说过，天地间的异宝分为天地人三种，人参之类的东西，若是年头久了，便是地宝，若是再遇到什么造化，也可以成为天宝。方才听虚空说这个何首乌足有千年左右，那岂不是……

一想到昨晚的那个场景，张献忠恍然大悟——那个孩童，定然是这何首乌所化! 千年何首乌，已经修行得道，但抵挡不了落宝金钱的威力，先是被困住，然后逃跑时挨了一下，当空跌落，恰巧我仰面朝天跌倒，落入我的口中，被我吞了!

张献忠心中波涛汹涌，暗道了一声苦也! 好不容易找到这么一个合适的，竟然进了自己肚子，明日便到了期限，找不到，岂不是一帮人都要脑袋搬家!

正唉声叹气呢，猛然一抬头，忽然间远处山峰林莽之中，隐隐约约闪烁着几个光团。

这几个光团，大小不一，明明暗暗，有的发着白光，有的发着青光。

"那是什么东西?"张献忠指着最近的一个青色光团道。

手底下一帮人顺着他手指的方向看了看，都十分纳闷："百户，不过是些树木山石罢了，怎么了?"

"你们难道没有看到光团?"

"哪有什么光？"

张献忠吸了一口凉气，怎么回事，难道自己的眼睛出毛病了？

不过，很快张献忠明白了过来！

这事儿，阴老道同样跟他说过，有异宝存在的地方，就会有宝气宝光，异宝的级别不同，颜色也不同，颜色越深，代表等级越高！

宝光宝气，一般人看不到，只有憋宝人才能看到。而憋宝人之所以能看到，一个是因为他们受过特殊的训练，第二个，就是有些人会因为一些奇遇，比如吞吃了异宝，有了"宝体"，便能与异宝产生联系。

难道，我也有了"宝体"？那是一定了，昨晚我可是吞了一个千年的何首乌。

张献忠内心大定，冲着一帮手下挥了挥手："尔等且随我来！"

一帮人不知道他葫芦里卖的什么药，跟着他，朝山林中走去。

张献忠奔着那光团，大步流星，走了约莫一炷香的时间，看到瀑布之下，深潭之侧，有个巨大的凸起的石峰，石峰的缝隙之中，生出一片苍翠！

那青色光团，便在那苍翠之中。

张献忠走到跟前，大喜："虚空师父，你看，这是不是何首乌？"

虚空走到石头旁边，拍了一下手："真是了！挺有年岁，我觉得起码也有四五十年！"

"太好了！真是佛祖庇佑！"一帮人欢天喜地，望空跪拜之后，纷纷抄起家伙，小心翼翼地开始挖掘。

忙活了约莫半个时辰，掘开何首乌密密麻麻的根系，最后，一个碗口大小的何首乌块茎浮现在眼前。

"便是此物了！恭喜张壮士，这应该有个五十年。"虚空笑道。

张献忠十分欢喜，亲自将那何首乌块茎挖出来，用枝叶包了，脱下衣服裹起。

"这下，总算是能回去交差了！"张献忠哈哈大笑。

一帮人兴高采烈回到了寺庙，对寺里的僧众感激无比，寒暄了半天，才恋恋不舍地告别。

原路返回，出了天台山，快马加鞭，终于赶到天黑之前进入了高家堡。

高家堡中，郭友达等人早等得不耐烦了，见张献忠等人衣衫褴褛回来，郭友达一声令下，要将张献忠绑了。

"为何绑我？"张献忠大叫。

"不知死活的鬼！今日期限已到，你两手空空，竟敢回来。左右，给我推出去砍了！"

张献忠大喝一声："救王总兵的何首乌就在我背上，谁敢动！"

这时，从里头走出一人，喝住了兵卒。

这人张献忠认识，叫陈洪范，是王威的手下，身为副总兵。

"此人带回了何首乌，为何要杀？"陈洪范白了郭友达一眼，对张献忠道，"既然找到了，那就赶紧进来。"

张献忠跟着陈洪范进了内室，见王威躺在床上，形容枯槁，气息虚弱。

"大夫，你看这何首乌，行吗？"张献忠解下包裹，递给了名医。

名医层层揭开，看了看里头的那何首乌，点了点头，又摇了摇头。

屋里一帮人都不知道名医到底何意。

名医看着满脸憔悴的张献忠，道："真是辛苦百户了，短短十五日之内能找到这东西，已经是天大的造化！"

"大夫，你的意思是说，王总兵有救了？"

名医捋了捋胡须："我要的是五十年的新鲜何首乌，这棵何首乌，极为难得，但还差了十年。"

"还差十年？"张献忠差点没晕过去。

"那王总兵岂不是……"陈洪范有些慌了。

"陈总兵莫要惊慌。王总兵的顽疾，非得五十年的新鲜何首乌入药才能痊愈，但这四十年的，虽然不能痊愈，但起码能让他再活个二十年，"名医咳嗽了一声，"说实话，原本我根本就没有抱什么希望，这么短的时间能找到五十年的何首乌，根本不可能。但张百户竟然能找到一个四十年的，只能说上天有好生之德，让王总兵多活二十年。"

287

"既然如此，还有劳名医了。"陈洪范点了点头。

一帮人退出内室，郭友达脸色一沉："来人，把张献忠推出去砍了！这厮，当初跟你说的是五十年的何首乌，少一年也不行！"

两旁亲卫走过来架起张献忠就往外走。

"住手！"陈洪范站起身，"名医刚才的话，你们也都听到了，能找到四十年的，已经是侥幸，若不是张百户，王总兵哪有二十年可以活？此事，等王总兵醒来，听他发落。"

陈洪范发话，郭友达也不敢违抗，只得让人把张献忠押入牢房。

张献忠在牢里待了五天后，被提出来，带到了大帐。

一进来，发现王威坐在上首，虽然脸色还有些蜡黄，但精神似乎不错，和陈洪范小声说着话。

"你就是那张献忠？"王威看了张献忠一眼。

"禀总兵，正是小的。小的无能，只找到了四十年的……"

哈哈哈哈。王威呵呵一笑："我这老毛病，此次发作，原本以为凶多吉少，能多活二十年，已经心满意足了，你，很不错……"

说完，王威站起来，正要奖赏张献忠，郭友达站了出来。

"禀总兵，下官有事要禀告！"

"何事？"

郭友达走到王威旁边，嘀嘀咕咕了一番。

啪！王威一巴掌，将面前桌子拍得粉碎："张献忠，你这厮！"

张献忠完全蒙了，直勾勾地看着王威。

郭友达冷笑了两声："张献忠，王总兵对我等恩泽深重，他病重，我等便是粉身碎骨，也无怨言！这些日子，谁个不为总兵的病忧虑重重？你带人去找药，分明发现了一个千年何首乌，居然私自藏匿，找了一个四十年的来糊弄事！你这分明就是居心不良！"

看着郭友达身边的那些亲卫，张献忠算是明白了。

"张献忠，可有此事？"王威暴怒。

"禀总兵，的确是发现了一个千年何首乌，但小的当时昏厥在地，等他们到了我才醒来，醒来后就发现那何首乌已不见了踪影！并非小的藏匿，这个四十年的，还是佛祖保佑，让我们找到的！"

"大人！此人居心叵测，分明是他藏匿了！"郭友达落井下石。

“给我推出去，砍了！”王威大声喝道。

“且慢！”陈洪范忙站起来，对王威道，“总兵，此事不能光听一家之言，既然在场的还有其他人，再调查一番也不迟。”

看在陈洪范的面子上，王威冷哼了一声。

陈洪范将张献忠的一帮手下叫过来，仔细问了一遍，又派人去搜了他们的房间，没有找到所谓的千年何首乌，这才对王威施礼道：“总兵，看来张献忠并没有说谎，若真有那千年的何首乌，此乃大功一件，他怎敢私自藏匿？”

郭友达见状，忙道：“总兵，即便不是他私自藏匿，但因为他的过失，让千年何首乌不翼而飞，也是大罪！”

“言之有理！”王威想到自己原本可以痊愈转眼就变成了只能多活二十年，也是愤怒，大声道，“死罪可饶，活罪难免，来人，给我推出去，重打一百军棍！”

帐下军士，如狼似虎，将张献忠推出去，噼里啪啦可就开了打！

陈洪范神情黯然，郭友达呵呵冷笑。

虽然王威说死罪可饶，但当兵的谁都知道，一百军棍下去，没几个人能活着扛下来！

或许是因为千年何首乌护体，张献忠挨了一百军棍，虽然数次昏厥，打得皮开肉绽，但还是活了下来，让整个高家堡的人都为之惊讶。

王威等人在高家堡又待了些日子，随后就离开了。

离开之时，陈洪范单独来见了张献忠一面。

张献忠趴在床上，要挣扎下来行礼，被陈洪范拦住。

“我有些话，要对你讲，”陈洪范呵呵一笑，“你或许很纳闷我为何要几次三番救你，呵呵，说实话，张献忠，我观你面相，非是常人能比，故而才会出手相助。我能保你一时，保不了你一世，那郭友达已经将你看成眼中钉、肉中刺，你若在高家堡，定然会死于他手，不如你跟我走，当我的亲兵，如何？"

张献忠抱了抱拳："陈总兵的救命之恩，献忠没齿不忘。你能看得起小的，小的原本应该死命相报。但小的乃是犯人之身，不敢连累大人，还望大人珍重！"

陈洪范见张献忠主意已定，不好多说，长叹一声离去。

"百户，为何不跟他走？"一帮手下急道。

张献忠冷冷一笑："经此一事，我看得清清楚楚，大明的天下，烂透了！眼下时局动荡，九州已乱，我等七尺男儿，怎能做别人的马前卒？"

"百户，你的意思是？"

"有仇不报非君子！"张献忠冷哼了一声。

几日后的一天晚上，张献忠带着一帮人，潜入郭友达的房间，将其大卸八块，然后离开高家堡，消失得无影无踪。

大明崇祯三年（1630），陕人王嘉胤扯起大旗造反，整个陕西群起响应，在这些英雄里，就有在米脂揭竿而起的张献忠！

他带领着一支人马，投奔到王嘉胤的旗下，自称八大王，很快成长为力量最强、最勇猛的一支军队，开启了他叱咤风云的辉煌人生！

呼啸向前的火车上，李黑眼讲完了张献忠最后一个传说。

"这是张献忠的最后一个传奇，名之为'山精宝体。'"李黑眼点了一根烟，"张献忠三次奇遇，先人占了龙脉，又得了落宝金钱，有了山精宝体，自此拉起了反抗明朝的起义队伍。他为人勇猛善战，心思缜密，最主要的，是因为他能看到宝气，又有落宝金钱，所以所到之处，任何的藏宝都逃不出他的手掌，故而要人有人要钱有钱，势力如同滚雪球一般壮大，纵横大半个中国，最后攻入四川，建国称帝！可惜，最终还是身死国灭，只留下了那个神秘宝藏的传闻。"

车厢里的一帮人，一个个低头不语。

这些天，听完了李黑眼的讲述，原本那个模糊的张献忠，一下子在众人心中变得有血有肉，令人佩服。

"想来，若不是这些奇遇，张献忠如何建立起那么大的功业。有道是生当为人杰，死亦为鬼雄，即便是身死国灭，也不冤枉了一生！"尤其是小臭，更是感慨不已，便是回到自己的床铺，躺下来，也是辗转反侧，心驰神往。

这么一夜未睡，到天明时分，小臭忽然发起高烧来，烧得晕头转向，直说胡话。

多亏了宝儿，见小臭昏了，急得吱吱乱叫，吭吭敲韩麻子隔间的房门，叫来了哥儿俩。

这下可忙坏了蛤蟆头和韩麻子。车上没有大夫，连药都没有，哥儿俩只能轮流伺候着，端来冷水，给他擦洗降温。

李黑眼、溥五爷都过来看过好几回，连连摇头。

"昨天不还好好的吗？"当天下午，李黑眼端来一碗热粥，坐在床边。

"可不是嘛。一晚上就烧起来了，中途还昏了两次！这可如何是好！"韩麻子叫道。

李黑眼看着小臭，皱起眉头："我怎么感觉小臭这烧，来得蹊跷呢？"

第十五章　一路向西

　　火车奔腾向西，小臭却突然高烧不退，令众人急得如同热锅上的蚂蚁。

　　"小臭那晚离开时还好好的，车厢封闭，又不会着凉，怎么会突然就发烧，而且还这么厉害？"李黑眼摸了一下小臭的额头，"这都能烫熟鸡蛋了！"

　　"谁说不是呢！我和小臭认识这么多年，也没见他得过病！"韩麻子接过李黑眼手中的热粥，把小臭扶起来，想喂他喝点。

　　哪想到小臭牙关紧闭，根本一口都喝不下。

　　李黑眼仔细瞅了瞅，道："你们不觉得这才只过一天，小臭就脱了形了吗？"

　　所谓的脱形，就是人的容貌起了大变化。

　　小臭一向消瘦，这么一折腾，脸上原本就不多的肉几乎全没了，皮包骨头，头发鸡窝一般，双唇开裂，面色死灰，没有一点血色，连喘息都若有若无。

　　"这么下去，不行！"蛤蟆头摁灭烟头，对李黑眼道，"得赶紧找医生!"

"车上哪来的医生?"韩麻子抹着眼泪,"要有,我早找了!"

"车上没有,那就下车!"蛤蟆头一向有主意,"不能再耽搁了!否则会出大麻烦!"

"李掌柜,你觉得呢?"韩麻子看着李黑眼。

李黑眼点了点头:"蛤蟆头言之有理,不能再这么熬着了。对了,你们同行的那个魏道长,怎么说?"

"他?他来过两回,也看了,说小臭怕是感染了风寒,休息两天就没事,给吃了一枚丹药。"韩麻子道。

蛤蟆头白了一眼:"他说风寒就风寒呀!不过是个江湖道士,吃了丹药,我看一点儿改善都没有,必须得下车,找医生。"

蛤蟆头点头,对李黑眼道:"李掌柜,下一站,我们兄弟就下车,你和溥五爷该忙什么忙什么去。"

李黑眼摆了摆手:"麻子,你这么说,就见外了!我虽然和你们相识的时间并不长,但也算是一见如故。大家既然是朋友,出门在外遇到难事,怎么可能袖手旁观!这样,今天晚上就到西安,我和溥胖子跟你们一起下车。你们第一次出门,人生地不熟,西安我有些朋友,能够帮着打点。"

"李掌柜,那就太谢谢了!"

"都说不要这么客气了。你们赶紧收拾收拾。我去通知溥胖子。"李黑眼说完,出去了。

他出去没多久,魏老道进来,摸了摸小臭额头,又翻开小臭眼皮看了看:"不要着急,过两天准好,把这个丹丸给他喂下去。"

"喂个屁呀!"蛤蟆头一巴掌把那颗黑色丹丸打落,"都烧成这个样儿,还吃你那大力丸呀?晚上就下车!"

"下车?"魏老道老脸一沉,"下车干什么?"

"当然去医院了!再这么下去,我三弟就要吹灯拔蜡了!"蛤蟆头对魏老道一点儿都不客气,"我们已经和李掌柜说好了。"

"这不耽误时间吗?"魏老道有些着急,"不过是区区发烧,贫道跟你们说了,吃了丹丸,两天后就会没事!下一站下车,谁知道会耽误多久,如今最缺的就是时间,去晚了,四川那边……"

"你眼里自然是宝藏重要,可我们兄弟眼里,就是十个宝藏,也换不回小臭一条命!别废话了!"蛤蟆头当场和魏老道发起了火。

"道长,我们决定了,下一站就下车。"韩麻子也是态度强硬。

见兄弟二人如此,魏老道叹了一口气:"二位,你们眼里,贫道像是不顾小臭生死的人吗?他对你们来说很重要,对我来说,同样重要!贫道一生行走江湖,什么病没见过?他这病,去医院也没有……"

说到这里,魏老道摇摇头:"也罢,既然你们主意已定,那就西安下车,不过这丹丸,你得给他服下。我这丹丸,可不是一般的东西!"

魏老道掏出一个玉瓶,递给韩麻子:"一日五次,一次一颗,千万别忘了。"

"好。"韩麻子接过来。

魏老道看了看二人,又看了看小臭,出去了。

韩麻子扶起小臭,往嘴里塞了一颗药丸,泪光闪闪:"小臭,你可要挺住呀!"

当天晚上,火车在西安停靠,韩麻子等人背着小臭下了车,出了车站,李黑眼打了个电话,时候不大,几辆轿车出现在车站门口。

众人上了车，在西安城兜兜转转，停在了一家医院的门口。

"这医院靠谱吗?"下了车，蛤蟆头问。

这家医院，规模倒是不小，三更半夜的，静寂无声。

"放心吧，这是西安最好的医院了，德国人办的。院长和我是好朋友。"李黑眼点了点头。

进了医院，早有医生、护士等候多时，将小臭推了进去，一个金发碧眼的外国人将众人挡在了外面。

"早跟你们说了，小臭没事，你们多此一举。"韩麻子和蛤蟆头着急万分，魏老道却是气定神闲。

等了约莫一个小时，外国医生走了出来，和李黑眼嘀嘀咕咕说了半天。

"怎么样?"等他们结束了对话，蛤蟆头忙凑过去。

李黑眼皱着眉头:"奇了怪了，赫尔曼说从来没有碰到过这种情况，做了一些检查，小臭没什么毛病。"

"可为什么会发高烧呀?"

"赫尔曼也不知道。他先前可是德国最好的医生了，他都看不出来，这就蹊跷了。"李黑眼道。

"那怎么办!?"

"赫尔曼说可能是什么感染，我也听不懂。"李黑眼抽了一根烟，"他说先安排住院，观察观察再说。"

"我去交钱去。"韩麻子道。

"这种事，交给我吧。你们陪着小臭。"李黑眼摆了摆手。

小臭被安排进了规格极高的病房，李黑眼又在对面的旅馆订下了几个房间，去休息了。

夜里，韩麻子和蛤蟆头轮流照顾，叫赫尔曼的医生，很是尽责，来过很多次，拿着针管给小臭打了几针，又吊了水，忙活了整整一晚。连宝儿，也是守着小臭，不离半步，不吃不喝，吱吱乱叫。

第二天早晨，韩麻子摸了摸小臭额头，依然滚烫无比，眼见得小臭气若游丝，眼窝深陷，奄奄一息。

"洋医生看来不靠谱！大哥，要不我们去找大夫看看吧。"韩麻子道。

"别扯了，我还是相信西洋的医书。中医对付慢性病还行，这种急性的，还得靠洋人。"蛤蟆头愁眉不展，"再等等看。"

又折腾了一天，中间韩麻子倒是没有忘记魏老道的嘱咐，按时给小臭吃药丸，到了晚上，小臭依然高烧不退。

"不行，明儿让李黑眼找西安有名气的大夫来看看。看来西医或许也不行。"蛤蟆头算是彻底动摇了。

"就怕也不管用。"韩麻子抹着眼泪，看着人不人鬼不鬼的小臭，"这到底怎么了呀？出北平还好好的，他妈的突然就这样了！"

蛤蟆头想说什么，但终于还是没说，长长叹了一口气。

哥儿俩轮流看护，接连两天两夜没合眼，最后都睡了过去。

韩麻子趴在床边正睡得沉呢，突然觉得有人打他脑袋。

"二哥！你想把我压死吗？"

韩麻子一听这声音，立马清醒了，猛地站起来，看见小臭坐起身，靠在床上，宝儿正在兴奋地和小臭玩耍呢。

"我腿都被你压麻了。"

"小臭，你醒了。"

"废话，不醒能跟你说话吗？这什么地方？"小臭看了看周围。

"西安，医院！"韩麻子把蛤蟆头给叫起来，"大哥，小臭醒了！"

蛤蟆头也是欣喜万分，摸了摸小臭额头，发现烧竟然退了。

"二哥，我快饿死了，赶紧给我弄点吃的。"

"好！好！你就是想吃龙肉，我也给你宰去！"韩麻子一边抹着眼泪一边笑着跑出去了。

"你真的没事？"蛤蟆头盯着小臭。

"就是觉得全身无力，头有点昏。怎么回事呀？"

蛤蟆头将事情说了一遍，然后道："幸亏李掌柜的仁义，不然我和麻子也不知道如何是好了。"

"第一次出门，看来我还是高估了自己。"小臭苦笑道。

"你先歇着，我去叫医生。"蛤蟆头见小臭精神很好，转身去叫赫尔曼了。

小臭晃晃悠悠站起来，只觉得满眼冒金星，一点儿力气都没有，全身燥热无比。

口干舌燥，便走到旁边倒了一杯水，一口气喝完，抬起头，不由得愣了。

桌子上有面镜子，小臭看到镜子里面的自己，吓了一跳！

一张脸，完全是皮包骨头，几乎骷髅一般，眼眶深陷，双目赤红，嘴唇开裂，头发蓬乱，伸出舌头，舌苔黄得吓人！

"怎么一觉醒来，变成了活鬼？"小臭骂道。

吱吱吱，宝儿指着小臭，乐得不行。

"得，原本就你是猴子，今儿臭爷我也变得跟你一个德行了！俩猴儿！"小臭乐。

正嘀咕呢，蛤蟆头领着赫尔曼进来，身后跟着李黑眼、溥五爷、魏老道一帮人。

赫尔曼见小臭起了床，很是惊讶，走过去，给小臭做了全身检查，然后对李黑眼叽里咕噜说了一通，然后拍了拍小臭肩膀，走了。

"洋鬼子说的什么鸟语？"小臭见赫尔曼自始至终看着自己的眼神就不对劲，忙问道。

李黑眼笑了："他原本以为你凶多吉少，想不到竟然自己好了，这是奇迹。"

"看来西医还是挺靠谱，"蛤蟆头道，"这两天，洋鬼子忙得够呛。"

"靠谱个屁！"魏老道抬了抬眼皮，"早跟你们说了，小臭没事！"

"我看说不定是道长的丹丸呢。"捧着热粥、包子、油条进来的韩麻子大声道。

"当然，贫道那可都是灵丹妙药！"魏老道伸手抓了一根油条，吃了起来。

"说你胖，你还喘上了！"蛤蟆头白了魏老道一眼。

东西放上，小臭风卷残云，饿殍一样一扫而光。

见他那副吃相，蛤蟆头和韩麻子算是确定小臭肯定好了。

"我说，小臭没事了，赶紧走吧，"魏老道吃完油条，油腻的手在自己的身上擦了擦，"最好今儿就走。"

"你急着奔丧呀！烧虽然退了，也得修养两天！"蛤蟆头骂道。

"大哥，我倒是没事，赶路要紧。"小臭道。

"别听牛鼻子老道鬼扯！听我的，休息两天再走也不迟。"蛤蟆头道。

"也是，病来如山倒，病去如抽丝，还是休息好了再走。"溥五爷道。

猴神

大西国宝藏

"休息也不在这休息，这破地方，住不惯！"小臭皱着眉头看着房间，"一股子怪味不说，医生、护士都是洋人，臭爷我受不了！"

"您还真行！"蛤蟆头笑。

"要不这样，我在对面旅馆再要个房间，小臭在那休息两天再说。如果有什么问题，到这边也方便。"李黑眼道。

"李掌柜安排妥当。"韩麻子很是赞同。

吃完了饭，又说了会儿闲话，李黑眼去办了出院手续，然后将小臭带到了对面的旅馆。

说是旅馆，却是规格很高，整个西安城，估计也能数一数二。

李黑眼订的房间在三楼，一共三个大套间，挨着一起，李黑眼、溥五爷一间，魏老道、蛤蟆头一间，韩麻子和小臭一间。

"还是有钱人好呀，这房间，一晚上没有个十几二十块大洋，怕是住不了。"吃完晚饭，回到房间，小臭躺在柔软的弹簧床上，看着周围的摆设，啧了啧舌。

宝儿最兴奋，在房间里翻着跟头，荡来荡去，吱吱乱叫。

"十几二十块？这三楼的房间，可不是一般人能住的，我刚问了，一般人有钱也住不上！这李掌柜，还真是真人不露相，摸不着底细。"韩麻子道。

"人家的底细，恐怕超乎我们这样的小人物的想象。"小臭看了看外面已经暗下来的天色，道，"二哥，这两天让你受累，赶紧休息吧。"

"你还真说对了！困得眼皮都睁不开！我先睡会儿，有事叫我！"韩麻子走到床边，倒头就睡，很快响起了呼噜声。

小臭抽了一根烟，也觉得困了，把宝儿叫过来，关了灯，躺下。

还没睡着，就听得传来轻微的脚步声，接着房门咚咚响了两下。

"二哥，开门。"小臭冲韩麻子喊了一声。

韩麻子睡得昏天黑地。

小臭气得不行，起身，拉开房门："没看到都他妈的躺下了嘛……"

话还没说完，就觉得额头被什么东西顶住。

"别动，动一动，就打死你!"站在面前的黑影冷冷地说道。

冰凉的枪口顶在脑门上，隐隐有些疼。

小臭愣了一下，很快意识到自己惹上麻烦了。

"兄弟，大家都混生活的，不容易，要钱的话，我身上有点……"小臭话还没说完，就被打断了。

"少他妈费话，东西交出来!"对方声音微微有些沙哑。

小臭从口袋里把银票掏出来，递过去。

"谁要这玩意儿? 那东西!"

"啥东西?"

"你说呢，想死是吧!"

"我说爷们儿，到底是什么东西，你跟臭爷我说明白咯……"

"你不是溥老五?"对方扫了小臭一眼，发现找错人了，立刻朝外面咳嗽了两声，随即，走廊暗淡的光线中，蹿出四五个身影，朝其他的几个房间摸去。

随后，敲门声接二连三响了起来。

这些人，全都一身黑色短打扮，动作麻利，一看就是身上有功夫的，蒙着面，手中攥着枪。

小臭暗道不好，这帮家伙看上去不像是打劫的。

正琢磨着如何才能化险为夷，突然身后一道黑影蹿了过来，身形之快，如同闪电，利爪如钩，狠狠划在了黑衣人的胳膊上。

是宝儿。

黑衣人痛得闷哼一声，手枪脱手。

电光火石之间，小臭瞅准机会，一脚端在对方的心口上，冲着走廊大喊一声："有强盗！"然后，咣的一声关上房门，躲到一侧。

啪！

啪啪啪！

子弹击穿房门，打在房间里，瓷器、镜子之类的东西被打得粉碎。

紧接着，就听见走廊里枪声不断，怒吼声、打斗声此起彼伏，很快旅馆楼下亮起了灯，有伙计冲出去呼叫，随后破窗之声传来，枪声也终于停息。

韩麻子从床上爬起来，还搞不清楚情况呢，站起来就要往外冲，被小臭摁住。

哥儿俩蹲在角落里等了几分钟，就听见李黑眼的声音从门外传来："小臭，没事吧？"

"没事。"小臭这才起身开门。

走出房间往外一瞧，嚯，走廊里真是一片狼藉，不仅墙上的装饰全都打烂了，地上还有不少血迹。

李黑眼攥着把短短的匕首，一脸的凶狠，溥五爷握着个精致的勃朗宁手枪，脸色苍白，胳膊上殷红一片，似乎是受伤了。

蛤蟆头一副没睡醒的样子，魏老道手里握着几枚寒光闪闪的飞镖，倒是安然无恙。

旅馆里的经理、伙计带着巡警冲进来，询问了情况，又呼啦啦追出去了。

小臭看了看走廊尽头破碎的窗户，知道这帮人没得手，跳窗逃跑了。

出了这么档子事，大家都没心情睡觉了，集合到李黑眼的屋里，你看看我，我看看你，气氛有些诡异。

"对方不是一般的劫匪，"魏老道点了烟锅，抽了一口，"就是对咱们来的。"

小臭点了点头："老魏说得不错，人家用枪顶着我的脑袋，以为我是溥五爷，问我要东西，给支票都不要，那可是五百块现大洋的支票。"

蛤蟆头挠了挠头："不对呀！这事儿要是在北平，倒是可以理解。可这里是西安，咱们也刚落脚没几天，人家怎么就找上门来了？五爷，您在西安有仇人？"

"屁呀，我人缘一直好得很。"一边正包扎的溥五爷摇了摇头。

"那这事儿就蹊跷了，"魏老道呵呵一笑，看着溥五爷，"人家指名道姓找你要东西，而且闹出了这么大的动静，怕不是一般的东西吧？"

溥五爷疼得龇牙咧嘴的，哼了哼，没吭声。

李黑眼自始至终都没说话。

魏老道嘿嘿笑了两声："自打咱们在西安落了脚，没多久，人家就跟着了……"

"你个臭牛鼻子，早发现了竟然憋着不说。刚才如果不是宝儿，臭爷脑袋都被打成蜂窝煤了！"小臭这个气呀，一通臭骂。

魏老道揉了揉鼻子："我哪知道对方半夜摸上来？"

说完，魏老道扫了李黑眼和溥五爷一眼，抱了抱拳："我说二位，老话儿说得好，明人不做暗事，既然大家现在有缘一个路上奔前程，那就是朋友，是朋友，就该一片赤诚，两肋插刀……"

　　"老魏，这都什么时候了？你就别拐弯抹角的了！"小臭大声道。

　　魏老道又笑了两声："其实呀，咱们两伙人，彼此之间隔着一层窗户纸，今儿要是不捅开，那以后没法在一起混。李掌柜、溥五爷，您二位觉得呢？"

　　李黑眼和溥五爷相互看了看，最终还是李黑眼坐直了身子。

　　"道长所言甚是，既然事已至此，那就当面锣对面鼓，把事情说清楚吧，"李黑眼看着小臭哥儿仨还有魏老道，"四位去成都，怕不是去贩茶叶的吧？"

　　魏老道哈哈大笑："二位去四川，恐怕也不是收古董。"

　　二人说完，都乐了。

　　只有小臭哥儿仨搞得莫名其妙："诸位，咱能把话说明白吗？"

　　李黑眼站起来，道："当初你们哥儿俩去我店里卖那件冥衣，我就觉得不太对劲。"

　　"有啥不对劲的？就因为是豪格的？"小臭道。

　　"当然了，"李黑眼笑道，"从你们出了我的铺子，我就派人暗地里盯着你们的一举一动，果然大手笔，竟然从金鱼池里面弄上来那么大的一个家伙。我还真没想到道长是个憋宝的。"

　　魏老道笑了笑。

　　"后来我就让人打探了一下，发现道长在憋宝行当里，可是了不得的一号人物。"

"李掌柜过奖了，"魏老道抽了一口烟，"不过混口饭吃而已，无意之间掺和进了宝匣之事，得知张献忠的大西国宝藏，便是我，也是眼馋得很，所以这才鼓动这三位小友，跟着我一起四川走一趟。"

"道长是个爽快人，"李黑眼对魏老道竖起了大拇指，"既然道长如此坦诚，我俩也就不藏着掖着了。我们去成都，也是为了张献忠的宝藏。既然我们目标相同，索性不如一起合作，那宝藏虽富可敌国，但要想取得，必须同心协力才行。"

魏老道磕了磕烟袋锅子："李掌柜，我有件事儿想不明白。"

"道长请讲。"

"你们李家是洛阳八宗的总铲头，向来看不起憋宝的，干的也是掏大堂子倒大斗儿，为何这次会破例呢？"

"道长问得好。其实呀，我对宝藏没多大兴趣，之所以走这一趟，就是想看看宝藏里面是不是有我想要的一样东西。"

"什么东西？"魏老道皱了皱眉头。

李黑眼哈哈大笑："这和我们李家有关系，但道长放心，不是什么天地异宝。事先说明，若是得了宝藏，我寻找一番，若是有，那就太好了，我就要这一件，若是没有，我一个银块都不拿。"

溥五爷包扎好了，斜躺在沙发上："我呀，不愁吃不愁穿，也不缺钱花，之所以蹚这趟浑水，一是因为这宝藏大清历朝历代都盯着，是个秘密，我很好奇。第二嘛，既然和宝匣有关系，那我就得探查到底咯。"

这二位，也是爽快，一五一十说明白了。

魏老道点了点头："李掌柜乃是李老铲头的爱子，在道上手可通天；溥五爷皇亲贵胄，场面上认识的人多，有你们二位加入，自然老道我欢迎得很。"

如此一说，算是答应合伙了。

李黑眼走到酒柜跟前，倒了一杯威士忌，坐下来，喝了一口："道长既然去寻宝，不知有什么线索没有？"

魏老道摇了摇头："哪有什么线索，无非是看祖师爷眷不眷顾，碰碰运气而已。成都传言了几百年，说张献忠把宝藏沉在了江底，我想顺着锦江勘查勘查，若是运气好，说不定能找到什么线索。"

魏老道这话，让小臭愣了一下。

好个老道，这分明是在骗李黑眼嘛。

魏老道咳嗽了一下，抬起头斜着眼睛看着李黑眼："倒是李掌柜，你们二位出手，怕已经是十拿九稳了吧？"

"此话怎讲？"

"咱们就别卖关子了。若是没线索，人家怎么会半夜摸上来，找你们要东西？"魏老道顿了顿，"那帮人，我先前听了一耳朵，都是四川口音。"

小臭顿时明白过来："老道，你的意思，今晚那些人是四川杜金生那帮人？"

"我看八成是。"老道点了点头。

"不会呀，他们不是得了金匣里面的藏宝图了吗？"小臭道。

魏老道呵呵一笑："若是得到了，还会来找吗？溥五爷，你就别藏着掖着了，赶紧跟我们说说吧。"

溥五爷面红耳赤，对李黑眼点了点头。

李黑眼又喝了一口酒，道："没错，金匣里面的藏宝图在我们手里。"

这下，屋里面可炸了毛，尤其是小臭哥儿仨，彻底蒙了。

"到底怎么回事呀？"小臭扯着李黑眼问。

李黑眼把酒杯放下，道："其实呀，刘德志把金匣卖给溥胖子，溥胖子得手就给我打了个电话，我就过去了。平时遇到什么稀罕玩意儿，我们哥儿俩都这样。"

溥五爷笑了："我一得手，就觉得这东西可能是传闻中的那个宝匣，不过这玩意儿早就跟着豪格下葬了。让黑眼来，嘿，这小子三下五除二，把匣子打开了。"

"不对呀，你没密码，怎么会打开？"小臭问。

李黑眼哈哈大笑："九转紫金混元锁，对于旁人来说，可能是个神乎其神的东西，但你别忘了我们李家是干什么的，比这更难的锁，我都见过。"

李黑眼顿了顿，又道："那份藏宝图我们研究了整整一天，也没什么结果，我就回去了。没想到第二天一早溥胖子就告诉我金匣不翼而飞。这玩意儿原先放在豪格的墓里，我原本以为就是刘德志盗个墓出来的东西而已，但能够从溥胖子家里无声无息地将这匣子盗走，那说明来头可就不一般了。我们哥儿俩商量，觉得这事情不简单，人家是特意奔着金匣来的。"

溥五爷接过话，道："所以我俩商量，将计就计，马上报警，目的就是想把事情散出去，引出这帮人的底细。"

"你这俩孙子，贼喊捉贼，可把我们俩害苦了！"小臭大骂。

李黑眼笑："然后事情就精彩了，蛤蟆头身上搜出了金匣，你又找上我的门，拿出了那件豪格的冥衣，刚开始我们都认为是你们干的，但后来，发现刘德志和田福禄被杀，才觉得恐怕你们也是恰巧掺和进来，接着就顺藤摸瓜，查出四川那帮人了。"

小臭听到这里，心中有数了："人家不但发生了内讧，更发现匣子是空的，所以就怀疑东西根本就不在金匣里面，而是在溥五爷手里，所以这才出手！"

"应该是这样。我估计，他们也早就盯上了我们。"溥五

猴神 [houshen] 大西国宝藏

爷道。

"真是一环套一环。服了。"小臭苦笑道。

蛤蟆头这时候站了起来："诸位，事儿都说清楚了，接下来，该咋办？"

"很不好办，"魏老道沉吟了一下，"既然被盯上了，事情就难了。四川是他们的地盘，人家是主，我们是客，而且他们是什么背景，我们是什么背景？"

小臭也头疼。对方那帮人，政府、军队都是有头有脸的，要人有人，要枪有枪，就自己这么几个人过去，恐怕一露头就能被人摁死，还憋什么宝呀？

"道长说得不错。不过狼有狼道，狗有狗道，咱们若是小心谨慎，隐藏行踪，只要够快，也能全身而退。"李黑眼道。

"也是，"魏老道点头，"事不宜迟，此地不可久留，我看赶紧想办法离开西安，甩掉这帮家伙。"

"这事儿，交给我吧。"李黑眼啧了啧舌头。

当天晚上，旅馆外面呼啦啦来了十几辆警车，冲进来将旅店里的客人全都塞了进去，包括已经乔装打扮的小臭一伙，然后十几辆警车进了西安警局，接着由李黑眼的一位老朋友安排，众人换上警察服装夹在一支队伍里浩浩荡荡开出城外，又辗转几个地方，上了一辆运送货物的卡车，绝尘而去。

这一路，可不像先前那样舒坦了。在李黑眼的指挥下，一帮人不但经常换乘各种交通工具，更是装扮成各种身份的人，有时候昼伏夜出，有时候蒙混过关，有时候干脆就夹在流民乞丐里面，惨不忍睹。

经汉中，到广元，进入四川后，一帮人更是小心谨慎，总算是没被人跟踪。

一路颠簸，别人都还行，小臭反而状况不断。自打那次发烧之后，一路上小臭断断续续烧了好几回，虽然不像上次严重，但也是痛苦不已，不过有了上次的经验，倒没多麻烦，每一次吃了魏老道的药之后，多则两天少则一天，准好。

尽管如此，小臭也觉得自己始终是全身绵软无力，原本生龙活虎一条，变成了个病秧子一般。这事儿，小臭私底下问过魏老道，魏老道刚开始不说，后来才交了底儿——原来小臭的反应，和埋在他双腿中的鳖宝有关。"鳖宝至阴，和人体融合，自然会发生很多的不良反应，我给你吃的药，由人参、灵芝等七十二种名贵药材混合而成，补充你的元气，再过些日子，等融合完成，你就没事了。"魏老道解释。

如此辛辛苦苦，星夜驰骋，这一日，总算是看到了成都城。

"真是一座大城呀！好风水！"站在高处，俯瞰成都，李黑眼连连点头。

"那是自然！自古巴蜀以来，就是西南中心，历史悠久，物华天宝，人杰地灵，三千年历史，十大古都之一！"溥五爷摇头晃脑道。

"我说的不是这个，我说的是风水！"李黑眼指了指，"你没看明白，这成都城，四处是山，大河在城下一南一东交汇，滚滚向南，整个城池，并不是像别的城池那样四四方方，正南正北，而是斜着偏向西北而建，你看看，外形像什么？"

"像个癞蛤蟆。"小臭道。

李黑眼差点儿气死："龟！神龟！"

"王八？"

李黑眼吸了一口气："战国之时，秦灭巴蜀，张仪奉命在此筑城，筑了九年，城墙总是后面还没筑好，前面的即塌了，搞得张仪焦头烂额，后来张仪夜里做了一梦，梦见一只巨龟从天而降，落在两河之间，醒来后恍然大悟，按照龟的形状，筑成了成都城，所以成都又称龟城。龟斜向西北，以周围大山做凭靠，吸收着两条大河的无边灵气，自此让成都有了无比的王气。"

李黑眼说完，魏老道笑着接道："李掌柜所言非虚，不过除此之外，张仪在修建成都时，城的形状也参考了北斗七星的位置，设下了城门，所以才会微微偏斜，这座大城，风水的确不是一般的好。"

一帮人听得入神，只有韩麻子不耐烦地拍了拍自己的肚子："风水不风水的，咱就别说了，赶紧进城找口吃的，早饿得前心贴后背了！"

众人大笑。

上了官道，混在人群之中，浩浩荡荡过了城门，一路往西，但见街道两边店铺林立，往来的人群摩肩接踵，果真是一个人间好去处。

又走了约莫半个时辰，来到一家客栈面前，李黑眼低声道："咱们就住这儿吧。"

小臭一抬头，发现这家店竟然是个大车店。

大车店，顾名思义，就是接待运输大车的店铺。民国时，虽然已经有了汽车卡车这样的现代玩意儿，但民间一般还是人力或者畜力的木轮大车，大车店则是专门为了招待这些身份地位、靠出卖苦力为生的底层贫民开设的。

眼前这店，面积倒是不小，土木结构，房墙用土干打垒，上面苫上稻草，条件不行，但打扫得干干净净。

"这么个破地方呀！"溥五爷不乐意了。

"您老人家还是别讲究了，此一时彼一时，上等的饭店咱们是能住，可太招眼了。安全第一。"李黑眼道。

"成，大爷我就破天荒住一次大车店。"溥五爷苦笑道。

一帮人嘻嘻哈哈，进了店门。

第十六章　成都火拼

大车店的店门，远比一般的旅店大门要宽敞，毕竟要有大车进来。

这家店，对着大门就是个巨大的柜台，约莫有一人多高，台上趴着一位，年纪四十来岁，看样子应该是掌柜的，穿着一身马褂，戴着瓜皮小帽，恹恹欲睡。

韩麻子咳嗽了一声，掌柜的抬起头，见到一帮人，赶紧来到近前："几位客官，你们住店？"

"敢情！不住店跑你这来干吗？"蛤蟆头睁了睁眼，"赶紧的，给爷几个来几间上房！"

掌柜的一听蛤蟆头这口音，就知道不是本地人，笑了一声："格老子！几位客官，莫开玩笑了，要上房，去别家，我们这里没有。"

四川人，向来脾气直来直去，做生意的也好不了哪里去。

魏老道拽过蛤蟆头，对掌柜的笑道："掌柜的，别跟这小子一般见识，出门不容易，还请你多多帮衬。"

这话掌柜的爱听，笑道："还是老先生见的世面多，这细娃儿有点哈脓包（傻瓜）!"

发完了脾气，掌柜的道："上房我们这里没有，全是通敞大间。"

所谓的通敞大间，就是大通铺，一间屋子没有隔断，能睡二三十个人。

魏老道笑了笑，又道："我们几个人，喜欢安静，不太愿意和别人挤在一起，还有，这位身子还有些不舒服，敢问有没有单间呀？"

掌柜的皱了皱眉头："单间倒是有，不过贵着呢，就两间。"

"价钱不是问题。两间我们都包了。"魏老道掏出大洋，将房间包了下来。

掌柜的亲自引着众人，来到二楼，将两个包间开了门。

六个人，分成两间，魏老道和小臭哥儿仨住一间，李黑眼和溥五爷住一间。

说是包间，条件比一般的旅店可差多了，横七竖八放着两张床，还有些木桌和几个长条凳，放着脸盆、毛巾、胰子之类的东西。

进来洗涮了一番，伙计送来了吃食，简单的白米饭、白菜豆腐之类的小菜。四个人也是饿了，胡乱吃了一通，在大床上躺下来，呼呼喘气。

"总算是安顿下来了。姥姥！臭爷我累得骨头都快散架了！"小臭抱怨道。

魏老道吃完饭之后，就出去了，说是买些吃的用的。

小臭哥儿仨躺在床上，聊着闲天。

"大哥、小臭，我觉得这一趟，还真是凶险呢。"韩麻子坐在被子上，抠自己的臭脚。

"我也觉得，"蛤蟆头捏着一根咸萝卜咔嚓咔嚓啃着，"魏老道和李黑眼、溥五爷，两伙人，我们算是夹在中间。魏老道没对李黑眼他们说真话，看得出来他们彼此提防。而魏老道说白了，我们也不知道底细，再加上杜金生那帮人……二弟、三弟，我觉得以后凡事都得留个心眼。"

"大哥二哥说得对。眼下，我看还是少说话多观察，相机而动。"小臭道。

哥儿仨聊了一会儿，都累了，沉沉睡去。

这一觉，睡得十分香甜，醒来时，金乌西坠，夜幕四合。

魏老道回来了，拎着大包小包，还雇了个人搬东西，都是些衣服、吃食、用具，安排得井井有条，还给李黑眼那屋也送去了。

李黑眼、溥五爷两个，也是睡眼惺忪地过来。

溥五爷摸了摸肚子，道："几位，晚饭怎么着落？"

魏老道指了指桌子上："我弄了一些熟牛肉，打了几坛好酒，等会儿让伙计杀只鸡……"

溥五爷听了直摆手："真把五爷我当成来受罪的了？上一顿吃了一肚子的白菜，晚上吃这些烂东西！不行，我坚决反对！"

"那你想怎么着？"小臭笑道。

"既然来到成都这地方，自然要去吃顿火锅了！五爷我请客。"

"这样好吗？我看还是低调些为妙。"蛤蟆头道。

"有个屁的低调！我们又不去一等一的饭店，找个稍微像样一点的，过过嘴瘾也行呀！"溥五爷直着脖子道。

还别说，这段日子，风餐露宿，让这位爷没少受苦。

"行吧，有惊无险来到成都，也算是事情成了一半，找个地方撮一顿。"李黑眼也馋得不行。

如此说，大家都同意了，毕竟没人想啃冰冷的牛肉。

收拾一番，六个人出了大车店，拐到了一条叫王正街的大街镇上。

当初众人是从成都城的东门进的城，住的大车店也在城的东南角，原本以为是个偏僻之地，没想到走不远就看见前面人头涌动热闹得很。

"原来是文庙呀，"溥五爷抬头看了看，"怪不得这么多人，这地儿好，全是小吃，要不咱们先吃点儿？"

"得了吧你！这么多人，太招眼，咱们进馆子。"李黑眼不耐烦道。

六人在文庙旁边找了个二层的小酒楼，到了楼上，要了个包厢，溥五爷点了满满当当一桌子菜，众人涮着火锅喝着酒，大快朵颐。

"今儿才算是过上了人过的日子。"溥五爷甩开腮帮子，吃了个沟满壑平。

小臭也是吃得痛快，从盘子里拿出个兔头递给宝儿。

宝儿不接，来来回回看着外面。

"我怎么觉得宝儿有点不对劲呀，"韩麻子道，"若是寻常，早吃得肚子成一面鼓了。"

"是有点儿不对头。"小臭觉得韩麻子说得在理，正要把宝儿抱过来，突然见宝儿看着楼梯口，吱吱尖叫了一声。

"不好！"小臭和宝儿心意相通，见宝儿如此，那是发出了警报，顾不得吃了，高喊了一声。

话音未落，就见从楼梯口蹿上来一群黑衣人，个个荷枪实弹！

"他妈的！"韩麻子一见，端起滚烫的火锅，连汤带锅全都扔了过去！

哗!

这下烫得先前那几个鬼哭狼嚎!

啪啪!

紧接着,枪响了几声,打在桌子上,碗碟纷飞!

"真他娘的没完没了!"李黑眼从腰里摸出枪,和溥五爷两个并肩而立,对着下面咣咣乱打。

魏老道也是利索,身形辗转腾挪,飞镖连连出手,惨叫声不断传来。

对方虽然是偷袭,但多亏宝儿报警,众人反击及时,很快就把对方重新压回了楼下,形成僵持局面——小臭等人下不去,那帮人也上不来。

"这帮家伙怎么找到我们的?我们这才刚到成都!"小臭大叫道。

"真是邪门儿了!"韩麻子道。

"我看,这下要完蛋。对方人很多。"蛤蟆头苦笑连连。

约莫过了几分钟,溥五爷和李黑眼的子弹都打光了。

"爷儿几个,拼了吧!"李黑眼满脸的狠劲。

众人齐声发喊,就要往下冲,就听见楼下啪啪啪啪,又响起了一片枪声。

这枪却不是朝楼上打的。

与此同时,酒楼门口的大街上,冲来两辆大卡车,看样子是警察局的,呼啦啦下来好几十人,端起枪开打。

"你叫的人?"溥五爷对李黑眼道。

"我没叫呀。"李黑眼摇头。

"那怎么回事?"

"哎哟喂!二位就别纠缠这个了,警察来替天行道,那是好事儿。"小臭道。

楼下交火了十几分钟，那帮黑衣人似乎不是对手，带着伤者，从后门逃窜，自有一些警察跟着追过去。

枪声逐渐平息，酒楼里硝烟弥漫。

小臭等人纷纷收起了家伙，李黑眼在前，众人下了楼，见下面一片狼藉，站满了警察。

"多谢各位警官相救，真是守土有责，爱民如子！诸位，回见哈！"小臭抱了抱拳，哈哈笑了一声，抬脚就要出门，就觉得旁边伸出一把枪，顶住了自己的太阳穴。

"朋友，话还没说完，就想走呀？"持枪人冷冷笑了一声。

小臭转过来，见此人年纪有三十五六岁，个头不高，但极为干练，红脸膛、八字眉，轮廓鲜明，镶着一颗金牙。

衣服也和其他的警察不一样，看样子是他们的头儿。

"这位警官，有话好好说，不要冲动。"韩麻子赶紧过去。

溥五爷走过去，看了看那人，道："奇了怪了，你们好像是水警吧，怎么管上了地面上的事儿了？"

溥五爷这么一说，众人才留意，这帮警察的衣服，和普通的巡警果真还不太一样。

"您是溥五爷吧？"那人收起了枪。

溥五爷愣了一下，道："正是。怎么了？"

"那就对了，"那人抱了抱拳，"奉长官之命，前来接溥五爷和一帮朋友前去做客，没想到来巧了，正好解围。"

"长官之命？你上头的是谁呀？"溥五爷道。

"到了地方，您就知道了。"那人呵呵一笑，冲外面摆了摆手，很快驶来了两辆轿车。

"请吧，诸位。"那人敬了个礼。

众人相互看了一眼，只得低头上车。

两辆满载水警的卡车一前一后，两辆轿车卡在中间，车队在成都的街道上浩浩荡荡前行，曲曲拐拐，最终来到了春熙北路，停在了一片连绵建筑跟前。

"财政厅？怎么跑这里来了？"溥五爷看着大门上的招牌。

前头的车辆下去通传了一番，门岗放行，两辆轿车穿过财政厅的草坪，又过了几片建筑，最终在一个拐角停下来。

众人下了车，发现是个雅致的院落。

那人在前面领路，进了院，但见里面亭台楼阁，小桥流水，布置得很是有滋味。

包括溥五爷在内，一帮人都有些发蒙。

"这位长官，我在四川虽说有些朋友，但没听说有人在财政厅呀，你的这位上峰到底是谁？还有，你是……"溥五爷很不舒服，他还从来没这样被对待过。

"溥五爷，既来之则安之，等会儿您就知道了。哦，属下杜金生。"

听了这话，溥五爷脚下跟跄，差点儿没栽倒。

小臭也是直冒冷汗。

杜金生？！

不就是去北平倒腾的那帮人吗？不就是西安旅馆半夜摸上来动刀动枪的那帮人吗？！

躲都躲不及，竟然被人劫来了！

完了，这下算是完蛋了！鸿门宴呀！小臭心中直骂娘。

不过溥五爷倒是很快恢复了常态，他毕竟是见过风浪的人，呵呵一笑："原来如此，如果我猜得没错，你的那位上峰是'青麻眼'杨鹿吧？"

"杨秘书长恭候多时，溥五爷，请！"杜金生沉声道。

"前头带路，我倒要看看他如何对我。"溥五爷哼了一声，抬头挺胸，摆出一副四九城大爷的派头，噔噔噔上了楼梯。

上了楼梯，前面是长长的走廊，密密麻麻站满了士兵，一看就是警卫，比那些水警可是强多了，一个个杀气腾腾立于两旁。

"得，今儿算是栽了，看样子得吃黑枣儿。"蛤蟆头道。

吃黑枣儿，指的是挨枪子儿。

杜金生前头领路，过了走廊，拐了个弯，来到客厅，推开了房门，做了个请的姿势。

溥五爷在前，众人在后，进了屋子。

这个客厅，那叫一个大，金碧辉煌。地上是清一色的墨黑大理石，铺着软软的红色地毯，房顶上装着一个巨大的水晶吊灯，照得屋子明晃晃如同白昼，周围更是摆满了书架、古玩架，上面都是一本本孤本善集、玉器金铜、紫檀珊瑚，个顶个的好东西，墙上挂着几幅古画，不但有来头，而且意境深远。

中间一个大紫檀八仙桌，坐着三个人，旁边立着十几个警卫。

小臭看了一眼那三个人，坐在上首的，年级约有五十多岁吧，个头瘦削，戴着一副金丝边眼镜，穿着一身黑色的中山装，梳着大背头，神态沉稳。

他旁边，坐着一个一身戎装的汉子，大马金刀，一身军装，是位少将，年纪四十左右，虎背熊腰，留着八字胡，满脸的横肉，目光锐利如刀。

挨着这个军官的，是个师爷打扮的人，年约六十，穿着黑绸缎马褂，个头不高，微微有些发福，皮肤倒是很白净，正弯着腰眯着眼赔笑呢。

见到溥五爷，穿中山装的立刻站起来，快走几步，到了溥五爷近前，屈腿向前，右手摁地，身体下沉，行了一个请安大礼："小的杨鹿，给王爷请安！"

这位，就是四川省政府秘书长杨鹿了。

秘书长这个职务，可就复杂了，听着似乎好像没有什么省长、主席威风，但四川向来派系林立，能坐上秘书长，那必须各派都摆得平。这位可不是一般的主儿。

"这可使不得，大清早亡了，我仅仅是一介白丁，受不了你这大礼。"溥五爷笑了一声，却并没阻止。

"王爷这哪里话！您永远都是我的王爷！想当年若不是您给老王爷递一句话，我杨鹿哪有今日。王爷，请！"杨鹿站起来，恭恭敬敬搀扶着溥五爷坐了上首的位子。

溥五爷倒好，摆着方步，真的是摆起了谱儿。

众人纷纷落座，杨鹿站起来，道："王爷，我给您介绍介绍？"

"王爷就免了吧，你如今是民国政府中人，这么叫对你不好。"

"那小的斗胆称呼一声五爷？"

"五爷好。"

杨鹿点了点头，一一引荐："五爷，这位是二十二军一师马昆山马师长，这位是马师长的参谋长孙有财。"

"见过五爷！"马昆山行了个军礼，孙有财也急忙躬身施礼。

溥五爷坐在位子上，微微点头："马师长的大名，如雷贯耳呀，孙参谋长我看也是胸有韬略，今日得见，也是有缘分，二位，坐下说话。"

小臭看了，只啧舌头——看看人家这谱儿，这么大的官面前，那是屁股都不抬一下。

也难怪，要是大清没亡，就这仨，估计给溥五爷提尿壶他都有意见。

人家很是客气，溥五爷也得讲礼数，将李黑眼、小臭等人也都介绍了一番。

那杨鹿，果真是八面玲珑之人，一双青麻眼眯着，满脸带笑，对众人一个个大大夸奖了一番。

寒暄完了，杨鹿拍了拍手，示意开席。

周围一通忙活，很快摆上了一桌酒宴，真是琳琅满目，色香味俱全，皆是山珍海味。

"请吧，五爷。"杨鹿笑道。

溥五爷捏起筷子，刚举起来，又放下了："唉！"

杨鹿一愣："五爷，不合您老人家胃口？"

溥五爷装模作样摇了摇头："酒菜还行，就是这心情他娘的郁闷。"

"哟，此话怎讲？谁惹您生气了？"

溥五爷冷冷一笑："就刚才，我们是吃着火锅喝着酒，快活得很，转眼之间，枪林弹雨横飞过来，盘子碗儿什么的稀碎，连我差点儿都吃了一颗黑枣，你说我还能吃得下去吗？"

啪！杨鹿拍了一下桌子，对坐在下首的杜金生怒喝一声："金生，你怎么办的事？让你去请五爷，你为何动起了刀枪！"

杜金生刷地站起来："禀秘书长，我们去的时候……"

"行啦！"溥五爷摆了摆手，示意杜金生坐下，转过脸，看着杨鹿，"杨秘书长，要说缘分呢，咱俩的确有点，你若是记着我的恩，就记着，那是应当的，若是忘了，那就全当没这回事儿，爷们儿面前，咱们就别这么虚头巴脑的，累得慌。"

杨鹿面色发青："五爷，你这话说的，我还真不明白。到底怎么回事呀？"

"你的人做的事，你不明白？"溥五爷指了指杜金生。

杨鹿点了点头，站起来，先给自己倒了三杯酒，咣咣咣喝完，一抹嘴："五爷，您老人家面前，我永远都是那个青麻

319

眼，不知道先前发生了什么，惹您老人家生气，我自罚三杯，给您赔罪，若是有地方做得不周，还请您老人家海涵。"

溥五爷仰着头，没吭声。

"五爷，既然您要把话说明白，那我就奉您的命，把事情说清楚了，不在您这个关公面前耍大刀，"杨鹿坐下来，顿了顿，"五爷，我在做一件大事！"

"大事好呀，这战火连天的，你们这些人不做大事儿，那中国还有希望吗？北平那帮小日本，多横，带兵，打呀！你们去打，老子立马把家产捐了！"溥五爷道。

杨鹿满头黑线："五爷，您说的固然是大事，我说的，也是件大事，还和这事情有关呢。"

"哦，和打小日本有关？"

"嗯。"

"不对吧。"溥五爷伸出两根手指，杨鹿立马给点了烟。

溥五爷抽了一口："恐怕和北平发生的那件事，有关吧？"

"是，"杨鹿点了点头，"这事儿，还需要五爷您的帮忙。"

"这张献忠的宝藏，怎么就和打日本有关了呢？"溥五爷笑道。

此话一出，杨鹿、马昆山等人脸色顿变。

"你们都出去，没有命令，不得进来！"马昆山喝了一声，周围的警卫全都出去了。

"五爷果真是眼耳通天。我说的大事，指的就是张献忠的宝藏。"杨鹿搓了搓手，一脸正义、悲愤，"眼下时局艰难，日本帝国主义吞了我东北，又占我平津，更有彻底消灭我中华之野心！凡是炎黄子孙，自然应该同仇敌忾，我们川军，也是誓死要出川抗日！"

"好！够爷们儿，"溥五爷竖起大拇指，"那就打他娘的呀！"

杨鹿苦笑："打，那得要钱呀！日本人是飞机加坦克，可咱们呢？别的不说，就川军，穷得叮当响，穿的是草鞋，背的是大刀片子，这军饷、补给、弹药，哪一样不需要钱？中央不给拨，我们自己也财政困难，我是秘书长，管着财政，我最清楚，巧妇难为无米之炊呀。"

杨鹿唉声叹气："估计也是老天可怜我们一片保家卫国的忠心，给送上了张献忠宝藏的重大线索，所以我们这才想把这宝藏给取了，将这笔巨款贡献给国家，为抗日做贡献！"

杨鹿一番话，说得义正词严，慷慨激昂。

溥五爷拿起筷子，吃了一口菜："你们到底是怎么和这宝藏扯上关系的？"

"孩子没娘，说来话长，"杨鹿喝了一杯酒，"这事儿，还得从去年说起。"

接下来，杨鹿开始了长长的讲述。

成都城外，一东一南两条大河，东边的叫府河，南面的叫南河，河面宽阔，浩浩荡荡，老百姓叫府南河，又称为锦江。都说一方水土养一方人，靠着这样的好水，自然少不了打鱼为生的渔民。

一年前，锦江上，有个渔民天刚亮在江面上撒网捕鱼，没料到一网下去，收起来时十分沉重。渔民欢喜不已，以为打着大鱼了，等将网收上船，发现里面竟然是一截烂木头，不禁叫了声晦气。

费尽力气将那木头从网里摘出来，正要扔掉，忽然发现这截木头很是奇怪，显然不是一般的江中倒伏之木，像被加工过，而且曾经被上下劈开，重新裹上了一层铁箍。

渔民觉得奇怪，将铁箍搞断，发现竟然是个中间被掏空的木槽，木槽里面赫然放着几个大银锭！

凭空得了这笔横财，渔民喜出望外，也不打鱼了，划着船顺着锦江往成都城来，想到银行将这些银子兑换了。没想到到了成都城下，发生了事故，对面一艘小火轮快速驶来，将渔民的船撞为两截，那木槽和人全都掉进了江里，渔民也受了重伤。

出了这样的事，自然要交给水警处理。巧的是，身为水警局长的杜金生当时在巡视江面，正在不远处。杜金生将渔民以及肇事的小火轮船员叫过来询问，渔民憨厚得很，将事情一五一十说了个清楚。

杜金生的水警局分管的就是锦江上的事儿，他又是本地人，自然听闻过张献忠"木槽藏银"的传说，简单处理了，让火轮赔了渔民一笔钱，然后将渔民留了下来，问清楚了发现木槽的地点，赶紧找到杨鹿。

杨鹿听了此事，也是很有兴趣，觉得可能和张献忠的宝藏有关系，就让杜金生组织人手，在发现木槽的地点寻找。杜金生发动了整个水警局几百号人，又雇了一两百渔民，到了地方，结果找了半个多月，屁都没找到。

杨鹿和杜金生一合计，觉得可能人手不够，就找到了川军师长马昆山，马昆山对这件事情自然兴致高昂，一拍即合，出动了上千人，帮着在发现木槽的江段摸查，忙活了整整两个月，依然是没有任何收获。

虽然知道江底下可能有宝藏，但锦江又宽又长，如果不知道确切的藏宝地点，别说这些人，就是整个川军搬过来，也没门儿。

就在三个人焦头烂额、即将放弃的时候，马昆山的师爷兼参谋长孙有财说出了个让三人喜出望外的情报。据孙有财说，当年张献忠曾经留下一个金匣，里面装着宝藏的埋藏秘图，只要找到宝匣，那宝藏就手到擒来。

"孙参谋长怎么知道宝匣这回事儿的？"溥五爷抬头看着坐在马昆山旁边点头哈腰的孙有财。

孙有财呵呵一笑："回五爷，实不相瞒，先祖是张献忠的四个养子之一。"

"你的先祖，是孙可望！"溥五爷大吃一惊。

"正是。"孙有财有些得意。

"溥五爷，这孙可望……"小臭可不清楚。

溥五爷喝了一口酒，道："说起张献忠的这四个养子，那可就太有故事了。"

溥五爷坐直了身子，正色道："张献忠一生征战，喜欢收养子，终其一生，有四个养子最为出名，不但是他的左膀右臂，更是他的传人。这四个养子，分别是孙可望、李定国、艾能奇、刘文秀。"

"孙可望，张献忠的长子，出身穷苦，勇敢，有城府，沉着应变，起义军都称他为'一堵墙'。他前半生，跟随张献忠南征北战，立下赫赫战功，大西国建立后，他位列众将之首，封为平东将军，节制文武百官。后来张献忠战死，临死之时，告诫部下要扶持当时的南明，对抗清军，故而大西军转而投降了南明政权，攻下云贵一带，坚持和大清抵抗。因为大西军军力强大，所以彻底挟制了当时的南明朝廷，孙可望被封为秦王，骄傲跋扈，并且和李定国不和，导致内讧。顺治十四年，孙可望率军攻打李定国，大败，后来索性投降了大清，并且引着大清的军马攻入四川和贵州。三年后，孙可望病死，实际上，是被大清暗地里射杀。"

"原来还是个二五仔。"小臭冷笑了一声，丝毫不给那位孙有财面子。

溥五爷又道："张献忠第二个养子，就是李定国，这可是一位顶天立地的汉子。此人跟随张献忠的时候，就英勇善战，在大西军中威望最高。张献忠死后，归顺了南明，顺治九年，李定国在充分准备之后，出兵攻打湖南，接着攻打广西桂林，大败清军，逼得清军主帅、定南王孔有德自杀，然后直下柳州等地，指向长沙，接着大败清军，阵斩清军主帅、亲王尼堪。李定国出征不足一年，就纵横各处，击败清军数十万，震动整个大清，当时朝廷甚至想放弃西南各省，与李定国讲和。若是如此，那历史就要改写了。但关键时刻，孙可望发动内讧，派兵攻打李定国，随后又投降了大清，直接导致了李定国失败。"

溥五爷虽然是满人，但也是叹息不已："孙可望投降后，李定国就成了整个南明的核心，转战两广，坚持抗争。顺治十八年，吴三桂率军进入缅甸，逼迫缅王交出了永历帝，将其勒死，南明至此灭亡。李定国闻讯，悲愤成疾，最后死于勐腊，死的时候才四十二岁。"

"真英雄也！"小臭竖起大拇指。

"张献忠的第三个养子，叫艾能奇，官封平南将军，以勇猛著称，据说是张献忠私底下最宠爱的一个义子，张献忠凤凰山遇难，艾能奇率兵支援，担任殿后，大败清军，让大西军得以成功突围，后来又平定云南，战功显赫，不过永历元年，被当地土司伏击，中箭而死。他是四个养子中死得最早的一个。"

"至于刘文秀，此人性格最为低调，张献忠死后，一直转战云贵，出征四川，战湖广，被南明封为蜀王，也是一员了不得的战将，但因为遭受孙可望的猜忌和排挤，一直不得志，后来抑郁而死。"

讲完了张献忠的四个养子，溥五爷沉声道："这四人，是大西国的顶梁柱，个个能耐非凡，李定国文武双全、忠义无双，堪称国士；艾能奇勇猛善战，纵横南北，中途陨落，可叹可惜；刘文秀沉着冷静，心思缜密，却始终不得重用；至于长子孙可望，虽善战，但心胸狭窄，醉心权势，若不是他挑起内讧，四个人团结一心，大清最终也绝对难以灭了南明。"

看得出来，溥五爷对孙可望印象很差，尽管面前有他的后人孙有财在场，可也是该说的说，一点儿避讳都没有。

孙有财也是个人才，听了这些话，不怒也不恼，笑道："五爷说的极是，不过识时务者为俊杰，大明气数已尽，天下是大清的，先祖那么做，也没什么错。"

韩麻子可不管这些，瓮声道："孙参谋，听说张献忠那宝匣的密码，只有他四个养子知道，是不是？"

"麻子兄弟说得极是，"孙有财呵呵一笑，"大西国的宝藏，富可敌国，张献忠藏起来，为的是日后有机会回来取出，东山再起，所以那个装着藏宝图的宝匣，打开的密码只有四个养子知道。先祖把这个秘密告诉了后人，而密码，同样在我们孙家一代一代流传下来。"

杨鹿点了点头，说道："孙参谋透露了这个情报，我们大喜过望，随后得知那个金匣被豪格带走，并且最后随他入葬，就赶紧让金生带着马六儿去了北平。"

一帮人齐齐看向了杜金生。

杜金生苦笑："我们一行人马不停蹄到了北平，不久之后，发现有人跟踪，所以就兵分两路行事，我住在六国饭店，吸引那伙人，马六儿则带人去盗墓，平时电话联系……"

"等等，你说有人跟踪你们，什么意思？"李黑眼沉声道。

杜金生摇了摇头："这个我等下会说。"

言罢，杜金生顿了顿，道："马六儿找了北平的两个人帮忙，就是刘德志和田福禄，盗了豪格的墓，却没有发现金匣，搞得我们很是惊讶，以为孙参谋的情报错了。但没多久就听说刘德志把金匣卖给了溥五爷，这才明白是盗墓之时刘德志做了手脚。"

杜金生咬牙切齿："我和马六儿分头行动，我带人去杀田福禄和刘德志，马六儿去偷东西。我们约好，事成之后，在钟楼上会面，马六儿一直都在那里藏身。"

"然后呢？"李黑眼问道。

溥五爷、小臭哥儿仨，此时也是聚精会神。发生在钟楼上的事情，他们都一直想搞明白到底怎么回事。

杜金生深吸一口气："杀了田福禄和刘德志之后，我独自一人去钟楼找马六儿，赶到时，听到上面有打斗声。上了隔层，发现马六儿已死，宝匣在一个黑衣人手里，已经打开了，我见状大急，便与那人打斗，打斗中，宝匣掉了下去，然后那人跳上了楼顶，我也跟上去追，一连追了十几条街，最终还是丢了。"

杜金生说完，李黑眼、溥五爷、小臭哥儿仨面面相觑。

"杜局长，那黑衣人什么来头？"李黑眼问道。

杜金生摇了摇头："肯定是先前跟踪我们的那伙人。事后，我一直在北平打探这帮人的消息，但没有找到他们，只得赶紧火速赶回来，将事情禀告杨秘书长和马师长。"

小臭这时候不乐意了："不对吧，杜局长，西安的那帮人不是你们？"

"西安？"杜金生一愣。

"半夜三更摸到我们的宾馆，要干掉我们。"小臭冷哼一声。

"我们一路马不停蹄回来，根本就没有中途停留。"杜金生想了想，"肯定是那帮黑衣人了！"

此时杨鹿插了话："金生回来将事情禀告于我，我也纳闷。照理说，这事儿十分隐秘，知道的人就我们几个，外人不可能晓得。刚开始，我怀疑是马师长干的，哈哈哈，还暗中调查了一番，后来发现马师长和孙参谋都没有离开成都，他们的人，也都毫不知情。所以这事儿就奇怪了，对方不但知道我们的事儿，还能打开宝匣，肯定来头极不简单。"

杜金生点了点头："秘书长此言甚是。我们一直都没有头绪，觉得除了我们之外，恐怕还有一帮人打宝藏的主意。所以最近一段时间，我们都在私底下四处调查那伙人的底细，结果，发现你们出现在了成都。"

杜金生笑了一声："得知溥五爷你们来了，秘书长和马师长都觉得不简单，派人暗中跟踪，原本是想请你们来赴宴，结果发现黑衣人跟踪，这才赶紧救下。"

杨鹿对溥五爷点了点头："五爷，事情就是这样了。"

溥五爷听完，哈哈大笑："想不到这件事，竟然还这么复杂。"

杜金生赔着笑："五爷，您平日根本就不出北平城，此次来成都，怕不是赏玩风景的吧？"

他说的这些，可就话里有话了。

溥五爷向来是八面玲珑的人，眼睛一眯："杜局长，此话何意？"

杜金生道："知道宝匣的人，极少，能打开金匣的人，那就更少了。宝匣第一个入手的人，就是您老人家。然后就是马六儿和钟楼上的那个黑衣人了。我去的时候，宝匣已经被打开，刚开始我还以为是被那黑衣人带走了。但得知你们在西安被那帮黑衣人盯上，而且刚才那伙人又对你们追杀，这就让我越发肯定了一件事……"

杜金生直勾勾地看着溥五爷："五爷，那金匣里面的东西，恐怕在你手里吧？"

哈哈哈哈！

溥五爷还没说话，旁边的李黑眼笑了起来。

众人看着李黑眼，面色各异。

李黑眼拍了拍手："杜局长果然是慧眼如炬，兄弟我佩服！"

言罢，李黑眼看了一下溥五爷："我说溥胖子，事已至此，咱们也别藏着掖着了，既然杨秘书长和马师长为的是取宝抗战，此乃利国利民之事，咱们也要为民族为国家尽力，你以为如何？"

溥五爷脸上青一块紫一块。

"这么说，那藏宝图果真……"杨鹿等人既震惊，又无比激动，一个个双目放光。

"杜局长猜得不错，秘图，在我身上。"李黑眼点了点头。

一桌子人目瞪口呆。

杨鹿一帮人吃惊的是杜金生猜得不错，而小臭等人则是震惊李黑眼竟然直接就亮了底牌！

"那宝匣，怎么会被打开？"孙有财最为疑惑的，是这个问题，不过他看了一下李黑眼，恍然大悟，"兄弟你姓李，难道是李定国之后？"

"别扯了，"李黑眼摆了摆手，"咱可没有李定国那样的英雄祖宗，我之所以能打开宝匣，凭的是手里的技术。"

溥五爷将李黑眼的家世简单介绍了一番，杨鹿等人更是赞叹不已。

"不愧是延续千年的大家！洛阳八宗的名头，我可是如雷贯耳！"杨鹿对李黑眼异常的敬佩，"五爷、李掌柜，还有这几位兄弟，你们尽管放心，这笔宝藏虽然要用于抗战，但杨某今日在此表态，只要宝藏取了，绝对亏待不了诸位！"

"那是自然！张献忠的宝藏富可敌国，宝贝多着呢，到时候自然不会让诸位空手而归！"马昆山更是乐得眉开眼笑，朝前探了探身体，"李掌柜，不知那藏宝图……"

李黑眼沉吟了一下，手伸进怀里，掏出一个锦囊，放在桌子上。

杨鹿一把抢过去，打开了，取出一张泛黄、斑驳的绸缎来。

"果然是藏宝图！"杨鹿大喜，将绸缎放在桌子上。

一帮人齐齐凑了过去。

宝图不大，也就巴掌大小，上面用朱砂密密麻麻画着山水、河段，是一张地形图，在显著的位置上，标了一个符号，写着四个小字"国宝藏处"。除此之外，在藏宝图的上端，写着四句话，这四句话，在场的人都听说过——"石牛对石鼓，银子万万五，谁能使得破，买尽成都府。"

"果真是宝藏！"马昆山哈哈大笑，"这下发财了！金生，你快看看，这上面藏宝的，到底是什么地方！"

杜金生接过来，仔仔细细看了一遍，眉头紧皱，很长时间没说话。

"怎么了？"马昆山不耐烦地问道。

"秘书长、师长，这上面的确是画着藏宝的地方，看上面的地理，也的确应该是埋在了江中，可是……"

"可是什么？"

"这图上画的，只是一个江段，也就是说，图的比例很小，只表明了一个地点和周围的地理形势，锦江太大了，根本不能确定这个江段分布在何处！"

"什么！"马昆山睁大眼睛，"有了藏宝图，还找不到？"

"嗯。不光是我方才说的，您可别忘了，大西国埋宝藏的时候距离现在可好几百年了，这中间江水改道加上周围的地理也有所变化，要想找到，可就难上加难了！"杜金生道。

此言一出，杨鹿等人倒吸了一口凉气。

本来欢天喜地，此刻只觉得一盆凉水浇下来。

"秘书长、师长，我倒是有个主意。"一直没怎么说话的孙有财此刻开了腔。

"快说！"

"既然藏宝图上面标注了埋宝的江段，虽然难找，但也只有笨方法了——我们沿着大江，一路对照下去便是，按图索骥，总能找出这个地方！"孙有财摇头晃脑，"再说，观看地理形势，咱们桌上可有一位高手！"

孙有财一边说，一边看着李黑眼。

李黑眼直摆手："孙参谋，你饶了我吧。倒斗看风水，我行，但查看地形，寻找宝藏，那可不是我的专长。不过你话说得对，咱们桌子上，有一位高手。"

李黑眼指了指魏老道："这位可是憋宝行的泰斗，只要他答应，我看八九不离十。"

这下杨鹿和马昆山更惊讶了，尤其是杨鹿。

"之前听闻江湖中有个憋宝行当，专门寻宝，想不到竟然真有！魏老哥，此事，就拜托你了！"杨鹿抱拳施礼！

魏老道看着李黑眼，苦笑："既然话都说到这份儿上了，贫道我还能说什么？为了国家，为了民族，我也尽份力。不过刚才杜局长说得有理，这藏宝图画得比例太小，只是一个具体的江段，锦江这么大，要寻找，怕不容易，即便是我，也不一定就能找到。"

听了这话，小臭哥儿仨相互看了看。

桌上的这帮人，一个个都是鬼精。

"没关系，那就慢慢找，反正这是咱们的地盘！"马昆山拍了拍胸脯，"杜局长，明日你就调一艘轮船，我再派上一些人，咱们沿着锦江好好找，一定要把宝藏给弄出来。"

"行，我马上去安排。"杜金生点头。

马昆山拍了一下桌子："杨秘书长，我看咱们的那个淘金公司可以正式开张了！哈哈哈。"

这话说得李黑眼等人懵懂。

"什么淘金公司？"李黑眼问道。

杨鹿解释道："你们有所不知，为了寻找这笔宝藏，不光是我和马师长，还有川军的一些将领、政府里面的高层，联合出资，成立另一个'锦江淘金公司'，都有股份。"

"原来如此。"李黑眼点了点头。

杨鹿拿起那张藏宝图，小心翼翼地放在自己兜里："李掌柜、五爷，这藏宝图我先收下，明日我们就安排人手和轮船，大家一起去寻宝！定要找到宝藏，为国为民贡献力量！"

"来来来，为宝藏，干一杯！"马昆山举起杯子。

"干！"众人齐齐举杯。

接下来，觥筹交错，一个个都喝得晕头转向。

吃完了饭，众人被安排在了这个大宅的一个小院之中，这顿酒宴才算结束。

送走了杨鹿等人，众人转身回院，发现院子内外，全是士兵，寸步不离，说是保护，跟软禁差不多。

"诸位，咱们喝点儿茶，醒醒酒？"魏老道沉声道。

"好！今儿喝得有点多了。"李黑眼身形摇晃。

到了魏老道的房间，烧水泡茶。

茶是好茶，上好的龙井，清香无比，沁人心脾。

"李掌柜，你这是什么意思？"魏老道喝了一口，放下茶盏，脸色极其难看，"谁都看得出来，杨鹿、马昆山那帮人，对宝藏垂涎三尺，他们说什么找到宝藏贡献给国家资助抗战，全是鬼话！什么淘金公司，分明就是政府和川军的一帮高层，处心积虑合伙儿要捞宝藏，找到了，肯定全进他们的腰包。找宝取宝，我们先前就决定一起干，你不经我们的同意，一下子亮了底盘，还交出了藏宝图，这合适吗！"

和魏老道相处那么久，小臭第一次看到老道发火。

不光魏老道不爽，小臭哥儿仨也不爽，连溥五爷看上去也很生气。

李黑眼看了看众人，呵呵一笑："不这样做，还能怎样？杨鹿、马昆山、杜金生他们，都不是省油的灯，事情已经明摆着的了，尤其是那帮黑衣人袭击我们，他们已经对我们产生了怀疑！人在屋檐下，不得不低头，他们可以对我们很客气，但为了宝藏，肯定也会让我们求生不得求死不能！"

李黑眼冷笑两声："我可清醒着呢。诸位，今天如果不是杜金生他们出现，我们一帮人还能活吗？那帮黑衣人，不知道什么来头，但既然敢和杨鹿他们对着干，想必也不是等闲之辈，我们如果不和杨鹿他们合作，躲在他们这里，你觉得我们能活到明天吗？"

一番话，说得众人哑口无言。

"我知道杨鹿、马昆山那帮人不是什么好鸟，什么得了宝藏献给国家，全是扯淡的话。他们虽然得了藏宝图，但寻宝还得靠我们，我们大可以利用他们的保护，安全寻宝。"李黑眼笑了笑，"诸位，我们的目的很单纯，魏道长是为了取宝藏中的一件异宝，我呢，是看看里面有没有我在找的一样东西，这东西，不是什么异宝，所以我和魏道长没什么冲突。溥胖子吃喝不愁，说白了就是满足好奇心……"

说到这里，大家都笑起来。

"我们几个，对那些金银珠宝不感兴趣，小臭哥儿仨，就是全给你们，你们也带不走那么多，说句难听话，你们随便抓一把，都足够你们下半辈子吃香的喝辣的。既然如此，与其不能全带走，倒不如便宜了杨鹿那帮人。他们虽然混账，是想贪财，可你们往远了想，这笔大宝藏还是留给了我们中国人，还是流落在咱们中国的土地上，远比沉睡在江底强。"

李黑眼说得头头是道，众人也不由得点头。

"我们和他们合作，各取所需，我们给他们提供藏宝图，他们保护我们的安全，合作共赢。如果我们单干，不但宝得不到，还可能分分钟死翘翘。宝藏虽好，还得有命去享受才行呀。是不是这个理儿?"李黑眼抽丝剥茧，分析得透彻。

"还是李掌柜想得周到，我觉得不错。"小臭对李黑眼很赞同。

其他人，也纷纷点头。

见众人没什么意见，李黑眼挥了挥手："既然如此，那便好了! 天不早了，歇着吧，明儿寻宝去。"

333

第十七章　锦江寻宝

雨淅淅沥沥下起来，寒意逼人。

已经是秋冬时分，成都的天气与北平截然不同，那种直往骨头缝里钻的湿冷，让小臭很不习惯。

翌日晨，众人睡到自然醒，晃晃悠悠起来吃完了早餐，杜金生已经在外面等候多时了。

"诸位，上车吧。"穿着一身警服的杜金生，干练利索，马靴擦得锃亮。

溥五爷看着院子里停着的轿车，道："这就要去江上?"

杜金生笑道："五爷倒是急性子，不忙，我们先去一个地方，安顿好了，再去江上。"

"这里挺好的呀。"溥五爷道。

"此地虽好，但人多眼杂，这种事情，还是低调一些好。"

"也罢，听你们的。"

一帮人上了轿车，缓缓驶出了财政厅的大院，沿着宽阔的大街一路向东，出了东门，过了城门下的宽阔府河，又向南，沿着上河坝街曲曲折折，停在了一片建筑跟前。

小臭下了车，抬头瞅了瞅，发现这里似乎是个政府办公之地，建筑连绵起伏，大门上挂着一块横匾，上书二字："河衙。"

"这地方，风水不错。"李黑眼四处看了看。

府河、南河两条大河，一个贴着成都城东，一个在成都城南，在城东南角交汇，形成阔大的江面，滚滚向南。虽然成都人称呼府河、南河，但基本上现在已经形成惯例，把府河、南河以及它们交汇的这条大河，都称之为锦江。

河衙就在两河交汇处，扼住两条河的交汇要道，又距离成都东门极近，所以这里地理位置相当不错。

"此处历朝历代都是衙门，"杜金生解释道，"四川被喻为天府之国，物产富庶，成都乃是中心，交通发达，水系众多，有相当部分的货物，都是通过水运，所以历朝历代都设置河衙，一方面是收税，另外一方面也负责盘查江面、维护治安，民国后，这里便是水警局的驻地。"

这么一说，小臭明白了。看来水警局不但是个肥水衙门，而且还权力甚大。

杜金生将众人接到河衙后面，里头有一栋优雅的青砖小楼，原本是杜金生的办公、住宿之地，现在腾让出来，供众人落脚，里面生活用具一应俱全，还有仆人伺候，一夜之间能做到这样，果然是办事利索。

众人来到客厅，发现杨鹿、马昆山、孙有财早已等候多时。

"五爷、诸位，城里太嘈杂，金生这里安静得很，而且是他的地盘，也很安全。"杨鹿笑了笑，"若是有什么需要，尽管吩咐他。"

"此地甚好。"溥五爷也不客气。

"魏道长，你看什么时候下江寻宝？"马昆山有些急。

"随时可以，"魏老道点起了烟锅，"不过，锦江这么长，咱们得制订个计划。"

杜金生挥了挥手，手下取来了一幅巨大地图，摊在桌面上。

这是成都河道图，将成都附近的水系全都详细标注其上，一目了然。

"道长，咱们从哪里下手？"杜金生问道。

魏老道眯着双目，捋了捋胡须，道："不知诸位怎么看？"

"格老子！干脆一条河一条河找，梳头发那样理个仔细，肯定能找出来！"马昆山大声道。

"马师长的话，有些道理，可锦江太长了，要是这么从头到尾梳理下来，没有几个月，那是做不完的。"李黑眼摇了摇头。

"李掌柜说得对。"杨鹿相对来说有主意，想了想，道，"诸位，听闻当年张献忠沉银江下，乃是因为清军已经近在咫尺，大西国危在旦夕，我琢磨着，在如此仓促的情况下，他那宝藏不可能离城太远，所以我觉得，先从围绕成都的府河、南河找起，这样概率大一些。"

"杨秘书长和贫道想到一块去了，"魏老道连连点头，"贫道也是如此认为。"

魏老道指了指地图："南河从城西南的青阳宫开始，贴近城下，向东，一直到交汇口，而府河则是从城西北角滚滚而来，向东，到了城东北角的猛追湾然后向南，直到交汇口，我想，这两段江面，属于重点地区。"

"我同意！先集中火力，重点击破，若是没有找到，再扩大范围。"马昆山拍了一下桌子，"格老子，我觉得很有可能就在这两段江面里！"

"那就这么办了。"魏老道抬起头，对杜金生道，"那我们就从河衙下的交汇口出发，先梳理南河，向西，一直到青羊宫，如何？”

“听道长的，我这就去安排。”

时候不大，杜金生安排妥当，众人出了河衙，来到江面。

两条大河在此交汇，使得此处成为成都城外最为繁华的地带，江面两边楼宇起伏，商贾林立，行人更是络绎不绝。

来到江边，只见巨大的码头上，停着一艘轮船。

轮船上下三层，虽然没法和军舰、巨轮相比，但成都水警局能拥有这样的轮船，也算是财大气粗了。

杜金生将众人接到船上，来到一层的指挥室，道：“此处观察江面，最为合适，楼下船舱和二楼的房间我已经收拾妥当，诸位可以随时休息，晕船的可以到下面，若是想饱览江景，可以去二楼，三楼是警卫的住所。”

“杜局长果真是心细如发，如此安排，不错。”溥五爷笑道。

经过客气寒暄，杨鹿、马昆山、孙有财住到了下面，李黑眼、小臭等人则住到了二楼。

简单洗漱了一番，众人回到指挥室，此时杜金生一声令下，汽笛响起，轮船离开码头，缓缓驶向江心。

已临近中午，阳光普照，江面上水气氤氲，一艘艘运载货物的船只往来穿梭，更有小小的渔船游弋江面之上，远远望去，一派繁华的人间烟火气。

“都说成都好，今日见了，方才知道滋味。”李黑眼感慨道。

轮船穿过了交汇处，进入了成都城南的南河，河面宽阔，距离城墙并不远，河面两旁都有建筑，有的地方稀稀拉拉，有的地方却是密密麻麻，各有不同。地势也是起伏多变，江流曲曲折折。

船开得并不快，一帮人站在指挥室，魏老道在最前面，前方的桌子上，放着那张藏宝图。

所有人都不吭声，睁着眼打量着江两边的地形，聚精会神，生怕遗漏了一星半点。

魏老道捋着胡须，眯着眼睛，望着江面，一声不吭。

刚开始大家还挺兴奋，但一两个小时后，一个个揉着眼睛、晃着脖子，全都蔫菜了。找宝和看风景可不同，太枯燥。

所以到最后，只有魏老道、李黑眼两个人还在瞅，其他人坐在旁边抽烟、喝酒、闲聊，指挥室里乌烟瘴气。

"这活儿，不好干。"小臭躺在沙发上，一直在不断咳嗽。

"三弟，我怎么发现你气色不好呀。"蛤蟆头走过来道。

"又有些发烧，等会儿向老魏讨几颗药丸吃就没事了。"小臭觉得全身焦躁滚烫、有气无力。

寻宝的过程，速度极为缓慢。到了天黑，也不过走了几里地。太阳一落，工作就无法进展，只得打道回府。

"道长今日辛苦了，敢问有发现没有？"在指挥室的大桌子上，摆满了佳肴，众人开怀畅饮，马昆山憋不住，大声问道。

魏老道摇了摇头："马师长太心急了，这才头一天，怎么可能就如此容易发现，还得继续找。"

"一天就找了几里地，光南河，我看就得三四天！"马昆山骂骂咧咧，"格老子！这么拖延下去，鬼知道什么时候是个头儿？"

"马师长，那也没办法呀。"韩麻子笑道。

晚上回河衙歇息，李黑眼、小臭等人私底下又碰了头，通了气儿，不管是李黑眼还是魏老道，都说的确没发现符合藏宝图上面的地点。

第二日，又如此，同样一无所获。

又摸查了两日，总算是到了青羊宫附近，南河这一段，算是摸查清楚，没有发现藏宝地。

众人不由得垂头丧气。

"既然南河没有,那肯定就在府河了。"杨鹿给众人打气。

"南河都花了四天,那府河比南河长多了,岂不是要花上个七八天!"马昆山是个急性子,有点受不了了,"我军务繁忙,哪能成天在船上,这样,明儿我就不来了,孙参谋帮我盯着。"

他是个丘八,平日里吆五喝六,吃喝嫖赌,船上枯燥至极,自然受不了。

"别说马师长,我也快扛不住了。"小臭不断咳嗽。

"天冷,江风太大,诸位还得保重身体。"杨鹿贴心道。

"时间紧迫,我看咱们得加快速度。"魏老道喝了口酒,道,"我有两个办法,第一,我们晚上不回河衙歇息了,一来一回太浪费时间,船上地方宽敞,索性大家就住在上面。第二,天黑之后也别收工了,将轮船上的灯打开,再安上几个探照灯,这样也能勘察江面。"

"如此甚好!"杨鹿竖起大拇指,"不过就是辛苦了道长。"

"既是寻宝,这点辛苦,不算什么。"

事情就这么定了。

当晚众人还回河衙,杜金生则安排手下对轮船进行改造。

翌日,轮船调转船头,从交汇处向北,开始勘察府河。

一上午,依然是风平浪静。小臭却发起了高烧。

"姥姥!果真说烧起来就烧起来了。"小臭坐在沙发上,越坐越冷,站起身,倒了杯茶,朝前头走过去。

此时一帮人都去吃饭的吃饭,抽烟的抽烟,指挥室里只有魏老道一人还杵在那里。

"道长,药丸给我几颗。"小臭伸出手。

"又发烧了?"

"嗯。烧得跟孙子一样!"小臭有点烦躁,"道长,这什么时候才能不烧呀?"

魏老道掏出药瓶递给小臭,道:"我早跟你说了,你这是因为腿中的鳖宝在和你的身体融合,不要急,我估摸着,也就这一两天的事儿。融合成功之后,就再也不会发烧了。"

"最好如你所说,不然真的要烦死我了。"小臭丢了一颗药丸进嘴里,然后晃晃悠悠上楼休息。

这一觉,睡得十分昏沉,等小臭醒来,外面天色全都黑了下来。

风很大,吹散夜空中的浮云,显出满天的星斗,颗颗闪烁。

小臭懒洋洋地起身,觉得头重脚轻,全身冒冷汗,皱着眉头回到指挥室,见只有魏老道一人,便走到跟前:"其他人呢?"

"姓杨的和孙师爷躲船下歇息了,薄胖子、麻子和蛤蟆头在船后面夜钓,李黑眼说这里视野不开阔,跑船顶去了。"魏老道回道。

"老魏,咱们真的要在这里虚度光阴吗?你明明知道藏宝的地点……"小臭话还没说完,老道赶紧捂住了他的嘴。

魏老道看了看四周,低声道:"被盯得这么紧,只能走一步看一步,找准时机,咱们几个开溜,让姓李的和那胖子爱干吗干吗。"

"我就知道你有鬼心眼。"小臭道。

二人相视而笑,并排站着,注视着江面。

小臭看了一会儿,突然发出噫的一声。

"怎么了?"

"老魏,刚才一团白光,你看到了吗?什么玩意儿?难道是鬼火？"小臭指着江面道。

的确是一团白光，约莫有碗口大小，晃荡在江面的波涛之中，起起伏伏，但并不移动。

魏老道听了这话，顿时吸了一口凉气，直勾勾看着小臭："你看到了？"

"费话！那么亮的一团，怎么会看不到。江面上也有鬼火？"

魏老道哈哈大笑："鬼火？胡扯八道。小臭，行呀你，总算是开了眼了。"

"开了什么眼？"

"宝眼呀！"魏老道嘿嘿一笑，"那白光，一般人看不着，乃是宝气。"

"宝气？宝气不是只有你们憋宝人才能看到吗？"

"是呀。不过你身体之中有了那对珠子，已经融合得八九不离十了，自然就能刚看到宝气了。"

"真的?!"小臭大喜，"那岂不是说，日后哪里有宝，臭爷岂不是也能看得一清二楚！"

"应该如此，但也要看你自己的造化。"老道不愿意多说。

"刚才那团白光，颜色苍白，应该是低级宝贝吧？"小臭却是很兴奋，这毕竟是他第一次看到宝光。

"不过是普通的遗落在江底的金银而已，年头久了，就会出光。"老道抽着烟。

小臭和老道一边聊一边盯着江面，随着轮船前行，小臭偶尔也能看到一些宝光，不过这些宝光基本上都是小而稀薄，不值一提。

一直待到半夜，魏老道也扛不住了，吩咐停船休息。

小臭回到楼上，很是兴奋，躺下辗转反侧。

他本来就发烧，又吹了一晚的江风，黎明时分，便开始说胡话了。

韩麻子进来一瞅，形势不对，急忙把魏老道叫来。

"不能待在船上了，得好好卧床休养。"魏老道给小臭喂了丸药，吩咐道。

"麻子，你赶紧带小臭回河衙。"李黑眼在旁边忙着张罗。

杜金生当即招来一艘渔船，将小臭和韩麻子连同猴子宝儿一起送回河衙。

小臭躺在床上，不仅烧得胡言乱语，而且上吐下泻，可把韩麻子累得够呛，一直忙活到了傍晚，小臭的情况才稍微好些，再次睡着。

韩麻子腰酸背疼，扯了个椅子坐在门外歇着，见李黑眼由两个士兵搀扶，也回来了。

"李掌柜，你这是怎么了？"韩麻子急忙起身问道。

李黑眼上了楼："甭提了，我这也受凉发烧呢。"

"嘿，真是出师不利。"韩麻子道，"我给你买药去？"

"不用，我那里有药，吃了躺下，被子捂一捂，发发汗就好。"

"那您保重龙体，有事随时叫我。"

"行嘞。"

李黑眼进了他的房间，吃药睡觉自是忙活，韩麻子也靠着椅子睡了个囫囵觉。

到了晚上，当兵的送来晚饭，知道有人生病，特意做的菜粥。

韩麻子把小臭叫起来，又去招呼李黑眼。

三个人坐在大厅，相互看着，不由得乐了。

"这破事儿，真没法干了。"小臭烧虽然退了些，可依然难受。

相比之下，李黑眼好多了。

"小臭呀，我有句话，不知当问不当问。"李黑眼喝了半碗菜粥，沉声道。

"问呗。"

"这一路上，我就觉得你这烧来得蹊跷。每次一发烧，魏道长就给你吃药丸，虽说吃了不久就好，可老是犯，这哪行呀？"

"嗨，你是不知道这里面的缘由。我这烧，不是一般的发烧，道长给我吃的，都是人参、灵芝之类的好东西制成的药丸，大补。"

"不对呀，人发烧，需要吃喝寡淡，怎可大补？"

"这你就不懂了，"韩麻子笑道，"我三弟这身体里，有两样东西，拼了命要吸收他的精气，不吃大补的东西，怎么行？"

"什么东西？！"李黑眼十分惊讶。

韩麻子见说漏了嘴，咳嗽一声，不再言语。

李黑眼却是打破砂锅问到底。

小臭被他问得急了，道："我们从金鱼池那个怪东西身上，得了一对珠子，你先前派人跟踪我们，自然知道吧？"

李黑眼点头："知道。我还知道那玩意儿叫鳖宝。"

"行呀，不愧是李掌柜，"小臭提起裤腿，露出腿肚，指了指，"魏老道把两颗珠子塞我腿里了，说是只要融合了，我就能在取江下宝藏的时候，尽一份力。"

"你说的融合，指的就是这个？"李黑眼看着小臭腿肚上暗红色的伤疤，脸色突变，"小臭，你这不是胡闹吗！"

"怎么了？"

李黑眼指着小臭，手指头都哆嗦了："你这是在送命！"

"何以见得？"

李黑眼直摇头：“魏老道这是在害你！”

“害我？不至于吧。”小臭不相信。

他不但不相信，反而觉得李黑眼有点挑拨离间。

李黑眼也顾不了许多：“你了解‘鳖宝’吗？就你腿里的那对珠子。”

“这玩意儿又叫分水珠，只要和人体融合，在水下如同走平地一般。”

“就这些？”

“就这些。”

“你可真是棒槌！”李黑眼吸了一口气，“天地异宝之中，活物中的宝贝，大多品阶都不高，诸如牛黄、狗宝之类的，虽然难得，一般都是用来入药，功能很好，唯独这鳖宝，十分邪乎。”

“怎么邪乎了？”

“我跟你说个故事，你就明白了。”李黑眼顿了顿，道，“这故事可是有凭有据的，纪晓岚在他的《阅微草堂笔记》中就记载过。说是四川有个藩司，叫张宝南，他母亲喜欢吃鳖，顿顿都吃。有一天，他家厨子买了一只巨鳖，磨盘那么大，就在厨房里杀了，刚砍了鳖头，突然从里面爬出一个四五寸长的小人来，把厨子吓得当场晕倒。等救醒了厨子，厨子一五一十说了，众人四处寻找，都不见那小人的踪影。后来把鳖剖开，发现小人在鳖的肚子里，不过已经死了。这小人，面目手足跟人一模一样，就是微小无比。这事儿在当地传得纷纷扬扬，后来一个憨宝的来了，说：‘可惜了。这是鳖宝，如果活捉了小人，剖开自己的手臂或者腿肚子，放入肉中，那它便喝此人的鲜血为生。人体中有此宝，地下的金银珠宝能够隔土看到。当人血被他喝尽快要死的时候，子孙就可以继续割开身体放进去，这样世世代代都可以富贵。'"

李黑眼说到这里，小臭愣了："你说的这个，我有些不明白了。"

"怎么了？"

"虽然都叫鳌宝，可我腿里的是一对珠子，不是什么小人呀。"

"鳌宝也有等级，这小人形的鳌宝，乃是最低一等，需要在巨鳌的身体之中修行，历经九种变化，最高级的才能够形成珠子！这珠子入体，不光能看到金银珠宝，连天地的异宝都能看到，但可就远非喝血那么简单了！"

"怎么讲？"

"小人形的鳌宝，需要喝寄生之人的鲜血维持性命，否则就要死掉，有这东西，固然能发财，但人的寿命就会大大缩短，老天给你富贵，你自然要付出代价。而珠子状的鳌宝，等级高多了，它不喝血，而是吸取人的精气！你想想，凡人的精气如何能应负得了这玩意儿！"

"所以我才一直发烧？"

"你那根本就不是发烧，而是它在疯狂吞噬你的精气所致。人体阴阳平衡才不会生病，你精气大量失去，自然就会发烧生病。那魏道长这才让你吃下人参、灵芝之类的东西制成的药丸，帮你补气，可这东西，即便补充再多的精气，也不抵事呀！它在你体内，长则两三个月，短则一个月，寄生之人定然要丧命！小臭，你可真糊涂呀！"

李黑眼说完，小臭目瞪口呆，只觉得脊梁骨一阵阵冒凉气！

韩麻子顿时就蹦起来了："我早就觉得那个牛鼻子不是什么好人，果然如此！竟然用如此手段害我兄弟，我弄死他去！"

"二哥，你且等等，"小臭扯住韩麻子，对李黑眼道，"李掌柜，你说的这些，都是真的?"

"自然千真万确。这玩意儿，我曾经听憋宝人说过，"李黑眼连连叹息，"你可真糊涂，为了宝藏，命都不要了。"

"可有破解之法?"眼下小臭最关心的，就是这个。

李黑眼想了想，摇了摇头："我不知道。"

"姥姥! 三弟，我这就去把魏老道抓过来，让他取出那两颗烂珠子!"

"不可! 珠子已经融入你的体内，强行取出，只能立刻死掉。"李黑眼急忙制止。

"那就让魏老道想办法!"

李黑眼叹了口气："就怕是没有办法。我曾经问过憋宝人，如何能破解，他们也不知道。我看那老道，也不一定。而且，他处心积虑如此，即便是有，你以为他会说吗?"

一句话，说得韩麻子和小臭呆若木鸡。

"你的性命捏在他的手里，岂不是他让你干什么，你就得干什么?"李黑眼指着小臭，不知道说什么，"小臭呀小臭，你真是要钱不要命。"

"我他娘的之前哪里知道!"小臭眼泪都快出来了，"娘的，老子五绝横命，克父克母，妨妻碍子，想不到到头来连我自己都克死了，可不是五绝嘛!"

"那现在该如何是好?"韩麻子问道。

"二哥，是福不是祸是祸躲不过，爱咋咋地吧，且看魏老道那老小子怎么着，若是能保我性命倒还好说，不然，老子做鬼也不放过他!"

出了这么档子事，三个人也没心思吃饭了，感叹了一会儿，各自回房。

哥儿俩回到房中，韩麻子唉声叹气，突然又愣了起来:

"二弟，你说，会不会是李黑眼耍坏？"

"你的意思是他挑拨离间？"

"有可能呀！这家伙本来就心眼多！"

小臭皱着眉头想了想："李黑眼言之凿凿，不像是说谎，但比起来老魏跟我们走得较近，他还真有可能挑拨离间。"

"那到底他们谁的话当真呀？"

哥儿俩正犯愁呢，宝儿站起来，晃晃悠悠走到床边，把小臭的包裹扯出来，指了指。

小臭没搞懂宝儿什么意思。

宝儿给了小臭一个白眼，打开包裹，从里面翻出本书，丢在小臭跟前。

赫然是当年猴子吴留下的那本《宝鉴》。

"我真是糊涂！"小臭恨不得扇自己一巴掌，"师父当年就是憋宝的，这本书里面记录了他一生的见识，说不定有那对珠子的记载呢！"

"赶紧看呀！"韩麻子不识字，干着急。

小臭将书取来，摊在腿上，仔细查找。

书很厚，篆字密密麻麻，小得如同苍蝇一般，看得小臭晕头转向。若不是关乎自己的性命，打死小臭也不愿意翻这玩意儿。

耐着心性，翻了约莫两个小时，小臭猛地拍了一下大腿："有了！有了！"

韩麻子在旁边都快睡着了，急忙爬起来："怎么说？"

小臭快速扫了两眼，面色苍白，抬起头，颤颤巍巍看着韩麻子："二哥，李黑眼说得是真的！"

"可有破解之法？"

"鳖珠入身，可观宝气。三月换财，以命相抵。若寻转

347

机，唯有宝体。其中境遇，万不出一。"小臭一字一顿读完。

"什么意思？"

"前面四句话，和李黑眼说得一模一样，后面这四句话，我也不太明白，"小臭指了指书，"说是好像有破解之法，但是和什么'宝体'有关系，成功的概率，恐怕万分之一都不到。"

"那岂不是九死一生！"

"比这个更微乎其微。"小臭叹了口气，"二哥，我这次怕是凶多吉少。"

"这可如何是好！"韩麻子暴跳如雷。

"李黑眼说得不错，二哥，我完全成了魏老道手里的工具。眼下，破解的唯一办法，可能他清楚。所以，现在我们不能和他闹翻，"小臭冷静下来，仔细想了想，"只能对他言听计从，然后找准时机，翻盘！"

"如何翻盘？"

"宝藏在江底深处，除了我，没有人能够成功下去，到时，关键时刻，以此要挟，魏老道为了宝藏，说什么他都会答应吧。"

"也……只有如此了。"韩麻子默然。

"所以，我们都要装作若无其事，见机行事吧。"

二人又说了一会儿，心情暗淡，早早休息了。

接下来的几天，小臭、韩麻子都待在河衙，足不出户，李黑眼倒是恢复得很快，第二天下午就去江上了。

一晃五天过去了。这天中午，一帮人浩浩荡荡回到了河衙，一个个垂头丧气。

"有结果吗？"小臭问道。

"屁的结果。府河也寻遍了，没发现。纯粹是浪费时间！"蛤蟆头叫道。

"魏道长，这可如何是好?"杨鹿也没了主意。

所有人都看着魏老道。

魏老道点了烟锅，一声不吭，抽完了，才抬起头："杜局长，我想起一件事，去年那个渔民发现藏银木槽，是在什么地方? 南河还是府河?"

"不是南河，也不是府河。而是在两河交汇后向南的锦江之中!"杜金生似乎明白了魏老道的意思。

"怪不得!"魏老道急忙站起身，"诸位，上船，我们去那地方看看!"

众人纷纷起身。

小臭、韩麻子也跟了过去。

一帮人上了轮船，穿过两河交汇处，一路向南，便是浩浩荡荡的锦江了。

这里的江面可比府河、南河宽阔多了，水流湍急，越往南越偏僻，很快出了成都的城镇区。

"加快速度!"杜金生吩咐道。

轮船高声鸣笛，呼啸而去。

航行了约莫半个小时，来到一处江面，杜金生指了指："道长，渔民便是在此处打捞出的木槽。"

魏老道拿起藏宝图，看了看，又瞅了瞅四周的地形，摇头："不是。"

众人心里凉了半截。

"再往下!"魏老道指了指南边。

"往下? 道长，你没糊涂吧?"杨鹿实在忍不住了，"江水是往南流的，此处发现藏银木槽，说明藏宝的地点应该是在上游，在北!"

哈哈哈哈，魏老道笑了几声，"杨秘书长此言谬也! 正因为此处发现藏银木槽，那藏宝地点才会在下游！"

"没道理呀！难道木槽自己长脚，逆着水流往上走吗？"

"正是！"魏老道捋了捋胡须，"木槽中装着满满的银子，所以整体甚是沉重，江流根本就带不动。此处江底平坦，满是泥沙，江水长年流过木槽，撞击，就会在木槽的北部下方淘出个坑，到了一定程度，木槽就会往北掉入坑中，再淘，再掉，如此，便一点点逆流而上了！"

"道长真是厉害！服了！"杨鹿对魏老道佩服得五体投地。

于是，吩咐开船继续顺流而下，航行了十几分钟，魏老道大叫一声："停！"

轮船熄火。

众人急忙凑了过来。

小臭看了看，见江流在这里撞上了一处低矮的土丘，不情愿地掉了头，形成了一个U字形的江湾，江水湍急两边江岸陡峭！

拐弯之处，岸边有一高楼，约莫有三四十米，四层，下面两层四方飞檐，上面两层八角攒尖，每层的屋脊、雀替都饰有精美的禽兽泥塑和人物雕刻。朱柱碧瓦，宝顶鎏金，风格古朴，一看就是年代悠久的老建筑。

围绕着这座高楼，江边分布着一栋栋房屋，俨然是个小镇。

"怎么在望江阁停下了？"孙有财皱起眉头。

"什么望江阁？"蛤蟆头问道。

孙有财指了指那高楼："就是这栋楼，自明代就修建而成，为了纪念唐代的女诗人薛涛，因为临江，所以叫望江阁，是成都的名胜之一。"

"道长，如何？"杨鹿道。

"恭喜各位，总算是苦尽甘来，便是此处了！"魏老道哈哈大笑。

"果真?!"一帮人听了，又惊又喜，纷纷凑过来对照藏宝图。

"看上去的确有些像呢。"杨鹿不时低头、抬头，"的确是个江湾，而且周围也有高耸的土林……不过道长，藏宝图上面还有一些地方和此处不同，比如这江道的粗细……"

"杨秘书长，几百年过去了，江道变迁太正常，贫道保证，绝对是此处!"魏老道异常肯定。

"哈哈哈，诸位，我们算是要发财了。"杨鹿喜笑颜开。

小臭不吭声，仔细打量了江面，知道魏老道肯定说谎。

据他先前所说，宝藏的地点也是个江湾，但是有个渡口，可这里根本就没有渡口。

"金生，既然地点找到了，你火速回去，调集人手，前来探宝!"杨鹿恨不得现在就下去。

"我也去禀告师长，调集人马前来。"孙有财也急不可耐。

他们自去忙活且不说，剩下的人留在船上，吃吃喝喝，耐心等待。

很快到了晚上，小臭走上船顶，发现李黑眼也在上面。

"好个江湾，风水不错，宝藏埋在这里，张献忠的确有两下子。"李黑眼十分高兴。

小臭来到近前，抓住栏杆，俯瞰江面，月华之下，但见江湾的中心，浮现出一片宝气来!

这宝气，约莫有一张席子大小，比起先前看到的，可大多了，而且气息很厚，呈现出耀眼的白色。

小臭觉得，这团宝气，十有八九是因为经年累月的沉船、遗失，使得江底的金银随江流移动，到了江湾，便被阻碍、滞留下来。虽然下面金银或许有些，但和宝藏相比，那可就差太

第十七章 锦江寻宝

远了。

"李掌柜，你觉得宝藏就在这里？"小臭有心提醒李黑眼。

"自然在这里。我看了一下藏宝图，地形、水形八九不离十。"李黑眼信心满满，"魏老道还是有两把刷子的。"

"李掌柜，我观江湾，虽然有宝气，但并不浓厚，而且全是白光，和那宝藏似乎有些出入……"

李黑眼打断了小臭的话："小臭，你现在和那鳖珠没有彻底融合，所以看到的宝气，也是有限。再者，几百年泥沙淤积，宝贝上面早就覆盖了厚厚的淤泥，自然有所遮挡。放心吧，错不了！"

见李黑眼如此坚持，小臭虽有心提醒，但也不能把话说破。毕竟李黑眼和魏老道是两派，自己现在站在魏老道这条破船上，若是泄露了风声，说不定会出麻烦。

"错不了！"就在此时，魏老道也上了船顶，"李掌柜，咱们就等着取宝吧。"

他一现身，小臭就更不好说话了。

夜半时分，江面上热闹起来，水警局全体出动，马昆山也派出了手下的得力干将，密密麻麻几十条船，开着探照灯，将江面照得如同白昼一般。

小臭看了看，水警加川军士兵，有四五百人，携带着各种工具，往来穿梭，准备妥当之后，一批批水性好的人如同下饺子一般跳进寒冷的江面！

"不知道他们能不能摸得到。"小臭嘀咕道。

"你说呢？"站在身旁的魏老道，神秘一笑。

几百号人一个个冻得青头紫脸，因为江流湍急，还有十几个死于非命，一直忙活到了半夜，除了捞出来沉木、烂铜之类的垃圾，别说宝藏了，连一块银锭都没找到。

马昆山见情况不好,立刻叫停,让水警和士兵们上来休息,那些人瑟瑟发抖在江岸边安营扎寨,升起篝火,私底下骂声一片。

"道长,这里是宝藏埋藏地吗?"轮船客厅,马昆山十分焦急。

众人望着魏老道。

魏老道笑道:"不会有假。"

"那为何一点儿收获都没有?"杨鹿道。

"张献忠埋银,自然要在江底挖下很深的巨坑,再填土,说不定还会有其他的布置,再说几百年过去了,上面又覆盖了厚厚的江沙、巨石,哪有那么容易找到?"魏老道振振有词,"不要心急,得先把江底清理了,再往下挖,我估摸着起码得十天半个月才能出银子。"

杨鹿和马昆山连连点头,觉得魏老道言之有理。

奔波了一天,众人都有些累了,商量完毕纷纷回去休息。

小臭回到自己房间,带着满腹的疑问沉沉入睡,不知道睡了多久,忽然听到外面大乱。

"怎么回事?"小臭抓起衣服,带着宝儿推开门,见韩麻子气喘吁吁过来。

"哎呀,可不好了!他妈的!杨秘书长死了!"

"杨鹿死了?怎么可能呢?"小臭大吃一惊。

"死得翘翘的!只剩下半个身子了!可惨了!三弟,这地方不能待了,有怪物!"

"怪物?"

"你去看看就知道了!"

小臭跟着韩麻子一溜烟来到轮船的下层,底下早就乌央乌央挤满了人。

魏老道等人，全都在场，一个个面色复杂。

杨鹿的房间，位于船下一层最拐角，他这个人，身体并不强健，又怕风，所以就选择了那里。

房间并不宽敞，也就一二十平方米，除了桌椅板凳之类的用具，最显眼的就是一张大床了。

房间里满是血腥味，一片狼藉，杨鹿的尸体躺在床上，自肚脐之上，全部被咬掉了，五脏流了一地！

而在靠床的一侧，就是船身处，赫然一个大洞，小臭走过去看了一眼，惊得魂飞天外。

第十八章　伏尸神龙

轮船的船体，乃是钢铁铸造，很厚，却好像被什么东西硬生生抓烂了，铁皮翻卷，留有深深的爪印。

更为不妙的是，不管是洞口还是房间里，都有一团团的黏液，腥臭无比。

"事情应该是发生在后半夜，"杜金生检查了一下杨鹿的尸体，满脸悲痛地站起身，"直接抓开船板，钻进来，一口咬断了正在熟睡的秘书长……"

"这他娘的到底是什么东西呀？"马昆山吓得脸都白了，他的房间就在杨鹿的旁边。

"马师长，你半夜没听到什么动静吗？"李黑眼问道。

"我听到个屁呀！老子只要睡着，放炮都醒不了。"

李黑眼又看了看其他人，杜金生、孙有财等人也住在下面，皆摇摇头，表示没有听到。

"肯定是江里的怪物了！"蛤蟆头战战兢兢，"这力气也太大了！"

"江里，也不过是鱼呀虾呀王八之类的，哪有这般的怪物?"孙有财皱着眉头,"能够一下子把船板给掏开,这得多大?"

小臭却是一声不吭,要是以前,他也肯定觉得不可思议,但自从看到金鱼池里的那个怪东西,眼前这一幕也就不足为奇了。

小小的一个金鱼池,都能养出那么凶煞的东西,更别说这浩浩荡荡的锦江了。

"水里的东西,向来最难以捉摸,这东西,并不常见。"魏老道眯着眼睛。

"道长知道这是何物?"马昆山问道。

魏老道没有回答,目光穿过那个大洞,看着外面水汽氤氲的江面,冷冷道:"马师长,出了这档子事,不能传出去,不然外面那帮人可就不愿意下水了。还有,今天先把清理淤泥、杂物的装备找好,等晚上再继续干活。"

"道长言之有理,杨秘书长死了,事情恐怕就闹大了。"马昆山摇头不已。

"真是出师未捷!"孙有财道。

船舱迅速被清理了一遍,杨鹿的尸体被装进一副棺材,天一亮就运走了,马昆山带着棺材上岸忙活去了,孙有财则指挥人马准备装备,杜金生则带着水警封锁江面,不让寻常的船只过往。

时间过得很快,天黑之后,所有人聚集在船头,探照灯照着江心,白花花一片。

"开始吧。"马昆山叼着烟,挥了挥手。

旁边两艘船上的四五十名士兵带着竹篓、大筐之类的东西扑通扑通跳了下去。

"其他人继续!"马昆山大声喊。

后面的船上一阵忙活，很多士兵收拾利索，正准备跳，突然不知道是谁喊了一声："看江水！江水！"

一双双眼睛望向江面，只见江面上翻腾出一个个漩涡，原本青绿色的江水，涌现出一团团的血红色！

"怎么回事？"马昆山大惊。

话还没说完，只见江面上钻出个人来，分明是刚才入水的士兵，五官扭曲，大声喊："救命！底下有怪物……"

还没说完，便被拽入了水底！

江面上，死寂一片！

不管马昆山如何催促，再也没人敢下去了。一个个看着江面上的血水还有偶尔浮出来的残破尸体，胆战心惊！

事情，算是干不下去了。

"道长，这不行呀！"船舱客厅里，马昆山来回踱着步，急得如同热锅上的蚂蚁。

"江底的怪物不除，没人敢下水，还怎么打捞宝藏？"孙有财道。

"现在只能停工。贫道来想办法。"魏老道似乎也很为难。

一帮人不欢而散。

小臭准备回去睡觉，被韩麻子扯了过来。

"二哥，干什么？"

"今晚你还想住在这破船上呀？"韩麻子沉声道。

"住怎么了？"

"都死了一个了！万一那怪物再爬上来咬人怎么办？"韩麻子左右看了一眼，道，"不如我们哥儿仨到岸上去，等天亮再上船。那怪物总不能上岸。"

"不至于吧，马昆山已经安排好了人手，昼夜执勤……"

"凡事小心总没错，"韩麻子笑道，"听我的。"

哥儿俩找到蛤蟆头，又去找了杜金生，说是在船上吃鱼，吃得厌了，要去岸上打几只野味过过嘴瘾，搞得杜金生哭笑不得，只得指派一艘小船把哥儿仨送上岸，又专门派了几个水警守护安全。

"这姓杜的做事情滴水不漏，生怕我们跑了。"上得岸来，韩麻子很不满意。

哥儿仨也得装装样子，韩麻子拿着弹弓，顺着岸边四处转悠，倒也打了几只野鸟，聊胜于无。

转悠了一两个小时，后面几个水警困了，说要回去。

"我们哥儿仨再寻摸寻摸，你们先回。"韩麻子求之不得。

水警并没答应，稀稀拉拉跟在后面。

哥儿仨往上游走，来到一处江边洼地，韩麻子抬头看到一只野鸡，甚是肥大，欣喜无比，道："今儿开个荤！"

举起弹弓，一下打个正着，过去拎起野鸡就要往回走，突然听到身后传来声响。

韩麻子向来心细，赶紧趴下来往江边看。

小臭和蛤蟆头也跟了过来。

"二哥，怎么了？"

"有人。"韩麻子指了指前面。

顺着他手指的方向，小臭看到江边果然有四五个人，穿着一身黑衣，蒙着面，抬着两个沉重的木箱子，行为蹊跷。

"三更半夜的，干什么呢这？"小臭道。

"看看再说。"韩麻子道。

那四五个黑衣人飞快来到江边，走入江水之中，打开木箱，将里面的东西倾倒于江中。

小臭差点儿没吐出来——木箱中装的，全是婴儿的死尸，而且全部被开膛破肚，足有一二十个之多。

这些死婴，被江水卷入江心，浩浩荡荡顺流而下。再往下，就是灯火通明的打捞地了。

"这几个人有蹊跷。"韩麻子道。

正看着呢，后面几个水警稀里哗啦走过来，惊动了那几个黑衣人，丢下木箱子，飞快往北逃窜。

"追！"小臭大喊一声，跳起来追过去。

"这几个狗日的，肯定不是好东西！"韩麻子也气得够呛。

哥儿仨追那几个黑衣人，跟着的几个水警以为他们要逃跑，在后面穷追不放，三伙人黑暗中奔跑如风。

也不知道追了多久，见那伙黑衣人钻进了一片树林子，哥儿仨紧跟其后，穿过林子，眼前豁然开朗，竟然是一个临江的小镇。

"跑哪里去了？"小臭问道。

"进镇了！追！"韩麻子大声道。

三个人跑进镇子，沿着大街往前，刚跑了十几分钟，眼前出现一群提着马灯的巡警。

"什么人？站住！"当前的一人很快发现哥儿仨，喊了一声。

小臭懒得和巡警纠缠，转身就走。

"站住！"巡警见三人跑了，立刻喊道，"再跑就开枪了！"

"开你妈的枪！"小臭边骂边跑，在镇子的街道里面兜兜转转。

他不熟悉地形，钻来钻去，钻进了一个死胡同。

"妈的，没路了。"小臭哭笑不得。

后面的巡警也赶到，堵住巷子口，举起了枪。

"误会，别开枪！"小臭举起手。

当前的一个人走过来，看了看小臭哥儿仨，冷笑了一声："行，跑得还挺快，等你们这帮孙子好多天了！"

"什么好多天？"小臭纳闷。

眼前这人，穿着和后面的那帮巡警不一样，应该是个巡长或者队长之类的官儿，年纪四十左右，身材魁梧，眉角上有个短短的刀疤。

"自己做的事，自己不知道吗？"那人走过来，举起枪，猛地砸在了小臭脑袋上。

小臭晕倒的时候，听到那人喊了一声："将这帮恶徒，捆起来，全部带回警局！"

噗！

一桶凉水迎头浇下，小臭打了个寒战，陡然醒来。

放目望去，只见自己被捆在一个密室之中，周围摆满了刑具，韩麻子和蛤蟆头也在。

对面站着一排巡警，砸昏自己的那人，坐在正中。

"交代吧。"那人点了根烟，抽了一口。

"这哪儿呀？"小臭问道。

"警局！"有巡警喊了一声，"还能是哪儿！"

"我们怎么会到警局来了？"小臭迷糊。

那人冷笑一声："你倒是挺会装，告诉你，在我白寿臣面前，不要耍小聪明，赶紧交代，省得等会儿吃苦头。"

"交代什么呀？你们二话不说就把我们抓起来，还有没有王法！"蛤蟆头骂起来。

"行，嘴挺硬，"叫白寿臣的点了点头，"看来是不见棺材不落泪，给我打！"

身后的巡警，一个个如狼似虎，走过来，拿起皮鞭，噼里啪啦猛抽。

牛皮做的鞭子，蘸了盐水，抽下来就是道血口子，打得小臭哥儿仨哭爹喊娘。

"姓白的，你大爷的！死也得让老子死得明白吧。为何抓我们？"韩麻子被抽得满身是血。

"这么多年，还真没见过你们这么无耻的。"白寿臣晃了晃脑袋，几个巡警抬上来两样东西，咣当放在哥儿仨面前。

小臭不禁睁圆了眼睛。

那是江边黑衣人丢弃的装死婴的木箱。

"这个，总认识吧？"白寿臣道。

"这不是装死孩子的木箱嘛。"韩麻子道。

"你看，你们不是挺清楚的嘛。"白寿臣又将一样东西丢在地上。

小臭认识，那是金鱼池怪物的爪子，自己做成了两把匕首。

"物证、凶器都在，你们有什么要说的吗？"白寿臣道。

"说你娘呀！这和我们有什么关系？"蛤蟆头骂道。

"队长，别跟这帮家伙费口舌了，毙了算了！"有巡警道。

"如此罪大恶极，枪毙一百回都不为过！"白寿臣站起来，"毙了吧！"

哗啦啦！

一帮巡警齐齐举起枪。

小臭冷汗都下来了。

"姓白的，不经审问，你竟敢私自处刑？！"蛤蟆头大叫道。

"审问？本队长还需要审问吗！毙了！"白寿臣咬牙切齿。

"慢着！"小臭叫道，"我们是杨鹿杨秘书长请来的贵客，还有马昆山马师长……"

"少他妈的拉虎皮做大旗，毙了！"白寿臣对此嗤之以鼻。

一帮巡警举起枪，正要开火，就听得外面有人高喊："给我住手！"

紧接着，呼啦啦闯进来一帮人。

马昆山、杜金生、孙有财、魏老道、李黑眼、溥五爷大步闯入，后面跟着川军士兵还有一帮水警。

最前头的，分明是宝儿。

"马师长？杜局长？二位到我们巡警总局有何贵干？"白寿臣眯起眼睛，似乎对二人并不买账。

他话还没说完，宝儿嗖的一下蹿上来，对着白寿臣又抓又咬。

白寿臣急忙躲闪，脸上还是被抓出了一道血印。

"宝儿，休要胡来。"小臭急忙喊了一嗓子，宝儿一溜烟跑过来，跳到小臭肩头，对着白寿臣龇牙咧嘴。

"我们要是来晚一步，恐怕这仨人就没命了。白队长，真是好手段，不明不白就敢枪毙人？"杜金生冷笑无比。

"枪毙他们，算是便宜了。"白寿臣笑道。

"赶紧把人放了！"马昆山挥了挥手。

川军士兵走过来要放人。

"我看谁敢动手！"白寿臣眉头一扬，身后的巡警顿时举起枪。

"白寿臣，你小子能耐了！格老子，老子今天就要把人带走！"

"马师长，地方警务案件，你们川军无权过问！"

"老子管你们个屁！老子要人！"

"谁带走人，别管我不客气！"

双方寸步不让，剑拔弩张。

"寿辰，怎么回事？"眼见得就要擦枪走火，外面传来一声冷喝，进来一个人。

这人，年纪约有五十，肤色白皙，长相英俊，留着八字胡，威严无比。

"局长！"白寿臣急忙立正敬礼。

"马师长、杜局长，你们怎么跑到我这里了？"那人呵呵一笑，"这可够热闹的。"

"艾局长，你手下错抓好人，我来带人！"

"局长，这三个，就是我们最近要抓的凶犯！"白寿臣忙道。

"是他们？"艾局长闻言脸色大变，"确定？"

"确定！"

艾局长点了点头："马师长、杜局长，最近成都发生了一连串的凶案，我们正四方巡查，既然他们是凶犯，恕我不能从命。"

"好你个艾云廷！老子的面子你也不给？"马昆山简直气破肚皮。

"这个案子段市长亲自过问，别说是马师长了，就是范军长来了，恐怕也不能把人带走。"艾云廷笑道。

"那就找段思明来，我亲自跟他说。"马昆山道。

"诸位，诸位！"这时候溥五爷开腔了，"都是同僚，自家兄弟，何必刀枪相见，我看这里面一定有误会，这样，不如大家把家伙收起来，找个地方，喝喝酒，吃吃饭，把话说清楚。"

"是了，肯定有误会。"李黑眼道。

"二位言之有理，马师长，我这就去向段市长汇报，你看行不行？"艾云廷道。

"赶紧的！"马昆山冷哼了一声。

艾云廷出去打了个电话，很快回来："各位先去我那里吃点东西，段市长马上就到。"

"这三位……"溥五爷指了指小臭哥儿仨。

"一起去吧。"艾云廷道。

巡警走过来，这才放了哥儿仨。

一帮人出了审讯室，浩浩荡荡去了艾云廷的办公楼。

小臭换了衣服，然后扯了扯魏老道："你们来得可真是及时，不然老子性命不保。"

"多亏了宝儿，"魏老道气得够呛，"让你们在船上待着，你们非得乱跑。刚开始几个水警回来，说你们哥儿仨跑了。我们赶紧过来追，然后就见到宝儿过来，龇牙咧嘴的，它引路，我们才找到这里，发现情况不妙，赶紧通知马昆山和杜金生。"

"好宝儿！"小臭狠狠亲了一下宝儿，宝儿嫌弃地直抹嘴巴。

艾云廷的办公楼十分阔绰，二楼是他的独立办公区，客厅上摆满了酒菜，一帮人坐下，等着那位段市长现身。

"这都谁呀？"小臭问杜金生。

杜金生道："抓你的，叫白寿臣，是成都警察总局的队长，专门负责大案要案，那个叫艾云廷，是成都警察总局局长，马上要来的段思明，是成都副市长。"

这么一介绍，小臭明白了。

"怎么看着你和他们不对付。"小臭道。

"他们是巡警，我们是水警，原本就尿不到一个壶里。这帮人一向自视清高，马师长的生意经常被他们查处……"

"马师长还有生意？"

"废话，川军将领哪个没有自己的私人生意？成都一半的地下烟馆都是马师长的……"

两个人正在咬耳朵呢，就见外面呼啦啦走进一帮警卫，进来一个人。

这人年纪在四十左右，穿着一身合体的中山装，戴着金丝边眼镜，虽文质彬彬，但看着无比干练。

"哈哈哈，公务繁忙，来晚了，抱歉抱歉。"那人抱了抱拳。

"这都半夜三更的了，段市长还在办公，真是我等楷模。"见到这人，马昆山也不敢造次，急忙起身。

"身为人民公仆，自当为人民造福，不敢有丝毫懈怠呀。"段思明坐下来，看了看桌子上的众人，"今晚倒是有不少的新朋友，哈哈哈。"

笑了几声，转过脸看着艾云廷："云廷，怎么回事呀？为何连马师长、杜局长都惊动了？"

艾云廷还没来得及开口，韩麻子站起来了："段市长，你的手下可真是能耐！不分青红皂白将我们抓起来，二话不说就要枪毙！"

艾云廷脸上红一阵白一阵："市长，这三个人，被寿臣当场抓住，就是那起案件的凶犯。"

"哦！"段思明听了，也是一愣，目光变得锐利起来。

"段市长，咱们先把话说清楚，什么凶案呀？"马昆山问道。

段思明笑了一声："先喝杯酒，再说不迟。"

众人喝了一杯酒。

段思明看了看艾云廷，示意他说。

"是这么回事，最近一段时间，成都城内城外接连发生凶案，不少婴儿离奇失踪，有人半夜看到有几个歹人拐走婴儿，甚至当场杀掉，搞得人心惶惶、民怨沸腾。段市长亲自过问，我们警局全体出动，铁了心要将这伙人抓住正法！"

艾云廷说到这里，白寿臣接过话："今晚接到线报，说是江滩码头又发生了婴儿失踪案，我就带人去巡查，就撞见他们三个，见到我们，掉头就跑，被我们当场抓住。接着，我又派人顺着他们来的方向追查，在江边发现了两个木箱，里面满是血迹，底下垫着婴儿的衣物！"

一番话说完，段思明的脸色就不好看了。

"段市长，这三个人，是我和杨秘书长请来的客人，这段时间一直在船上，很多人可以做证，不可能是你们说的什么歹人，至于今晚……"马昆山看了小臭一眼。

小臭赶紧将晚上的所见一五一十说了个清楚。

"哈哈哈，如此说来，那真是误会了。"段思明笑道。

"市长！"白寿臣赶紧站起来，面红耳赤。

段思明摆了摆手："我还是信得过马师长和杜局长的。既然是误会，赶紧放人吧。"

白寿臣一屁股坐下来，很是生气。

"对了，马师长，有件事情，不知道当问不当问。"段思明看着马昆山。

"请讲。"

"你们在江上大动干戈，搞得成都议论纷纷，尤其是江面两边的居民，人心惶惶，你知道，我负责地方治安，这样下去，不太好，"段思明皱起眉头，"听闻杨秘书长又死在了江上，这里头……"

"段市长，恕我无理，这件事，你无权过问，"马昆山一点儿面子都不给段思明，"兄弟我也是奉命办事，你要是想了解清楚，可以向老头子问问。"

段思明听了，脸色发白。

整个四川，被称为老头子的，就那么一个人。那是四川的天，四川的地，四川的土皇帝。

"既然如此，那我就不问了。要是有什么需要我做的，尽管开口，"段思明很是客气，"但还请马师长能够顾虑到我的难处。"

"那肯定。"

这顿饭，没吃多久，马昆山就起身告辞。段思明带着艾云廷、白寿臣将众人送到门外。

有惊无险，回到了船上，小臭哥儿仨长出了一口气。

第二日，小臭起床，走到甲板上，却是吃了一惊。

但见江两岸，人山人海，无数老百姓聚拢过来，对着这边指指点点。

"格老子！怎么来了这么多人？"马昆山头大。

"师长，这么多民众围观，事情不好办呀。"孙有财道。

"废话，即便是找到宝藏，这么多人看着，也不好取呀！得想个办法。"马昆山道。

魏老道晃了晃脑袋，笑道："师长，贫道倒是有个一石二鸟之计。"

"何为一石二鸟？"

"截江！"

"截江？"众人都不明白。

魏老道解释道："发动人手，截断江流！咱们寻宝的消息，估计是走漏了，所以才会有那么多老百姓来看热闹，对外放出消息，就说是为了漕运安全，你们要在江上筑起堤坝，疏通江道，这样自然就能堵住他们的嘴，消除他们的疑心，这是其一。其二，江底宝藏埋藏甚深，又有怪物，无法下水，只有筑起江堤，截留之后，再动手，那样不仅挖宝容易，没有了水，怪物也无可奈何。"

"好计策！"马昆山直拍手。

"道长的计策虽好，可要安抚民众、截断锦江，恐怕只凭我们，无法办到呀！"杜金生道。

"老子去找段思明！"马昆山摸了摸脑袋，"发布消息、安抚民众，本来就是他的分内之事。另外我把部队叫来，全力筑堤，所需要的东西、伙食供应，也得他负责！"

"好是好，可段思明能答应吗？"杜金生道。

"不答应也得答应！"马昆山笑起来，"老子这就去！"

马昆山坐着船突突突上了岸，到了中午时分，回来了。

"师长，如何？"杜金生忙问。

"老子一个电话，上头下了命令，他能不答应？"马昆山得意洋洋。

果然，到了下午，就见江两岸出动了无数的巡警，开始发布公告、驱散百姓，与此同时，马昆山的军队浩浩荡荡开过来，安营扎寨，将江段附近全部划为了军事禁区。

段思明又以政府的名义征用民船运送沙石，川军也放下枪支，拿起了铲子。

轰轰烈烈的筑堤，开始了。

整个江段，完全成了摩肩接踵的大工地！

"真是壮观！"小臭站在船上，佩服得五体投地。

闲话少说，过了三四天，从江的两边，又高又厚的江堤不断向江心延伸，浩荡的锦江眼见就要被拦腰截断。

"越往江心，越难筑堤，江流越来越急，恐怕还得四五天才能完成，而且一旦截流成功，江堤只能坚持五天。"身为总指挥的杜金生，满身泥水。

"五天足矣。"魏老道笑道。

眼见得计划就要完成，众人心情大好，这天晚上，在船上摆了酒宴，吃着火锅喝着酒，情绪高昂。

饭还没吃完，就听得外面传来轰隆一声巨响！

"怎么回事？"马昆山站了起来。

"师长，不好了！江堤垮了！"外面的警卫急忙报告。

"垮了？！金生，你怎么监工的？"马昆山跑到甲板上，只见辛辛苦苦筑造的江堤，靠近江心的一大段，轰然倒塌！

"不可能呀！我一直在现场，质量上没问题！"杜金生大声道。

"赶紧去看看！"马昆山气得够呛。

杜金生火速前往查看，过了个把钟头，回来了，脸色十分不好看。

"怎么回事？"

"师长，诸位，江堤垮了，不是因为质量问题，而是因为被动了手脚。"

"谁这么大胆子？"

"是……是那个怪物，"杜金生灰头土脸，"江堤上，几人合抱粗的基柱被拦腰抓段，土石被掏成大洞，岂能不垮？"

"又是那怪物！"马昆山气得只拍桌子，"怎么办？你们说，怎么办？"

一桌子的人，都看着魏老道。

魏老道仰着头，仰天长叹："上天有好生之德，原本想留它一条性命，想不到竟然一而再再而三地得寸进尺，也罢，贫道也只能替天行道了。"

"道长知道江底怪物的底细？"马昆山大喜。

"马师长，此事交给贫道吧，"魏老道站起来，"你的人继续筑堤，贫道来对付那怪物。"

"如何对付？"筑堤对马昆山来说好办，他担心的是那怪物。

"这您就不要问了。"魏老道看着小臭和韩麻子，道，"这事，小臭和麻子得跟我走一趟。"

"我们哥儿仨一起去。"蛤蟆头道。

魏老道想了想，点了点头。

"道长需要什么，尽管吩咐！"马昆山道，"人和枪炮，我这里多得是！”

魏老道哈哈大笑：“马师长手底下兵将如云，武器也极为先进，但对于这怪物来说，根本就不顶用。要对付它，需要世间的异宝。”

老道喝了一杯酒：“事不宜迟，今晚我们就去办。”

酒足饭饱，已经是后半夜。

老道收拾一番，背了个小小的包裹，带着小臭哥儿仨，坐着船，来到了成都东门，下船上岸。

夜色之中，哥儿仨跟着魏老道顺着城墙往北走。

小臭好奇无比，道：“老魏，咱们要找什么异宝对付那怪物？”

魏老道呵呵一笑：“对付那怪物，需要两样东西，这第一样，叫伏尸。”

“伏尸？什么东西？”小臭没听过这玩意儿。

“你还记得这成都城是怎么建起来的吗？”魏老道卖了个关子。

“张仪筑城呀，屡筑屡倒，后来梦见了北斗七星又梦见了神龟，按照神龟和北斗七星的形状筑造了成都城。”

“嗯。其实，这还只是其一，”魏老道点了点头，“当年建城，的确按照北斗七星的形状来的，成都的四个拐角，是四个星，勺子模样，另外的三颗星，则延伸到了城外。这七个地方，叫城眼，都是风水宝地。”

“那和伏尸有什么关系？”韩麻子问道。

“盖房子，你们见过吗？”

“自然见过。”

“盖房子之时，往往会在房基之下埋上一些镇宅之物，上梁的时候，还得挂上镇梁的东西。一个房子都如此，那一座大城，自然更甚。"

小臭还是不明白。

魏老道顿了顿，道："自古以来，筑造城池都会有一个不传之秘，那就是必须在城墙下面，进行人殉。"

"人殉？"

"就是将活人埋在城基之下，然后再于上面筑造城墙，这样才能保证城墙不倒。每个城池，都是如此，埋在城墙下的人，有多有少。"

"这也……太过分了吧……"小臭皱眉。

"没办法，但的确是真的，"魏老道点了点头，看着高大的城墙，"成都城比起一般的城池更难筑造，除了在城墙下埋入人殉之外，最重要的就是四个拐角，那毕竟是城眼，所以埋的，也就不是一般的人了。"

魏老道眯着眼睛："这四处城眼，埋下的人殉，绝对是万里挑一的人，不仅身份尊贵，怨气滔天，而且命格格外不同。埋入地下，因为占着风水宝地，时间久了，自然就非同凡响。"

"再非同凡响，不过是骷髅而已。"小臭道。

魏老道哈哈大笑："小臭，人死之后，肉体腐烂，时间久了，骨骼不存，化为黄土，此乃常理，但也有异常存在。比如僵。"

"这个我听过。"

"所谓的僵，乃是尸体不腐烂，坚硬如铁，遍体生毛，亦有等级，里头文章大了去了。不过，这不在今日我们谈论之列，"魏老道顿了顿，道，"除了僵之外，那就是你说的骷髅了，但骷髅也会生异，便会产生三种凶煞之物。"

"哪三种？"

"游尸、伏尸、不化骨。"

"怎么讲?"小臭听了,觉得稀奇无比。

"这三种,都是没有棺材包裹直接埋入地下所化,大多都是因为本身的怪异还有埋葬之地的风水所致。这游尸,尸体腐烂,血肉模糊,但并不会完全变为骷髅,先是依靠着埋葬地的风水滋养,然后吞吐月华修行,时间久了,可以在地下移动自如,所以称之为游尸。"

魏老道侃侃而谈:"所谓的伏尸,则全身尽是骷髅,伏于地下,依靠地气千年不朽。而不化骨,则是全身的骨头都腐烂,唯有一处骨头不烂,其色漆黑如墨,坚硬如铁,煞气无比。这三种东西,都极为凶险,尤其是伏尸和游尸,尤喜人血……"

"我们要对付的,就是这玩意儿?"小臭头皮发麻。

"嗯,"魏老道点了点头,"成都城的四个拐角,四个城眼之下,便有四具伏尸,但时光荏苒,战乱不断,其他的三处早就被毁了,唯有东南角下面的那位,还安然无恙。贫道也是前些年四处游逛,偶然发现。"

"这个我不管,我只关心怎么搞到? 老魏,这玩意儿如此凶险,可别出岔子!"小臭一想到自己即将和一具千年骷髅拼命,脑仁儿都疼。

"把你的心放在肚子里,有我呢。"魏老道却是轻松无比。

四个人说笑之间,来到了成都城的东南角。

这里靠近大江的拐弯处,风水甚好,城墙也比别处的要高、要厚。

仰着脖子看着黑黝黝的城墙,小臭皱起眉头:"老魏,你说伏尸在城墙下,对不对?"

"对呀。"

"我们总不能把这城墙拆了吧!"小臭道。

"自然不能了。"魏老道笑着在城墙下走了走，来到拐角处，那里地势比别处高了不少，"就在此处，需要向下挖个洞，然后再往里拐，再往下挖，就是了。"

你大爷的！小臭暗骂不已：在城墙下挖洞，真想得出来。

"这事儿交给我。"挖土掏洞，是韩麻子的特长。

"东西都给你准备好了。"魏老道从包裹里掏出了一把锃亮的铲子。

"这玩意儿……"

"我从李黑眼那里借的，洛阳铲。"

"好用！"韩麻子接过来，赞叹无比，弯腰就要挖，被小臭一把拉住。

"魏老道，我二哥下去挖洞，他手艺高超，洞自然不会塌，不过，如果在里面碰到那玩意儿，怎么办？"

"这个你多虑了，麻子只需要按照我说的，挖到距离那伏尸一丈之外停下，就退出来，剩下的，交给我便是。"

"你有办法？"

"自然了，那东西原本就被镇住，虽然凶煞，但对我来说，不值一提。"

"行，那就按你说的办。"小臭点了点头。

韩麻子抄起洛阳铲，开始飞快挖掘。

按照魏老道的指点，挖挖停停，停停挖挖，忙活了足足有两三个小时，韩麻子完全变成了一个土人。

"道长，按照你说的，应该是挖到一丈之地了。"韩麻子从洞里爬出来。

"行，你歇息一番，我下去。"老道点了点头，也没见带什么东西，钻进了洞里。

小臭哥儿仨趴在黑黢黢的洞口巴巴地等着，约莫过了十几分钟，就听见地下传来一声毛骨悚然的嘶叫声，接着轰隆一声巨响，便静寂无声了。

"完了，老道肯定吹灯拔蜡、嘎屁着凉了这回！"小臭道。

"死去！你死我都不会死！"说话之间，只见一道黑影从洞中钻出来。

眼前的魏老道，披头散发，灰头土脸，连连咳嗽，手里拖着一具骷髅，月光之下，极为瘆人。

那骷髅，和一般的骷髅似乎没什么不同，但骨头并不是白色，而是赤红如血，牙齿奇长，锐利如刀，两只眼睛并没有腐烂，猩红无比。

骷髅眉心处，赫然一个大洞，一看就是新伤，从里面流出黑色的浓液。

"这就是那伏尸？"小臭小心翼翼走到跟前。

"是了。"老道拖着骷髅走到包裹跟前，从里面取出一个石制的碾子和一个铜锤，脱下道袍，将伏尸放在上面，先用铜锤将骨头砸烂，然后又放进碾子里，时候不大，一具骷髅变成了一堆细细的粉末。

老道拿出个罐子，将骨粉放入罐中，这才抹了一把汗。

"完事了？"

"算是完事了。"看得出来，老道很疲惫。

"你怎么把这玩意儿给收拾的？"小臭问道。

"此乃天机，自然不可泄露。"魏老道笑道。

"德行！不说拉倒！"小臭歪着嘴，"还需要什么异宝？"

"还需要神龙衣。这个需要你帮忙。"

"啥，神龙衣？"小臭差点儿跳起来，"老魏，你大爷的不要太过分！一具千年骷髅已经够吓人的了，你他娘的竟然让我去搞龙的衣裳!? 龙呀！我还要不要命了？"

"你急个屁呀!"魏老道恨不得扇小臭一个大嘴巴子,"谁说神龙衣就是龙的衣裳了?"

"那是什么?"

老道收拾包裹,带着哥儿仨离开城拐角,往南走,一边走,一边道:"所谓的神龙衣,指的是一种异宝的皮壳。"

"什么异宝?"

"蜈蚣。"

"我倒以为是什么呢!"小臭松了一口气,"就一条破蜈蚣呀!"

魏老道接下来一句话,让小臭立马闭嘴了:"百年蜈蚣的皮壳,才能称之为神龙衣。"

"百年……蜈蚣……"小臭吐着舌头,"你让我去弄百年蜈蚣?"

"是呀,百年蜈蚣,体长过丈,铜头铁臂,刀枪不入,剧毒无比,咬上一口,立马死翘翘!"魏老道笑道。

"那你还让我去?"

"放心吧,有我呢。"老道哈哈大笑。

四个人继续往南走。

"老魏,这百年蜈蚣,可不是鸡鸭鹅到处都是,哪里找?"小臭道。

"有个地方,应该有。"

老道领着三个人,往成都城南走,走了不知道多久,眼见得人迹寥寥,来到了一处破庙跟前。

这庙,先前应该不小,但已经倒塌了大半,被荒草藤蔓遮盖。

庙门只剩下半边,上面斜斜地挂个匾额,上书"张爷庙"三个大字。

"真是稀奇了，臭爷我见过无数庙宇，这个张爷庙倒是头一回见。"小臭仰着头。

"这是祭祀张飞张翼德的。早就破落了，"老道点起烟锅子，抽了一口，"这里原本是成都城的一个城眼之一，因为在城外，所以埋的不是伏尸，而是建起了一座神殿，供奉亡灵，以此镇城，后来被改成了庙宇。"

"原来如此。"小臭看了看，发现此地果真是阴风阵阵，让人毛骨悚然。

一袋烟抽完，老道看了看小臭："先去弄只鸡来。"

小臭四顾："我哪里去给你弄鸡去！要吃鸡，等忙完了再说。"

"谁说我要吃鸡了！用来对付那玩意儿的！"老道白了小臭一眼，"听好了，必须是浑身雪白没一根杂毛的大公鸡，起码得有五年！"

"五年的白公鸡！你大爷的，臭爷没那本事！"

"我去吧，"蛤蟆头笑了起来，"偷东西我在行。"

说完，蛤蟆头大步流星离开，过了约莫一个小时，满头是汗地回来了："把周围的农家找遍了，顺来了这么一只，老魏，你看行不行？"

魏老道看了一眼："的确是白公鸡，年头差点，估计就两三年。"

"到底行不行？"

"勉勉强强吧，但会多些风险，"老道起身，接过公鸡，双手用力，拧断鸡脖子，然后开膛破肚，将血涂满鸡身，递给小臭，"百年蜈蚣生性狡猾，一有风吹草动就开溜，等会儿让宝儿呆在大殿顶上，有它在，神龙不会跑，剩下的就看你的了。"

张爷庙的正中，赫然是一座大殿，极为高广，但倒塌了大半边，残垣断壁，里头黑黝黝的。

宝儿听了这话，不等吩咐，化为一道黑影，射到了大殿上。

小臭拎着鸡，都快哭了："老魏，你大爷的，你就让我这么拎着鸡，去弄那百年蜈蚣呀？"

"蜈蚣最喜欢吃鸡，尤其是这样的雪白大公鸡，精阳纯正，对它来说，是难得的美味，你把鸡丢到地上，它肯定出来！"

"然后呢？它出来先吃鸡，再把我吃了？"

"自然不能了。"老道从包裹里掏出一个盒子，打开，里面有着十几颗圆圆的丸子，鸽子蛋大小。

小臭捏起一个，看了看，赤红之色，坚硬无比。

"这什么东西？"

"称之为屠龙砂，百年朱砂沉炼所制，神龙的克星，"老道笑道，"百年蜈蚣铜皮铁骨，只有嘴巴能进东西，你只要想办法把这东西丢入它嘴里，那就没事了。"

小臭开始抹眼泪："我也想丢它嘴里，关键怎么丢呀！看来臭爷我这回要栽了。"

一边说，一边拎着鸡、捏着屠龙沙，带着上坟一般的心情走向大殿。

"你只管上，我们在后面支援你！"老道在后面小声道。

"你大爷的！"小臭骂了一声，哆哆嗦嗦进了大殿。

一进大殿，只觉得无比的阴冷。里头尘土升腾，一股霉味，倒塌的梁柱长满青苔，横七竖八堆砌着，目光所致，光线昏暗。

大殿中间，是张飞张翼德的一尊巨大泥像，不过也毁去了半边。

"张三爷，咱们都姓张，算是本家，你可要保佑臭爷我。"对着泥像，小臭拜了拜，然后一撒手将鸡扔到了前方几米远处，然后蹲在泥像脚下提心吊胆地等待。

周围一片安静，连虫鸣、鸟叫都没有，白花花的月光从上面漏下来，照着那只可怜的鸡。

等了约莫有一刻钟的时间，小臭脚都蹲麻了，也没见那百年蜈蚣现身。

"老魏，怕是早跑了。"小臭站起来，对着外面喊了一句。

正喊着呢，只见趴在门口的蛤蟆头冲着自己龇牙咧嘴，一边做手势一边往小臭上方指。

"干啥？"

"上面！"蛤蟆头小声道。

"上面不是张三爷嘛，我求他保佑了……"小臭缓缓仰起头，看清情况之后，只觉得一股冷气从尾椎骨一溜烟冲到了脑门！

从巨大的泥像中间，爬出了一条大蜈蚣，足足有两三米长，全身赤红如火，盘踞在泥像头顶，微微晃动身体，发出沙沙的响声，一双铜铃大的眼睛死死盯着自己，两只大牙张开，滴着毒液。

小臭吓得快尿了："你大爷的，老魏，这蜈蚣不按道理来呀！它应该先去吃鸡，怎么盯上我了？"

"庙里那么多地方你不去，偏偏蹲在那下面！"魏老道快气死了，"赶紧跑呀！"

"张三爷保佑！"小臭大喊一声，掉头就跑。

呼！

那大蜈蚣身体弹起，化为一道红色流光，直奔小臭而去！

"救命呀！张三爷救命！"小臭哭爹喊娘，在大殿里头四处乱撞。

蜈蚣跟着他，穷追不舍！

百年蜈蚣，早已能够离地飞行，速度极快，所到之处，梁柱被撞得折断、纷飞。

"快用屠龙砂！屠龙砂！"魏老道大叫。

"我哪有时间用呀！"小臭胆战心惊，脚下一个趔趄，被一段木头绊倒，仰面朝天倒在地上。

呼！

电光火石之间，大蜈蚣飞到跟前，张开大嘴，朝着小臭脖颈咬来。

小臭摸了摸身上，刚才那枚屠龙砂早不知道丢到什么地方了。

"完了，臭爷英雄一世，临了死在一条蜈蚣口中。"小臭长叹一声。

就在等死之际，忽然听到破空之音，自殿外飞来一道红影，不偏不倚正中蜈蚣嘴里。

噗！刚才还气势汹汹的大蜈蚣跌落在地，剧烈翻滚，痛苦无比，很快停止了蠕动。

小臭惊魂未定，爬起来，不知道怎么回事。

"三弟，没事吧？"韩麻子从外面走进来，晃着手里的弹弓。

小臭这才明白，方才是韩麻子用弹弓将那屠龙砂打入了蜈蚣嘴里。

"谢谢二哥！刚才我差点儿就没命了！"小臭扑到韩麻子怀里，一把鼻涕一把泪。

魏老道忍着笑，走到大蜈蚣跟前，取出一个小瓶，将里面的白色粉末倒在蜈蚣身体上，很快蜈蚣的身体就冒出了白烟，看来是软化那硬壳。

魏老道快速取出铜锤、石碾，将蜈蚣的外壳磨成了粉末，放入了一个罐子中。

做完了这些，魏老道笑道："不错，今晚异常顺利，回吧。"

"就这两样东西，对付那怪物，行了？"小臭指着魏老道的包裹。

"嗯。"魏老道点了点头，"千年伏尸，凶煞无比，百年神龙衣，精阳纯正，在这两样东西面前，嘿嘿，那怪物绝难活命！"

四个人回到船上，天已经亮了。

忙了一整晚，魏老道告诉马昆山先睡个觉，等晚上再对付那怪物。

小臭睡得昏天黑地，到了傍晚才起身。吃过晚饭，一帮人来到船舱，都要看老道如何对付那怪物。

老道先是让马昆山撤走了江上的所有人，然后又要了一条小船，让人弄了一头刚杀的肥猪装上，跳了上去。

"小臭，来，你得帮我。"老道在船上摆了摆手。

"你大爷！老魏，这么多人你不找，回回找我！"

"没办法，这事情只有你做得了。"

马昆山搂着小臭："小臭兄弟，你放心，到时候取了宝藏，绝对给你最大一份！"

"得了吧，不知道有没有性命花呢。臭爷我碰到你们，倒了八辈子血霉！"小臭垂头丧气，跳到小船上。

两人划着船，很快来到了江心。

第十九章　水下潜蚤

一轮明月照大江。

夜半时分，月华澄澈，如同白昼一般。无风，满天星斗。

一叶扁舟在江涛中摇摇摆摆，凝聚着无数目光。

小臭立于船头，看着滚滚流淌的江水之下黑漆漆一片，宛若无底洞一般，想到那怪物就在下面，心里叫苦不迭。

旁边的魏老道早忙活开来，掏出刀子，对着猪肚子捅了一刀，扒开，掏出里头的内脏，连同猪血一起放到旁边的桶中，又掏出猪心，破开，从包裹里面取出两个罐子，将里面伏尸、神龙衣粉末倒入其中，重新填回了猪肚，再用针线将猪肚缝合如初。

忙完了这些，魏老道拎着木桶来到小臭跟前，将猪血涂满小臭全身，腥臭无比。

接着，老道来到船头，将猪的内脏连同猪血倒入江水之中。

滚滚江水，很快吞没了这些东西。

魏老道掏出烟锅，点上，面色严肃："小臭，我说的话，每一句你都得记得清清楚楚。等会儿，听我指挥，我说跳，你便拉着这头肥猪一同跳入江中，沉下去之后，千万不能把猪弄丢了，一定要仔细观察，瞅准时机，想尽办法，让怪物吞了这肥猪，若是那般，便成功了。"

小臭听了气得七窍生烟："老魏，上回对付百年蜈蚣，我差点就挂了，这回你竟然让我这样对付那怪物。其一，那怪物远比蜈蚣难对付；其二，我在水底下，还拖着一头肥猪，还得寻找时机把这玩意儿填进怪物嘴里……这些都还罢了，地下又深又冷水流又急，我跳进去，即便不被江水卷走，也撑不了几分钟。"

魏老道呵呵一笑："你真是个棒槌！忘了你身上的鳖珠了？那东西已经成功与你合体，你在水中，简直如同鱼儿一般，那是你的天下，你还怕那怪物？"

"怕！臭爷我当然怕！"

正吵着呢，突然觉得船身一晃，只见江心之中，陡然出现一个巨大漩涡，江水咕噜咕噜往上冒泡沫！

"来了！"魏老道声音冰冷，一动不动地盯着那漩涡。

漩涡越来越大，飞速朝船移动过来。

"跳！"魏老道大喝一声。

小臭早吓得要尿裤子了，抱着猪头，哆嗦不已。

魏老道一咬牙，抬脚将小臭连人带猪踹了下去。

"你大爷！"小臭哀呼一声，消失在江面。

一入水，小臭顿时觉得如坠冰窟，抱着肥猪，迅速往下沉。

但几乎在瞬间，一股热流自双腿涌出，迅速遍布全身，说不出来的舒坦。更蹊跷的是，即便是在江下，小臭也无任何的不适之感，不仅不憋闷，反而觉得无限的畅快，尤其是那双腿，变得灵活无比，坚实有力，拖着肥猪，蹬了几下，竟划出去几丈开外！

"好吧!"小臭见自己在水中如履平地,知道是鳖珠的好处,心神定了不少,睁开眼睛,四处打量,寻找那怪物的踪迹。

一般人在水下,看不了多远,但小臭这双眼,却将那江水看得格外分明,几百米外,也是清清楚楚。

身体悬浮在大江之中,头顶距离江面有二三十米,下面是黑漆漆的江底,也不知道有多深,周围什么东西都没有,那种感觉,让小臭很是不舒服。

"到底藏在什么地方了?"小臭拖着肥猪,飞快地踩水,不让自己沉下去,不时环顾四周。

便如此忐忑不安待了约莫有十分钟,小臭脚酸手疼,低下头来,见脚底下有一大片黑漆漆的东西。

"老子都快沉到江底礁石上了,怪物呢?"小臭暗想道。

与此同时,小臭突然脑袋轰隆一声——自己拖着肥猪,一直在踩水,不可能下沉。而自己距离江底还有几十米呢,哪有礁石会这么大?

不对!

小臭慌张起来,拖着肥猪就往旁边游,却见那团黑影越来越大,哗啦啦,一团巨大的气泡浮现在自己眼前,遮盖住视线。

待气泡消散,一个巨大的头颅浮现在眼前!

小臭见了,吓得魂飞天外!

这头颅,足有吉普车大小,满是鳞片,光溜溜,没有眼睛,也没有鼻子,俨然一个肉团,其后的脖颈,粗而长,延伸到后面小山一般的巨大躯体之上!

这他妈的什么玩意儿?!小臭正呆着呢,突然间"肉团"砰的一声张开,如同花骨朵绽放一样,赫然是一张大嘴,里面长满了密密麻麻的獠牙,狠狠咬来!

小臭拽着肥猪,用尽九牛二虎之力往旁边游,动作飞快,仿佛离弦之箭，生生避开了方才那一击。

此时，他在怪物的侧面这才看见了全貌！

这怪物，极其之大，方才见到的是脑袋，身体宛若一座肉山，同样满是鳞甲，四肢极粗，四个爪子长而锐利，江底的石头都被抓得粉碎。

金鱼池的那怪物与它相比，简直就如同一只蚂蚁一般。

怪不得连江堤都能被它搞垮，就这巨无霸的身体，别说人了，就是轮船也能一头撞翻，这玩意儿简直就是一个没有壳的乌龟身体上，安了一个蚂蟥的脑袋！

不对，蚂蟥也没有那一嘴密密麻麻起码有上千颗的獠牙呀！

小臭心跳如鼓，突然又愣了起来——我傻呀！方才那怪物咬我的时候，应该把大肥猪趁机塞进去呀！

正想着呢，突然觉得身后江流突变，转过身来，却见一道黑影排山倒海般砸来！

尾……尾巴?！这家伙竟然还有尾巴！

那根尾巴，又粗又长，带着江水，咣的一下，砸个正着，小臭只觉得迎面撞上一座山，身体腾空而起，直接飞出江面，吐出一口血，又落入江水之中。

虽说在水中不会溺死，可方才那一击，小臭眼冒金星，更可怕的是，肥猪没了！

"猪呢?"小臭快速查看，见肥猪正在前方一两百米处快速下沉。

"拼了!"小臭手脚并用，鱼儿一般朝肥猪追去。

越往下，光线越暗，江流也越复杂。

一个人，一头猪，在无数的漩涡中打转，若不是在水中，小臭估计早吐了一地。

兜兜转转，好几次脱手，总算是抓住了肥猪，但此时，距离江底也不过十几米。

"得上去，越是往下，对我越不利！"小臭抱着肥猪，飞快往上游，游了一二十米，身下咕噜噜又冒出一团大气泡。

小臭道了一声苦也，那怪物来得太快！只得改变方向，贴近江底，在礁石之中乱走。

怪物跟在后面追赶，江底的礁石被撞得七零八落，死咬着不放。

小臭见摆脱不了，索性停了下来。

"娘的，便是死，也得拉你垫背！"小臭双目圆睁，抱着肥猪，看着那团黑影迅疾而来！

砰！

怪物巨大的头颅出现在五米开外，突然张口，喷出一团江水，如同一发水下炮弹，击中小臭，小臭仰面向上，被弹出几十米远，那怪物脖子一伸，咣的一声闷响，将肥猪整个儿吞下！

好吧！小臭大喜。

正欢呼雀跃，却见怪物转头又朝自己冲来。

"真是没完没了！"小臭双腿一蹬，向上游去，很快浮出江面，喷出一口水，使出吃奶的劲，死命往岸上游，一边游一边喊，"救命呀！救命呀！魏老道你大爷的！"

船上，岸上，无数人伸长了脖子！

眼前的景象，让所有人都呆了！

江面上，小臭在拼命游动，速度快得不可思议，而在他的身后，月光照射之下，江水翻滚，缓缓浮现出一座山！

一座漆黑无比的肉山，还有一个四面张开满是獠牙的大嘴，朝小臭逼来！

"我的娘！到底是什么怪物?！"

"跑呀！"

岸上、江上混乱一片，有逃跑的，也有开枪的。

"完了，三弟要完了！"韩麻子瞪着江面，见小臭虽然游得快，但那怪物更快，恐怕小臭还没到江边就已经被吞了！

小臭也知道自己情况不妙，一边游一边往后瞧，见那张大嘴距离自己越来越近，最后怪物陡然抬起脖子，整个脑袋都露了出来，慢慢张开，从天而降，仿佛铺天盖地的一张大网！

"逃不了了……"小臭哀叹一声。

眼见得要被怪物吞噬，却听得嗷的一声怪叫传来。

这声怪叫，极为低沉，威力十足，好像山崩地裂一般，然后，那座肉山剧烈晃动，怪物的脖子、脑袋落入水底，很快连身躯也不见了。

小臭捡了一条性命，火速游到了船边，跳上去。

"肥猪它吃下了吗？"魏老道把小臭拉上来。

"吃了！"小臭累得喘着粗气，看着江面，"怪物呢？怎么没了？"

"吃下去，就好。"魏老道冷笑起来。

时候不大，江面突然出现异状——简直如同开了锅一样，几十米的水浪射向天际，周围的江岸、丘陵，地震一般晃动！

一声声怪叫从江底传来，带着无比的痛苦和愤怒。

"快走！所有人，上岸！"魏老道喊了一声，和小臭划着小船来到岸边。

所有人弃船上岸。

"退出江边三里之外！任何人不许靠近！"见到马昆山，魏老道冷喝道。

马昆山不敢怠慢，急忙吩咐下去。

无数人齐齐退出三里之外，坐在地上，竖起耳朵听动静。

江里的怪叫，几乎持续了整个晚上，到黎明时分才停歇。

这中间，无数老百姓听到动静前来察看，都被士兵阻拦在外。

天明时分，魏老道带着马昆山等人来到江边，眼前的惊险，让众人眼珠子掉了一地！

原本曲曲折折的江岸，仿佛落下了无数发巨型炮弹，一片狼藉，不仅江道变了，连江岸两旁的丘陵、树木全都如同被犁子犁过一样，无数参天大树被连根拔起，地上全都是腥臭的黏液！

更恐怖的是，江面上白花花一片，不管是鱼虾螃蟹，还是水虫水鸟，无论大小，全部死亡！

"这也……"便是马昆山这般血海尸山中打出来的将领，也是不知如何形容。

"怪物呢?"小臭四处打量。

"自然是死了。"魏老道笑道。

"得把那玩意儿拖出来，我要看看到底是个什么样子！"小臭想起昨晚水下的一幕幕，既愤怒又后怕。

"拖不上来了，"魏老道摆了摆手，"吞下伏尸、神龙衣，那怪物一夜之间，化为脓血，不复存在，要不然也不会死了一江的生灵。贫道这一下，可算是杀生造孽了。"

魏老道竖起单掌，连称"无量天尊"！

此时，马昆山等人对魏老道简直敬若神明。

"马师长，发出告示，就说昨晚在这里进行了一场实弹演习，然后赶紧收拾现场。"魏老道抽着烟，"剩下的，就照常筑造江堤吧。"

"道长，那怪物在江底下这么搞，不会把宝藏搞坏了吧?"马昆山只关心宝藏。

"放心，不会的。它这么扒拉，倒是帮我们去除了江下的淤泥沙石。"

"那便好。道长真神人也！"马昆山吩咐下去，呵呵大笑。

"师长，段市长派人来，说要你过去有要事相商，他在河衙等你。"有手下过来禀告。

这段时间，为了配合马昆山的行动，段思明把自己的办公地点搬到了河衙。

"找我？娘的，估计是因为昨晚的动静，我去去就来。"马昆山不耐烦地转身而去。

"忙活了一晚上，累死贫道。江堤筑成还得四五天，我看不如大家回河衙休整休整。"魏老道打了个哈欠。

"分明是我忙活了一晚好不？你累个屁呀！"小臭虽然对魏老道有意见，但对他的这个提议，十分赞同。

众人一起回到河衙，倒是真累了，纷纷回屋睡觉。

小臭睡得昏沉，被外面的嘈杂声吵醒，睁开眼，发现到了中午。

肚子饿得咕咕直叫，走出门来，却看见河衙内密密麻麻全是人！

这帮人，泾渭分明分为两派！

一边是艾云廷和白寿臣，带着几百名巡警，另一边，则是孙有财和杜金生，身后站满了川军士兵和水警。

两帮人举枪对立，形势混乱，尤其是艾云廷和孙有财两个，骂声不断，连枪都拔了出来。

"段市长死在办公室，只有马昆山来过，不是他，还能是谁！"艾云廷五官扭曲，咆哮道。

他原本是个斯文的人，竟然暴跳如雷。

"我还要向你们要人呢！我们师长被你们市长叫进去，如今活不见人，死不见尸！姓艾的，你们早就对我们师长有意见，竟然敢下黑手！"孙有财双目赤红，"不交出师长，老子把你们全毙了！"

小臭听得云里雾里，见旁边李黑眼、溥五爷、韩麻子、蛤蟆头站在走廊上，走过去，问道："怎么回事？"

"你现在才醒呀？"李黑眼哭笑不得，"天都快塌了！"

"到底怎么了？"

"我也不太清楚，只是听说马昆山被段思明叫进办公室，然后段思明死在了屋子里，心口中枪，马昆山不见踪影了。"

"火拼！"小臭目瞪口呆。

"不止如此，事情蹊跷着呢，"魏老道从旁边走过来，"简直是不可思议！"

"怎么不可思议了？"

"死得不可思议，消失得不可思议！"魏老道摊了摊手。

接下来，通过魏老道的讲述，众人才发现这两位大员的死、消失，果真是如同见了鬼一般！

因为马昆山先前的要求，段思明不得不从省政府来到河衙现场办公，他的办公地点，位于河衙的一个独立小院，住的是一栋二层小楼，身边警卫众多，而且都是艾云廷亲自安排的得力手下，二十四小时守护。

段思明是个典型的文人，喜欢安静，所以警卫全部都在院子外面值守，没有他的命令，任何人不得进入院子，所以大部分的时间，那栋小楼只有他和一个女秘书，段思明在二楼办公，女秘书在楼下。

事发当天，段思明召马昆山会谈，马昆山如约而至，警卫亲眼看着马昆山大摇大摆进去，当时提出要马昆山交出枪，被马昆山骂得狗血淋头。

据段思明的女秘书说，马昆山直接上了二楼，没过多久，楼上就传来了争吵声，具体吵什么听得不太清楚，好像段思明对马昆山很不满意，马昆山也破口大骂，随后便安静了下来。又过了四五十分钟，突然传来段思明的一句怒吼："马昆山，你要杀我?!"接着，就传来一声枪响。

女秘书吓得花容失色，急忙跑出去叫警卫，警卫冲进来，上楼，发现门从里面反锁着，撞开后，看到段思明心口中枪仰面朝天倒在血泊之中，地上的凶器就是马昆山的配枪。

不仅房门反锁，窗户也反锁。警卫找遍整栋楼，不见马昆山的踪影。在楼下的院子中，有马昆山的脚印，但守在院子四周的警卫没有看到过马昆山出来，河衙外的警卫也没有看到马昆山。

"简单地说，段思明死在了一个密室之中，马昆山凭空消失，活不见人，死不见尸。"魏老道总结道。

众人听了，一个个瞠目结舌。

这凶杀案，真是奇了。

段思明是成都副市长，马昆山是川军师长，两个人身份都不一般，而且牵扯到军政两方，所以河衙之中发生冲突之后，很快就有一辆辆轿车开了进来，很多官员模样的人现身，发生冲突的两帮人命令手下收起武器，然后进入楼里商量。

因为牵扯到宝藏，所以魏老道等人最后也被请了进去。

对于段思明的死，艾云廷极为恼火，不但要求追查元凶，对于宝藏的事情极不配合，要撂挑子不干。川军这边，马昆山消失后，立刻有两位师长出面，一个姓幸，一个姓封，拿着省政府的命令要求艾云廷必须配合，艾云廷最后连帽子都摘了，声称如果不捉拿马昆山为段思明报仇，他宁愿放弃警察局长的位子，也不愿做事情。

一帮人吵吵闹闹一直到半夜，最后也没有谈妥，只能第二日再商议。

魏老道、小臭、李黑眼等人各自回房歇息。

小臭睡不着，躺在床上琢磨着段思明的死和马昆山的消失，越琢磨越觉得蹊跷，尤其是马昆山，简直如同凭空蒸发一般。

正想着呢，突然听到门吱嘎轻响了一声，进来了一个人。

没等小臭有反应，宝儿先蹦了起来，吱吱怪叫。

"是我，安静点！"黑暗中传来魏老道的声音。

"这么晚了……"

"起来，我们走。"

"去哪儿？"

"赶紧的，出去再说。"

"我大哥、二哥……"

"已经叫起来了，快点收拾东西，手脚轻点！"

小臭不敢怠慢，简单收拾了一下东西，跟着老道出门。

来到门口，见韩麻子、蛤蟆头已经等在门外。

魏老道领着哥儿仨，在河衙里面兜兜转转，躲开警卫，来到大墙旁边，甩出飞爪，一个个爬了出去。

出了河衙，直奔江边，那里有一艘并不十分大的渔船。

上了船，魏老道吩咐船把式赶紧开船。

船把式是个三十多岁的汉子，撑起桨，小船飞快驶入江中，顺流而下，消失在水雾里。

四个人坐在乌篷之中，魏老道将帘子拉上，这才松了口气。

"老魏，三更半夜的，你这唱的哪一出呀？"小臭问道。

魏老道点起了烟锅，道："自然是去寻宝！"

小臭呵呵一笑："你这家伙，果真不老实。我就说嘛，望江阁那边，根本不像你说的藏宝地，没有渡口。"

"和那帮家伙混在一起，真要取了宝藏，不但我们分不到一个大子儿，还会被灭口。贫道怎么可能带他们去真正的藏宝之地。"

"那就是说李黑眼的那张藏宝图上的地点，并不是望江阁咯。"蛤蟆头对魏老道此举倒是十分赞同。

魏老道摇摇头："李黑眼那藏宝图上面标注的地点的确是望江阁。"

"这就蹊跷了呀。"韩麻子坐直身子，"老魏，藏宝图总不会假吧？"

"这事儿我也觉得有点奇怪。"魏老道挠了挠头，"照理说，那张图是从金匣中取出的，断然不会有错，可标注的的确是望江阁的那个河段。还有，江中那怪物现身，更证明那张图应该不错。"

"什么意思？"小臭问。

"你们知道那怪物是什么东西吗？"

"我们哪里会知道！"

"那东西，叫潜蚕，"魏老道抽了一口烟，"这东西，极为罕见，也极为古老，自上古时期就生活在江河之中，后来就几乎灭绝了。潜蚕乃是极为阴煞之物，靠着吞吃水底的腐烂尸体以及活物为生，擅长潜伏、掏洞，性格十分暴躁，寿命极长。我们见到的那只，我看年纪不过有个二三百岁，照理说，不应该长那么大。"

"小山一样了！"小臭心有余悸。

"所以我觉得，那东西很有可能是有人驯养的，多年喂食，才能长得那么巨大，否则不可能。"

"有件事我不明白，那么厉害的东西，怎么就被你搞得化为血水？”小臭问。

老道笑起来：“我方才说了，潜蚕是阴煞之物，要干掉它只有一个方法，就是先用更阴煞的东西将其彻底镇住，封住其体内的阴煞之气，然后再用至阳之物破之。千年伏尸之骨，足以破它体内的阴煞，百年蜈蚣的神龙衣再一入体，就如同冰块中投入了烈火，它岂能不身死道消？”

“厉害！”小臭竖起了大拇指。

“道长，你说有人驯养这玩意儿，这么凶的东西，驯养它干吗？”韩麻子问道。

“这正是我觉得蹊跷的地方。”魏老道笑了一声，“潜蚕没有眼睛，凭借着水中的动静行动、捕食，所以这东西不喜欢活动，往往是寻找一个幽深的地方就一直待着。加上它喜阴，所以最喜欢的地方就是埋宝之地，什么沉船啦什么水下古墓啦，所以在我们这行里，管这东西又叫宝蚕。”

“它出现在望江阁，岂不是说望江阁下面就是宝藏？”蛤蟆头问道。

魏老道皱起眉头：“潜蚕出现的地方，一般的确是会有宝藏的，而且是大宝藏。但是望江阁江段之中，虽然有些沉银之物，但数量并不多，根本不是张献忠的宝藏，潜蚕也绝对不会出现在那里。还有，你们别忘了，我们刚到望江阁那边时，潜蚕并没有出现，而是后来才现身的。”

魏老道吧嗒吧嗒连抽了几口烟，道：“这就更加证明了我的推断，那潜蚕是被人引到那边的。”

“被人引到那边的？为什么？”小臭疑惑不解。

“自然是为了阻止我们寻宝了。”魏老道回答。

“可你也说了，那里根本不是真正的宝藏呀。”蛤蟆头越听越糊涂。

"你们哥儿仨被抓之前，不是看到一伙黑衣人往江中投放婴儿的尸体吗？"

"不错。"

魏老道顿了顿："引潜蚩的就是那伙人。潜蚩这东西，最爱吃的便是婴儿的尸体。要把它引出来，并且固定在一个它并不喜欢的地方，就必须用这东西勾着它。白寿臣他们说成都最近发生了一连串的婴儿失踪案，前前后后丢了几十个婴儿，想来就是这伙人所为。"

魏老道磕了一下烟袋锅："目前，盯着宝藏的，一共有四伙人。我们算一伙，李黑眼和溥五爷是一伙，杨鹿、马昆山他们是一伙，除此之外，还有一伙人，你们忘记了？"

"那帮黑衣人！"小臭恍然大悟，"老魏，你的意思是说，那帮引潜蚩到望江阁的黑衣人，就是先前追杀我们的黑衣人？"

"正是！"魏老道点了点头，"原先我只以为这帮黑衣人是为了夺宝，现在看来，是我低估了他们。"

小臭哥儿仨面面相觑，不知道魏老道此言何意。

"自打那只潜蚩现身，我就觉得事情不正常。这几天我一直在琢磨，现在总算是理出了头绪。"魏老道笑了一下，"你们知道吗，这只潜蚩，我先前见过。"

"你之前见过？"小臭快要蹦起来了。

魏老道甩了一个白眼："当然了！要不然它不现身我怎么就知道是这玩意儿？"

"你在哪里见过？"小臭问。

"那个渡口的江下，真正的藏宝地。"魏老道压低声音，"我告诉过你们，我下去过。"

"你在那江底见到的怪物，就是它？"

魏老道点了点头，又摇了摇头："除了它，还有个更麻烦的东西。"

这时候，韩麻子算是明白了："道长，潜蛮既然是那帮黑衣人引过来的，岂不是说那伙黑衣人也知道真正的藏宝地？"

"正是了。"魏老道顿了顿。

"那这伙黑衣人为何要这么做？"小臭问道。

魏老道双目微闭，沉默了一会儿："小臭，看来除了我们三方夺宝之外，还有一方，在护宝。"

"护宝?!"

"嗯，"魏老道睁开眼，目光闪烁，"如果那伙黑衣人是为了夺宝，他们既然已经知道了宝藏埋藏地，早就取了。那只潜蛮，是驯养之物，守护着宝藏，他们能调动，也足以说明他们的身份。"

魏老道身体前倾，道："杨鹿他们因为孙有财的指点，知道了宝匣，然后派杜金生去北平，中间一番周折，那帮黑衣人也在北平现身，并且于钟楼杀了马六儿，发现金匣时空的，便怀疑其中的藏宝图已经落到了溥五爷手里，所以我们和溥五爷离开北平来成都的路上，他们一路尾随，在西安动手。"

"是了，当时有个黑衣人以为我是溥五爷，让我交出东西。"小臭连连点头。

"那我就不明白了，"韩麻子插话道，"他们如果是护宝，望江阁那边不是真正的藏宝地，他们为何大费周折把潜蛮引到那里？"

"这就是他们的聪明之处。"魏老道笑了笑，"所有人的目光都聚集在那里，杨鹿、马昆山他们更是竭尽全力，越是将他们拖在那里，真正的宝藏就越安全。如果杨鹿他们发现望江阁下面没有宝藏，那就会再次寻找，如此一来，真正的藏宝地就危险了。"

"明白了。"小臭点了点头，又道，"可藏宝图为何标注的是望江阁而不是真正的藏宝地呢？"

"这个我就不明白了。"魏老道摇头，"藏宝图应该不会错，会不会是原先就被动了手脚，要知道，张献忠那人向来狡猾得很。"

"那伙黑衣人又是什么来头？"韩麻子道。

这个问题，没人能回答。

四个人在船舱里面嘀嘀咕咕，小船却一刻也没有停歇，先是小心翼翼穿过了望江阁那段被禁航的江段，接着再往南行。

拐来拐去，也不知道过了多长时间，船舱外传来魏老道的声音："到了。"

小臭哥儿仨急忙出来，但见面前是茫茫的荒野之地，夜幕之下，树木葱茏，月涌江流，两岸皆是高陡的土崖，静寂无声。

浩荡的锦江，在这里几乎拐了一个一百八十度的大湾。

"客人，你们跑到吊金摊干吗？这里可是不消停的地方，经常出事故，而且据说还闹鬼呢。"船把式收了桨，抹了抹额头上的汗水。

"走亲戚，"魏老道笑了笑，从口袋里掏出银元递过去，"二十块大洋，不多不少。"

"哎呀，这么多，两块就足够了。"船把式大喜，接过银元，低头数着。

魏老道来到近前，突然掏出匕首，一手捂住船把式的嘴，另一只手一刀捅入了船把式的后背。

船把式双目圆睁，呜呜了几声，很快死掉。

"老魏，你这是干吗？"小臭睁大眼睛。

魏老道将船把式的尸体丢入江中，面不改色："自然是防患未然，若是放他回去，走漏了风声，就麻烦了。"

"那也不用杀人呀!"

"自身安全最重要，别忘了我们的宝藏!"魏老道白了小臭一眼，指了指前面，"你们划船，过了这个江湾，就是渡口。"

小臭气得不行，和韩麻子两人划船，小心过了江湾，果然看见一个渡口。

放下船桨，小臭四处看了看，周围的地形，和魏老道当初的讲述分毫不差。

"现在我们怎么办?"小臭问。

"自然是取宝了。"魏老道看了看渡口，"等会儿估计会有动静，得先解决掉后顾之忧。"

言罢，老道让小臭和韩麻子将船划到了岸边，他一人悄悄进了渡口旁边的茅屋之中，十几分钟后出来，满手是血，看样子渡口里面的那对爷孙也被他解决了。

"这条船太小，换渡船，到江心。"魏老道此刻完全变了一个人，脸上一点儿笑容都没有，极为严肃。

四个人换上了大的渡船，缓缓划到了江心。

此刻已经是后半夜，月色皎洁，照得江面波光粼粼，有风，呜呜呼啸，四个人立于大水之上，处于江雾之中，看着黑漆漆的水下，格外紧张。

魏老道再次点了烟袋锅，一句话没说，吧嗒吧嗒抽完了，这才开腔:"小臭，接下来会凶险无比，你一定要按照我说的去做，不能出半点儿差错，否则我们四个人都难活命，明白吗?"

"放心吧，我最怕死。"

"你跳入江中，一直往下，不管看到什么，都不要大惊小怪，动作要轻。在江底，你会看到一个巨大的石台，石台上面，正中，固定了一个纯金的盒子，你拿之后，火速上来交给我，一定要快，明白吗?"魏老道声音有些抖动，"一刻都不能耽误。"

"明白。"

魏老道点了点头，从包裹里面取出他的那个罗盘，点了几根香，然后又取出一个罐子，从里面取出一个碗口大小的黑丸，丢入江中。

那黑丸不知道什么做的，扔下去之后，碰到江水，哧哧哧直响，快速溶化、下沉，所到之处，江水都变成了乳白色。

"这丸子会让水下的那位暂时陷入沉睡，你只管放心。"魏老道安慰了一下小臭，勾着头看着江面，五六分钟后，低喝一声:"小臭，入水!"

小臭二话不说，扑通一声跳了进去。

江水冰冷，小臭哆嗦了一下，飞快朝下方游去。

有了望江阁水下的经历，他早已经熟练了许多，手脚并用，真如同鱼儿一般。

游了几分钟之后，小臭发现此处的江流和望江阁那边完全不一样。

锦江在这里拐了一个大弯，刚转过来，底下江流极大，流速也快，更要命的是，不管是江岸还是江底，都不平坦，所以处处都是漩涡。

那些漩涡，小的有水缸粗细，大的直径有几十米，如同在水底下涌动的一个个龙卷风，只要被卷进去，断然无法出来。

水下能见度很低，小臭只能看到一二十米之外，所以越往下游越费力。

也幸亏身上有了鳖珠，若是正常人，能坚持个四五分钟就已经到极限了。

闲话少说，小臭躲躲闪闪，好多次差点儿被漩涡卷入，弄得伤痕累累，挣扎了也不知道多长时间，努力往下又游了一会儿，突然觉得原先紊乱无比的江流突然变得平静下来。

估摸着已经下沉了几十米，头顶上面江流呼啸如鼓，下方却平静得一点儿波澜都没有，有月光漏下来，照着下方的漆黑世界。

一个人悬浮于深水之中，那种诡异，不可言说。

小臭歇息了一会儿，再次缓缓下游。

又游了几分钟，眼前的景象让小臭大吃一惊。

脚下的江底，竟然平坦如镜，一看就是人工开凿，面积起码有几十亩大小。

就在这平地之上，赫然出现一座大城。

是的，一个四四方方的城池。全部用白色的石头垒砌而成，有四个城门，因为年月已久，加上水流腐蚀、冲刷，很多地方都倒塌了。

城池小臭看过不少，这个石头城比起北平、西安小了太多，但建在水下，小臭还是头一回看到。

城池分前后两部分，后面是个直径几十米的洞穴，黑黝黝地看不到底，无比的恐怖，洞穴一左一右立着两个巨大的石像，左边的是一尊石牛，右边是一尊石鼓，起码有一二十米高，雄浑无比。

城池的前部，是一座巨大的石台。

石台通体由白色石头垒砌，呈现锥形，下头大，上头小，密密麻麻起码有一两百级台阶，顶端的平台，也有一两百平方米，不过这石台之上，却有个黑乎乎的巨大东西。

小臭离得远，看不清楚，只觉得这东西看着怪异，趴在石台上一动不动。

小臭稳了稳心神，小心翼翼往下游，很快到了石台的上方。

此刻，光影晃动之下，小臭勉强看清了情况，顿时瞳孔收缩，差点儿叫出声来。

高大的石台之上，趴着的那黑东西，身形巨大，起码有几十米长，遍体鳞甲，四肢粗壮，生有四爪，头生双角，脖颈下有鬃毛，长须飘飘，双目微闭，身体随着呼吸起起伏伏！

这东西，小臭先前没见过，但听过！

分明就是一头蛟龙呀！

在如此巨大的蛟龙面前，小臭觉得自己就如同蚂蚁一般，若是惊醒它，恐怕对方随便一爪子，自己就化为灰飞。

小臭此刻才明白魏老道之前说江底还有个更麻烦的是什么意思，那只潜蚕虽然恐怖，但和眼前的这头蛟龙比起来，简直是小巫见大巫。

小臭强迫自己冷静下来，轻手轻脚往石台上方游。

这么大的石台，完全被那蛟龙当成了床铺，身躯盘绕，蜿蜒向上，脖颈和巨大的头颅则伏在了石台顶端。

小臭游的时候才发现，这条蛟龙似乎有些异常，两条比腰粗的黑色锁链锁住了它的身体，而且黑色锁链向后延伸，一直消失在后方的黢黑洞穴之内。

原来是被锁住了。小臭微微松了一口气，却也不敢大意，轻轻靠近石台顶端。

到了近前，才看清楚，蛟龙的脖颈之上，还有个小石台。

石台并不大，也就八仙桌大小，用整块石头雕刻而成，台身引出四条锁链，牢牢捆住蛟龙的脖子。

石台的正中，有个黄灿灿的金属小盒，甚是显眼。

小臭轻轻落在石台上，伸出手要搬动那金盒，却无法移动。

低下头来，发现金盒底下嵌在了石台之内。

这难不倒小臭。小臭取出身上用金鱼池怪物利爪所做的匕首，小心撬动，那东西锋利无比，很快将金盒取了下来。

金盒到手，小臭抱在怀里，不敢多待，飞快朝上方游去，生怕惊动了那头蛟龙。

上游了几十米，又穿过紊乱的江流层，终于浮出了水面。

船上几个人早就等得急不可耐了，尤其是韩麻子和蛤蟆头，仿佛热锅上的蚂蚁。

"得手了没？"韩麻子一把将小臭捞出来。

小臭爬上船，点了点头。

"老魏，你忒不厚道，底下他娘的有一头蛟龙你不早说，差点儿吓死臭爷！"小臭抹了抹水，骂道。

"蛟龙？"韩麻子和蛤蟆头听了，两股战战，"真的是蛟龙？"

"还能有假嘛，"小臭比画了一下，"巨大无比的一条！"

魏老道懒得和小臭掰扯，伸出手："快把金盒给我！"

"盒子里面是什么？"小臭抱着金盒，并不打算马上交出去，歪着脑袋问。

"分水珠，"魏老道急不可耐，"有了这东西，我们四个才能进去。"

"分水珠是什么东西？"

"你话太多了！"魏老道怒了，咆哮道，"此物来历极为不凡，我先前给你说过，所有水兽之中，以黄河大王最为尊贵，黄河大王之中，有一类体内孕育的灵珠，称为分水珠，珍贵无比，能镇服千万水兽！"

"你把这东西取出来，那头蛟龙岂不是要醒？"小臭大惊。

"除了镇服水兽之外，分水珠还有一个功用，就是持此珠入水，面前的水会自动分开，如履平地。你有鳖宝在体内，自然来去自如，我们不行！快给我。"魏老道都快要冲过来了。

小臭抱紧金盒，道："老魏，你我搞了这么久，有些话，今儿得说清楚。"

"以后再说。"

"那不行，"小臭摇摇头，"我怕夜长梦多。"

"你到底想干什么？"

"你说来取宝藏，共享荣华富贵，我信你，为此我几次三番差点儿丢掉性命，但你老小子不厚道，"小臭冷笑一声，"你在我双腿之内埋入那两颗珠子，固然能让我入水如履平地，但鳖宝入体之人，需要以精血饲养，我体内的这两颗珠子，更是厉害，简直是催命鬼，短则一月多则两三月，我定然精气衰竭而死，对不对？"

"什么？"小臭说完，韩麻子和蛤蟆头大惊。

"老魏，我说了，臭爷最怕死，你今儿不把破解之法告诉我，别想要这金盒！"小臭死死盯着魏老道。

魏老道此刻脸色一会儿红一会儿白，身体抖动，俨然愤怒至极。

哈哈哈哈哈！

沉默了一会儿，魏老道爆笑几声："行，小子，你还真不错，出乎我的意料。"

他的声音，冰冷而狰狞，和先前那种温和厚道截然不同。

"道爷本想留你们一条活路，让你们自生自灭，想不到你自己找死！"魏老道冷哼一声，突然手一挥，自袖中飞出一道红光，直射小臭胸口。

那道红光，来得迅疾无比，小臭根本无法躲避。

吱！

关键时刻，宝儿身形如电，蹿到跟前，利爪伸出，将那红光死死抓住。

小臭吓了一跳，低头看去，只见宝儿抓住的东西，是一条手指粗细的蜈蚣，通体紫黑，坚硬无比，面目丑陋，张着大嘴，吱吱乱叫。

魏老道一招失手，冷笑道："大意了，能抓住我这铁嘴蜈蚣的，普天之下，恐怕也只有这只死猴子。"

"铁嘴蜈蚣？"小臭听到这四个字，如遭雷击，"你可认识猴子吴？"

当年和猴子吴邂逅，老头儿就是为了追杀一个人，最终不小心着了对方的道，死于非命。

猴子吴临死时告诉过小臭，他中了铁嘴蜈蚣，这东西剧毒无比，速度极快，咬下之后，产子于人的身体之中，无药可解。

"不过是个废物而已，"魏老道冷哼了一声，随即皱起眉头，"怎么，你认识他？"

小臭此刻双目圆睁，愤怒无比："他，是我的师父！"

"师父？！哈哈哈，没听你说过呀。小臭，拜这么个废物做师父，你还真不是一般的眼拙！"魏老道哈哈大笑，"不如你把金盒交给我，或许我能考虑收你为徒，保准你……"

"小臭，别听他的！"就在此刻，一声高喝传来。

只见从江湾之处，一艘船如闪电般射来，船头站着两人，分明是李黑眼和溥五爷！

二人来得很快，转眼就到跟前。

"李黑眼、溥胖子，我劝你们不要蹚这趟浑水。"魏老道见了二人，倒是有些忌惮，冷声道。

"你们怎么来了？"小臭倒是欣喜无比。

第二十章　藏宝之地

李黑眼和溥五爷现身江上，出乎小臭的意料，但小臭顿感安心。

面对魏老道，不管是江湖经验还是一身的本领，小臭哥儿仨加一块都不是对手，但李黑眼和溥五爷就不同了。

溥胖子见多识广，李黑眼更是一身绝技。

更主要的是，这么久相处下来，小臭对二人印象极好。溥五爷属于人畜无害的一类人，李黑眼一路上对自己多次提醒，很是关心。

"要不是我家老爷子让我看着你点，我还真懒得蹚这趟浑水。"李黑眼看着小臭，呵呵一笑，"自打得知你和这老东西搞在一起，我家老爷子就很不放心。"

"老爷子？"提起李君之，小臭心中涌起一股暖流。

"小臭，你眼前的这个老道，可不简单呢。"李黑眼指着魏老道，冷笑连连，"你可知道他的底细？"

小臭摇摇头："我只知道他是个憋宝的。"

"憋宝？"李黑眼摆了摆手，"小臭，你真该好好把猴子吴的那本书读一读，否则也不会这么被人耍得团团转了。"

李黑眼长叹一声："江湖行当众多，所谓三百六十行，行行出状元。三百六十行之外，有外八行。外八行者，倒斗、金点、乞丐、响马、贼盗、走山、领火、采水也，又称'五行三家'，这憋宝，是倒斗行的一个分支，又分为三派。"

李黑眼侃侃而谈："憋宝三派指的是山鬼、河神、地仙三派。三派之间，各有所属，有着各自的地理分工、各自的组织帮派、各自的憋宝方法、各自的崇拜神灵，更有独属于各自的憋宝工具。所谓山鬼，指的是行进在崇山峻岭中的憋宝人，这些人，踏山寻宝，拜的神灵乃是传说中的山神——山魈，故而称为山鬼。河神，指的是入水探宝的憋宝人，这些人只从水中得宝，拜的是黄河大王。至于地仙，这一派憋宝人，不入山，不入水，游走于平原、村镇，他们的神灵幡上，画的是一个人身鼠头的黄鼠狼。黄鼠狼又称黄大仙，所以这一派称之为地仙。"

李黑眼看着魏老道："憋宝三派，界限分明，山鬼只能在深山憋宝，河神只能水中寻宝，地仙只能在平原村庄，若是跑到别人的地盘憋宝，那就坏了规矩，轻则逐出憋宝行，重则处死。这么多年，从来没人敢坏了规矩，唯独有这么一个人，不管山里、水里、平原村镇，四处憋宝，而且屡屡对憋宝人出手，杀人夺宝，搞得整个憋宝行愤怒无比，连连派出高手追杀，却次次让其跑掉，那些高手也死于他手下。"

说到这里，小臭听明白了，自己的师父猴子吴，应该属于河神一派，而且在憋宝行里面地位崇高，至于那个坏了规矩的人，就是魏老道了。

"憋宝行当，规矩甚严，门人多少，清清楚楚，但三派查了自己的记录，却发现根本就没有这么个人。最后没有办法，三派的领头人找到我家老爷子求助，得知情况后，老爷子突然记起，三十年前，他曾经碰到过此人。魏老道，这也是你为何三番五次找借口不与我家老爷子见面的原因吧？"

魏老道冷笑一声："放眼天下，能让贫道忌惮的，也就李君之一人而已，不过他手中若是没有那几样东西，也不是贫道对手。"

"我家老爷子向来对憋宝行不闻不问，三大领头人求上门来，老爷子也告诉对方不要和你纠缠，因为他知道，憋宝三派根本没人是你的对手，"李黑眼盯着魏老道，"魏老道，你可知晓，在北平时，我家老爷子曾经悄悄看过你一回，当时他就在程五爷家中。他告诉我，和三十年前相比，你一点都没有变化，没有任何的苍老！你底细极深，我家老爷子用了三个字形容你。"

"哪三个字？"

李黑眼一字一顿："老怪物！"

"老怪物？"魏老道仰天大笑，"哈哈哈，不愧是李君之，这三个字，形容得贴切。"

笑罢，魏老道恢复了满脸冷色："这次看来贫道是托大了，本想着对付你们这帮小鬼轻而易举，想不到背后有李君之坐镇。李黑眼，你交出去的那张藏宝图是假的吧？"

"正是，"李黑眼得意地一笑，"仿造东西原本就是我的强项，我料到你肯定会要滑头，加上又有黑衣人一路追杀，所以只能先抛出一团迷雾，保护我们的安全，然后想办法打探你的底细。"

"你很不错，有点你父亲的手段，"魏老道点了点头，看了看众人，"没时间跟你们说废话，张小臭，把金盒给我！"

"说出鳌珠的破解之法，让我活命，我再考虑给不给你！"

小臭寸步不让。

"找死!"魏老道双脚一跺,直奔小臭而来。

小臭急忙躲闪,没想到魏老道身形陡然转过去,落在韩麻子身边,一把掐住了韩麻子的脖子。

"哈哈哈,贫道面前,你们还是太嫩了。张小臭,交出金盒,否则贫道不介意杀了你二哥!"

"小臭,别管我,金盒死也不能交!"韩麻子大叫。

"交不交?"魏老道单手用力,锋利的指甲掐入韩麻子的脖颈,韩麻子顿时呼吸急促脖颈流血。

就在小臭危难之际,突然江面剧烈抖动起来。

吼!

接着,一声闷雷一般的声响,自江底传来!

原本还算平静的江面,顿时风云突变,一个巨大的漩涡出现在面前!

"快给我!"魏老道看着漩涡,有些急了,再次用力,韩麻子根本喘不过气来。

"算你狠!"小臭咬了咬牙,一撒手,把金盒甩了出去。

魏老道接过金盒,打开,里面显出一个碗口大小流光溢彩的珠子来。

"哈哈哈哈!贫道走也!"魏老道大笑,一脚踢开韩麻子,拿着珠子跳入江中。

入水之时,魏老道高喝一声:"张小臭,告诉你,你身上的鳖宝几乎不可能解开,一月之内,必死无疑!"

看着消失的魏老道,小臭失魂落魄。

"三弟,你真不该给他!"韩麻子爬起来,急道。

"你们还是先别抱怨了,"李黑眼拉着溥五爷跳到渡船上,看着风起云涌的江面,沉声道,"水底的东西,要出来了!"

轰!

李黑眼话音未落,巨大的漩涡中一道水柱飞射出几十米高!

在漩涡之中,缓缓地显出一颗巨大的脑袋来!

长角竖起,鬃毛张扬,双目如炬,张开血盆大口,嗷地叫了一声,喷出的气流简直如同一场飓风迎面而来,震得五个人灵魂出窍!

"蛟……蛟龙!"便是见多识广的李黑眼,也是呆若木鸡。

"大爷的,以前看过这玩意儿,不过是绣在我官服上的,没想到这会儿看到个活生生的。值了!"溥五爷没心没肺,哈哈大笑。

蛟龙十分愤怒,一扬爪子将先前李黑眼和溥五爷坐的那艘船打得粉碎,然后奔着众人咆哮而来!

"完了,这回算是要归位了。"李黑眼呆呆道。

众人抱定必死的心情,却见一道黑影飞出船外,稳稳落于蛟龙的脑袋上。

是猴子宝儿。

"宝儿,快回来!"小臭大叫。

宝儿此刻,却也是大变样——全身黑色的毛发一根根竖起,看上去就像是刺猬一般,龇牙咧嘴,额头上那簇白毛舒展开去,赫然像是一只睁开的眼睛!

白毛绽开的同时,宝儿全身的黑毛陡然变成了赤红之色,体内传来咯咯的脆响,指甲以肉眼可见的速度疯长,很快成了十个尖锐的"匕首"!

吼!

宝儿高叫一声,双腿钩住蛟龙脖颈,来个倒挂金钩,头朝下,滑到了蛟龙脖颈之下,伸出利爪,狠狠地抓住了蛟龙的一块巨大的鳞片,用力撕扯。

嗷！

蛟龙顿时痛苦无比，舍弃小臭等人，在江中翻滚。

小臭看得目瞪口呆，见宝儿跟着蛟龙一会儿沉入水底一会儿浮上来，担心得要命。

可不管蛟龙如何动作，宝儿始终扯着那块鳞片不放。

江面翻滚了十几分钟，平静了。

众人疑惑之时，蛟龙的巨大脑袋上缓缓浮现在船前方。

此刻的蛟龙，和刚才完全两个样子——耷拉着脑袋，鬃毛低垂，哼哼地喷着气。

而宝儿，坐在蛟龙头顶，跷着二郎腿，得意洋洋。

"哈哈哈，不愧是苍獲！老爷子先前就说过，这东西厉害，"李黑眼算是明白了，"竟然想到扯着蛟龙的逆鳞。"

"逆鳞？"

"嗯，"李黑眼点头，"蛟龙也罢，真正的龙也罢，全身上下，只有一块逆鳞，这是它唯一的弱点。宝儿厉害，竟然将这玩意儿给驯服了。"

"我的好宝儿！"小臭闻言大喜，其他人也是欢呼雀跃。

正高兴着呢，只见宝儿对蛟龙啪啪给了几拳，然后嘀嘀咕咕一番，看来是和蛟龙沟通。

蛟龙对宝儿畏惧无比，极其不情愿地往岸边游来。

"这是要干什么？"小臭看不明白。

其他人也不明白。

蛟龙巨大的身体很快来到岸边，这时候小臭才看清，它身上的巨链绷得笔直，好像是要将什么东西拖上来。

时候不大，水底传来隆隆之声，蛟龙整个身体已经上了岸，而一个巨大的东西，也显现出来。

"棺材！"韩麻子叫了一声。

的确是一具棺材，巨大无比的石棺，装几十个人都没问题。

众人来到岸边，跳下船，走到石棺跟前，见这玩意儿密不透风。

"谁用这么大的棺材？"韩麻子敲了敲，"里面好像没东西，空的。"

"应该不是入葬用的，不然这得装多少尸体？"李黑眼摇摇头。

说话间，宝儿摇头晃脑从蛟龙脑袋上跳到石棺上面，摸索了一会儿，不知道搞了什么，石棺发出一声闷响，上面的棺盖缓缓移动。

吱吱！宝儿冲众人挥了挥手。

带着疑惑，众人爬上棺材，发现棺盖上面有个碗口大的按钮，应该是打开的机关。

吱吱！宝儿指着棺材里面，示意众人下去。

棺材内空空荡荡，什么都没有。

这时候，众人对宝儿信任无比，都跳了下去。

宝儿紧跟其后，又在棺材里面找到同样的一个按钮，摁了下去，棺盖缓缓盖上。

里头奇黑无比，然后就觉得棺材剧烈动了起来，很快传来了水流声。

"蛟龙拖着这玩意儿把我们运回江底了！"小臭顿时明白过来。

见众人疑惑不解，小臭赶紧将江底所见一五一十说个清楚。

"'石牛对石鼓，银子万万五，谁能使得破，买尽成都府。'看来这个传言是真的，不过所谓的石牛和石鼓并不在地上，而是在水下，这个张献忠，果真狡猾无比！"李黑眼感慨万千，"不仅想出了江底沉银的办法，更是在江底打造了一座困龙城，用蛟龙来护宝，娘的，谁个也别想取走！"

"还有望江阁的那个怪物，叫潜蚕。"小臭又将先前和魏老道的推断说了一遍。

"是了，"李黑眼道，"先前我也觉得那伙黑衣人蹊跷，现在看来，的确应该是护宝之人。"

"可张献忠都死了这么多年了，怎么还有人护宝？"小臭问道。

"张献忠死了，可他有众多的部下呀。其中的缘由，我也不清楚。"

"管他呢，反正我们不但安然无恙，而且还被蛟龙运了下来，魏老道要是知道，估计得气死。"小臭快意无比。

"他估计知道这档子事，只是无法驯服这条蛟龙罢了。"李黑眼道，"没有制服蛟龙的家伙，他能耐再大也不行。不过宝儿这一手，他肯定不知道。哈哈哈。"

众人都笑。

说说笑笑，不知过了多久，突然石棺剧烈晃动起来，感觉应该是脱离了水面，在石头之类的东西上滑行。

"那东西不会又把我们拖上江了吧。"小臭道。

这时候，外面传来了蛟龙的一声吼叫，宝儿听了，窸窸窣窣了一番，棺盖缓缓打开。

众人爬出棺材，跳下来，看着眼前的景象，不由得大眼瞪小眼。

面前是一个巨大的洞穴，身后是江水，那头蛟龙探出半个身子，身边是石棺。

洞穴极为高大，从底下到上面，起码有二三十米，一看就是人工开凿，墙壁极为工整。

一级级台阶向上，延伸到一个巨大的铜门跟前！

门由纯铜整体浇铸而成，气势雄壮，上面虽锈迹斑斑，却能清楚地看到上面复杂的饕餮纹饰，更有一行龙飞凤舞的大字，很是好认。

这段文字，很是好玩："奉天承运皇帝，诏曰：此乃老子藏宝的地方，你若是到此，也算是个好汉，恕你无罪。倘再往里面闯，偷了老子一锭银子，钦此！"

除了字外，下面还刻着一个硕大的印文："大西国玉玺。"

溥五爷读了一遍，笑得快岔气："就凭这几句话，这里肯定是他的藏宝地。哈哈哈哈。这家伙。"

小臭也笑："这哪像是当皇上的人说的话。"

"你还别说，张献忠平时写的圣旨都是这样的。"溥五爷笑得直抹眼泪，"他这人，最烦繁文缛节、文绉绉的东西。历史上他有一道圣旨，堪称奇葩。当时他手底下有个大将叫刘进忠，不听张献忠的劝告，进攻汉中，结果吃了我大清的败仗，张献忠闻听，勃然大怒，立马给刘进忠发了一道圣旨，内容是这样的：'奉天承运皇帝，诏曰：老子叫你不要往汉中去，你强要往汉中去，如今果然折了很多兵马，驴屎子。钦此！'"

小臭爆笑："真的假的？"

"当然是真的！刘进忠接到这个圣旨，吓得要死，很快就投降了，"溥五爷看着青铜门，笑道，"张献忠的脾气，由此可见一斑。"

李黑眼在旁边一边笑一边道："二位别斗咳嗽了，赶紧进去吧。"

宝儿拍了拍蛟龙的脑袋，蛟龙低吼了一声，拖着石棺回去了，小臭带着宝儿和众人拾级而上。

"这里有脚印。"韩麻子指着脚下道。

果然是两行湿漉漉的脚印。

众人顺着脚印来到青铜大门前，发现大门虚掩，开了一条缝。

"肯定是魏老道。追！"小臭闪身第一个进了大门。

众人鱼贯而入。来到大门后面，只见宽广的洞穴一直向前延伸，深不可测。

两旁的洞壁之上，有着两排铜槽，伸向远处。李黑眼伸手摸了摸，发现里面是黑色的油膏，掏出打火机点燃了。

噗的一声响，里面火起，逐渐燃烧开去，形成两条火龙，将藏宝洞照得如同白昼。

直到这时候，众人才发现洞壁上涂了一层青膏泥，上面画着一幅幅鲜艳的壁画，内容都和张献忠有关，都是他指挥兵马纵横天下的内容，气势雄伟，众人一边走一边看，即便是对张献忠毫无了解的人，这么看下去，也能清楚地知道他一生的丰功伟业。

曲曲折折往前走了不知道多远，出现了一尊石像，高有十几米，乃是一个身披盔甲、挥舞长刀、纵马驰骋的人像，极为写实，不用说，肯定是张献忠本人了。

和传说中的魔王不同，张献忠的长相很英俊，威严无比。

转过雕像，眼前又是一座青铜门，入了门后，眼前豁然开朗——一个十分宽广的圆形空间。

李黑眼点燃了火油，眼前看得清清楚楚。

"我的天，怎么这么多尸骨！"韩麻子吓得叫起来。

圆形大厅之中，层层叠叠满是尸骨，起码有几百具！

众人下来，走到尸骨之中，一个个面色苍白。

因为年头久远，早成了骨架，身上的衣服大多腐烂不堪，连盔甲都生了锈，但看得出来，这些人打扮和寻常人不一样，而且地上散乱着很多刀枪弓箭之类的武器。

"有些奇怪呀，"李黑眼看了一会儿，道，"这些人应该是从前头跑出来的，在这里被杀死，但骨头上没有刀砍斧劈之类的致命伤，不知道怎么死的。"

"你看这里是什么。"溥五爷指了指其中一具白骨。

小臭往前看了看，发现上面有很多的咬痕。

"被什么东西咬死的。"小臭道。

李黑眼蹲下去，查看一番，皱起眉头："不对，这种咬痕不像是动物的利齿。"

"是了！很奇怪！"溥五爷指着旁边，"几乎都有这样的咬痕，看样子并不是被刀枪杀死，而是活活被咬死的，甚至连皮肉都吃了。"

"我的妈呀。"韩麻子吓得直捂胸口。

"还有，我知道这些人的身份，"溥五爷翻着死尸身上的衣服，"他们穿的衣服，都是大西国的官军装扮。"

"五爷，这里有一位，看样子地位不低呢，衣服上绣着龙。"蛤蟆头在拐角指着一具尸骨。

众人来到跟前，见这具尸骨十分高大，外头罩着精致的明光铠，年头久了，铠甲散落，露出里面的绸缎内衬。

"这是蟒，不是龙，"溥五爷看了看，"从装扮上推断，这人起码是个将军。"

"五爷，这就不对了，这里是张献忠的藏宝地，为何大西军会在自己的地方死这么多人？"小臭问。

"你问我，我问谁去？"溥五爷摇头。

"我看，各位要小心了。"李黑眼朝前头指了指。

众人从尸骨中穿过圆形空间，来到一个通道面前。

到这里，通道骤然变得狭窄，估计只能容纳一辆马车通行。小臭看了看，起码有一百多米，再往里就看不清了。

"别愣着了，赶紧进去吧。"韩麻子抬脚就要往里进，被李黑眼一把拽住。

"慢着！你想死呀！"李黑眼指了指下面。

地上，并不是石头，而是一块块铜砖，刻着各种花纹。

"怎么了？"韩麻子不明白。

李黑眼懒得解释，从旁边搬了一具尸骨，用力扔了进去。尸体落在地上，砸着一块铜砖，咣当一声响，铜砖猛然下沉，只听得咔咔咔，从墙壁之上，突然戳出无数的锐利长矛，上上下下，左左右右，足有几千根，布满了整个通道。长矛伸出之后，地下轰隆一声响，铜砖整体翻转，那具尸骨落入下面的深洞之中，然后长矛嗖的一声齐刷刷又缩了回去，铜砖恢复原样。

韩麻子冷汗都下来了，幸亏李黑眼提醒，否则自己这边进去，那边就被扎成了刺猬。

"果然有机关！"李黑眼是见过大世面的人，笑道，"而且还挺厉害。从这里到尽头，约莫一百五十米，全是铜砖，每一块铜砖下面都有绷簧，踩错一块，立马死翘翘！死完之后，就掉到下面，通道里跟什么都没发生过一样。"

"狠毒！"小臭看得牙酸，"李掌柜，咱们怎么过去呀？"

"魏老道肯定是过去了。"李黑眼示意众人蹲下来。

小臭哈下腰，看到铜砖上面，明显有湿漉漉的脚印。

"真是天助我也，我们只要跟着脚印走，就绝对没问题。"小臭拍手，"魏老道呀魏老道，想不到竟然成了我们的领路人。"

"赶紧走！"李黑眼第一个跳了进去。

众人跟在后面，小心翼翼。

一百多米的距离，说起来不长，但走起来很麻烦，一步不能踏错，足足花了十分钟，才来到尽头。

"各位，再往前，就要小心了，我估摸着肯定还有类似的东西。"李黑眼道。

"我看你这是乌鸦嘴！"小臭往前走了一段距离，回过头看着李黑眼，"李掌柜，前头这玩意儿，比刚才的可厉害多了！"

众人闻听此言，快走了几步，来到小臭身边，也全都震惊无比。

从青铜大门一路过来，都是洞穴，虽然有个圆形空间，但也不是特别的大，而且有火光照耀，也算是没有什么异感，可眼前的景象，就太诡异了。

洞穴到了这里，豁然开朗，可以明显看出来，先前的洞穴，是人工开凿而成，而眼前的，则是一个一眼望不到边的天然阔大空间，不仅看不到对面，连左右上下都看不到尽头。

在这广阔的空间里，生长着无数的粗大植物，仿佛是树，但又和树不同，有粗有细，粗的水桶般，细的不过碗口大，枝叶繁茂，相互交织在一起，密密麻麻，铺天盖地，形成了一个蹊跷的"森林"！

更让人捉摸不透的是，这些植物，通体发出淡淡的绿色光芒，身处地下，看到这种绿色光海，原本应该是件赏心悦目的事情，可就在这光海之中、绿色植物之上，吊着一具具巨大的棺材！

这些棺材，都是青铜铸造，比寻常棺材大几倍有余，被粗粗的铁链吊住四角，铁链通往上方的黑暗中，应该是连接到顶上的石壁。

要想往前去，就必须通过植物森林，从这些棺材底下经过。

小臭虽然第一次面对这种事情，没什么经验，却也本能地预感到这些植物以及那些棺材，恐怕有问题。

"李掌柜，这阵势，你见过吗？"众人之中，只有李黑眼经验丰富，小臭把希望寄托在他身上。

没想到李黑眼直摇头："还真是头一回。悬棺我见过，我们行里头有句话：'悬棺巧工，九死一生。'意思就是这玩意儿阴煞无比，你想呀，死的人都是求个入土为安，谁愿意把自己的棺材悬起来，一旦遇到悬棺，大部分倒斗的人都会自动退出，知难而退，更何况这不是木头的棺材，还是铜棺，就更邪门了！还有，你看看，这些悬棺，最起码也有一两百具！奶奶的，这张献忠真是财大气粗！"

李黑眼说得唾沫飞扬："还有那植物，我看肯定不是树，而是一种极为罕见的藤类，植物都要靠阳光才能生长，藤蔓也大多如此，以我的经验，凡是生长在地下不见日光之处的藤蔓，定然有其独特的生存之道，而且，你们看，不但活得好好的，竟然还会发光，这简直就是藤里的妖孽呀。"

李黑眼这么一说，大家都紧张了起来。

"会不会是血藤呀？"溥五爷接道。

他虽然没什么实战经验，可学富五车，书本上的知识懂得不少。

"什么是血藤？"

"我也忘了在哪里看到过，这种藤不靠阳光生活，而是捕猎经过它旁边的小动物之类的，勒死，吸血吃肉。但是，血藤好像不发光。"

"哎呀呀，"韩麻子被说得烦躁了，"说这些有个屁用，魏老道肯定进去了，他进去屁事没有，我想我们应该也差不多。时间不等人，晚了，宝贝全让他一个人弄了。"

"也是。反正死活都要过，管他娘的呢！"小臭咬了咬牙。

"过！"李黑眼点了点头，"我第一个，你们一个个跟在我

417

第二十章 藏宝之地

后面，咱们别挤在一起，中间留点距离，一旦发现异常，也能够迅速抽身，相互掩护。"

"行！"

李黑眼单手一晃，袖子中掉出个东西来，长有二三十厘米，通体黝黑，像是个武器。

"李掌柜，你这啥玩意儿，看着挺不错。"小臭道。

"我这个可不是一般东西，金刚降魔橛，不但削铁如泥锋利无比，更是流传了几百年的法器，专治邪魔外道。"

"不赖！我说各位，还是亮出家伙比较安心一点。"小臭笑了一声，从腰上拔出了金鱼池怪东西的爪子做成的两把匕首。

"你这是……"李黑眼看了一眼，很快明白了。

"臭爷我这个叫太上老君霹雳金刚爪，佛挡杀佛，魔挡杀魔。"

李黑眼差点儿笑死："不就是那大王八的爪子嘛，亏你想得出来，我看就叫'鼋爪'得了，虽然被你捯饬得品相难看，却也算是利器。"

"鼋爪好！还是李掌柜你有学问。"小臭乐道。

说笑之间，众人纷纷掏出武器，蛤蟆头拿的是匕首，韩麻子则是他一直不离身的一根半米长的锐利铁钎，溥五爷最奇葩，那么大的块头，掏出了个巴掌大的迷你小手枪。

众人一步步靠近那些藤蔓，为了验证是不是溥五爷说的血藤，李黑眼特意试探其中一根，发现那玩意儿滑腻无比，满是黏液，人手碰到了，哆嗦了一下，赶紧避开。

"哎，这玩意儿好像不抓人，跟含羞草一样，碰着还害羞呢。"李黑眼笑道。

见这些藤蔓似乎并不对人产生伤害，众人也就放心了，一个接着一个，走入"森林"之中。

猴神
houshen
大西国宝藏

一进去，可就如同泥牛入海，周围全是这种藤蔓，密密麻麻，只能看到方圆几米远。

"诸位，我算是知道这玩意儿靠什么活着了。"溥五爷一向具有研究精神，一直在琢磨。

"怎么了？"小臭问道。

溥五爷扯过一根藤蔓的枝干，指了指："你们看，这玩意儿周身全是密密麻麻的孔洞，满是黏液，又发着光，自然引得地下各种飞虫顺光而来，落到这些黏液上就被粘住了，然后藤蔓运动，将这些飞虫弄入孔洞之内消化，以此存活。"

众人凑过去，果然见孔洞里面皆是飞虫的尸骸。

"真是各有各的活法，"小臭看了看四周，道，"这些藤蔓，不仅发光，还结果子呢。"

众人顺着他手指的方向往前，果然见很多藤蔓的顶部，结满了一种红色的果实，大如碗口，鲜艳无比，就像是巨型草莓。

"你说这玩意儿能吃吗？"韩麻子道。

"二哥，还是打住吧，我看不是什么好东西。"小臭直摇头。

众人一边说一边往前走，很快就来到了最近的一具铜棺下头。

李黑眼对铜棺非常忌惮，时刻保持警惕。

走得近了，小臭才发现，铜棺被藤蔓围绕，就像是披了一层绿衣。

"李掌柜，这些棺材里面，有没有死人？"小臭道。

"棺材里面肯定有！不过年头这么长，恐怕早就变成了骨头。"韩麻子说得自己很有经验一般。

"骨头？"李黑眼冷笑，"要是骨头就好了，我最怕这里面他娘的有粽子。"

"什么粽子？"

"僵尸！"溥五爷皱了皱眉头。

"那还是离得远点好，赶紧过去！"小臭打了个冷战。

众人加快脚步，走过第一具铜棺，继续往前走。

闲话少说，走了约莫十几分钟，一路无事，原本紧张的心情逐渐放松起来。

但不知怎的，小臭隐隐觉得不安，因为宝儿蹲在他肩头，一直毛发乍起，不停地看着四周。

"我说诸位……"蛤蟆头走在最后，低喊了一嗓子，"你们有没有觉得，这周围好像有什么东西呀？"

"你也听到了？"李黑眼停下来。

"怎么了？"小臭知道蛤蟆头耳朵最好使，李黑眼那更是眼观六路耳听八方的主儿。

李黑眼看了看四周："原本我以为是自己太过小心了，想不到蛤蟆头也有此感。"

蛤蟆头走过来，点点头："从一进来，我就觉得四周好像有什么东西，窸窸窣窣的，远远地跟着我们。"

"什么东西？"小臭问。

"不知道，就是感觉不对劲，好像被一双双眼睛盯着。"李黑眼皱起眉头。

溥五爷示意众人闭嘴，大家蹲下身子，一声不吭，竖起耳朵听周围的动静。

没有风，只有藤蔓在轻微地晃动，还有飞虫飞舞、撞击的声响。

听了一会儿，韩麻子站起来："根本就是无中生有，自己吓自己，屁都没有嘛！"

大家这才站起来，觉得的确如此。

韩麻子摸了摸肚子："忙活了一晚，他娘的饿得前心贴后背，李掌柜，有没有干粮？"

李黑眼摇头："来得急，没带。"

"这不行呀，人是铁饭是钢，一顿不吃饿得慌，我是没力气了，"韩麻子肚子咕咕直响，"早知道把那条蛟龙给宰了，也有好多肉。"

话没说完，宝儿伸手给了韩麻子一巴掌，龇牙咧嘴。

看来它和那蛟龙建立起了深厚的友谊。

"二哥，你就忍忍吧，别说你了，我也快饿得眼冒金星了。"小臭舔了舔嘴唇。

"我看，只能吃果子了。"韩麻子往前看了看。

前面十几步远的地方，一具悬棺旁边，藤蔓之上，就有几颗碗口大的果子，距离地面有两三米。

"这玩意儿能吃吗？"李黑眼走过去，大家围着果子，仰起头观察。

"我看还是算了。"小臭摇头。

"藤没异常，结出来的果子，应该也不会有什么吧。"蛤蟆头道。

小臭张嘴正要说什么，突然听到身后的藤蔓深处，传来一阵窸窸窣窣的声响！

那声音虽然很轻，但小臭听得真真切切，分明就是有什么东西在移动！

"有东西！"小臭叫了一声，大家齐齐转过身来，并肩而立，举起了武器。

声音戛然而止。

众人静默了几分钟，没有任何的动静。

溥五爷收起小手枪："你听错了吧小臭，要是有东西，早攻击了。"

韩麻子觉得也是："我看还是先吃果子吧。"

他转过身，突然喊了起来："你们也太不地道了吧！"

"怎么了二哥？"

"趁着这工夫，谁把这果子给摘了？"韩麻子指了指。

小臭转脸望过去，见原先藤蔓上的那几颗大果子没了踪影。

"不可能呀，我们几个谁也没动呀。刚才光顾着前面了，哪个有心思去摘果子！"李黑眼道。

"那果子怎么没了？刚才分明就在这个地方！"韩麻子道。

小臭也觉得奇怪，果子刚才分明还在，这才几分钟的工夫就不见了，几个人的确也没人去摘呀。

而且果子就在头顶上，两三米高，摘了也会有动静传来吧！

"有鬼了！"小臭愣道，随即又道，"那边倒是有三四个，比刚才的好。"

五六米外，一个水桶般粗细的藤蔓，中间长出了三四颗大果子，锅盖一般大，鲜艳欲滴。

"二哥，我给你摘了去。"小臭举着鼋爪走过去，扯着藤蔓往下，眼见得就要够着果子了，忽然觉得耳边唰地掠过一道劲风，再仰头，三四颗大果子，不翼而飞！

"刚才还在这儿！我说，真有鬼了！"小臭大惊，转过脸看着众人。

这时候，他看到李黑眼、韩麻子等人，看着小臭的上方，一个个面色苍白。

"你们刚才看到了，分明果子……"小臭正要问，却见韩麻子急得满脸通红，不停地指着小臭头顶。

小臭缓缓回头过来，吓得一屁股坐在地上。

一条舌头！

一条猩红无比、十几米长、腰身粗的大舌头，在他的面前飞舞着，蠕动着！

这舌头，自铜棺的棺盖上伸出来，正在准确地将周围的一颗颗红色果实卷起来，然后快速缩回棺材，再伸出……

小臭吓得双脚蹬地往后退："李黑眼，你不是说里头有粽子吗？他娘的，粽子能长这样的大舌头！"

正说着，啪嗒，一颗果实落在了他的两腿之间。

唰！

猩红的大舌头掉转方向，飞速射向小臭的裤裆！

小臭想都没想，下意识地举起鼋爪，狠狠地朝舌头砍去！

"不能砍！"李黑眼叫了一声。

迟了！

鼋爪锋利无比，落下，舌头被斩为两截，紫红色的鲜血飙了小臭一身，剩下的那大半截，剧烈颤抖，缩回棺材。

"不斩，老子裤裆里的鸡儿就没了！"小臭爬起来，正要跟李黑眼掰扯，突然听得身后传来了一声沉闷的巨大的带着无比愤怒的声响！

呱！

这声响，穿透力极强，传遍了整个绿色"森林"！

嘭！

青铜棺盖弹开，里头传来一阵声响，接着，缓缓爬出来一个吉普车般大小的怪物来！

"蛤……蛤蟆……"小臭嘴巴张成了"O"形！

的确是一只蛤蟆！

但这只蛤蟆和普通的蛤蟆那可就太不一样了！

身体庞大自然不提，全身呈现紫黑之色，满是碗口大的疙瘩，四肢如同四根柱子一样，巨大的脑袋转过来，怒目圆睁盯着下方的众人，大嘴咧开，口中的鲜血汩汩流出。

"他娘的！这蛤蟆也太大了！"韩麻子哆嗦着。

"再大也就是个蛤蟆而已，不怕！"蛤蟆头笑，"和我是本家！"

"好像被拴住了呢。"溥五爷道。

小臭闪目观看，果然见蛤蟆的一条后腿被棺材里的一根粗粗的链条锁住。

"我明白了。"溥五爷拍着脑袋，"藤蔓靠虫子为生，结出果子，是为了喂养这怪蛤蟆，它被锁在棺材里，平时只能从棺盖上的洞口伸舌头吃果实。"

棺盖上，果然有个巨大的洞。

"你说，张献忠养这么大的蛤蟆干吗？"小臭问。

呱！正说着呢，那蛤蟆又叫了一声。

呱！

呱呱！

呱呱呱！

很快回应声此起彼伏。

砰！砰砰砰！

一两百具棺材盖横飞，一只只同样的怪蛤蟆从里面跳出来，虎踞龙盘一般蹲在棺材上，从各个方向盯着众人。

小臭等人彻底被吓坏了。

太多蛤蟆了！

"你们这帮混账，成事不足败事有余！竟然把化骨蛤惹了起来！"从前方遥遥地传来一声爆喝！

这声音，众人都熟悉。

"魏老道？你个牛鼻子还没死！得，咱们正好算账！"小臭大声道。

魏老道呵呵大笑："找我算账？化骨蛤面前，你们能活着再说吧！"

第二十一章　怪蛤飞花

绿色藤海之中，异相频现，尤其是那一两百只铜棺上蹲伏的巨大蛤蟆。

小臭起先并不在意，再大，也不过是个蛤蟆。

但听了魏老道那句话，小臭就觉得事情不简单了。

魏老道的底细，深不可测，从他的话语中，可以明显听出老道对这蛤蟆也极为忌惮。

"这蛤蟆，干吗呢？生气啦？"韩麻子戳了戳小臭。

小臭转脸看了看被自己砍断舌头的这只蛤蟆，见蛤蟆身体越来越大，气鼓鼓的，身上的疙瘩更是迅速膨胀，好像一朵朵含苞欲放的花朵一般。

"这是……"小臭吸了一口气，一句话还没说完，就见从蛤蟆身上的一个疙瘩中飙出一股白色汁水，炮弹一般朝小臭射来。

小臭赶紧闪身躲开。蛤蟆汁水有毒，这他知道。

噗！

他躲开的瞬间，身边传来一声闷响，同时冒起一股白烟。

再转头砍去，但见白色之水落下的地方，一大片藤蔓迅速腐烂冒烟，汁水顺着藤蔓往下流，滴到地上的石头，更是发出吱吱吱的声音，坚硬的花岗岩竟然在快速融化！

"你大爷的！这玩意儿比硫酸还厉害！"小臭尿差点吓出来。

这要是自己沾上，岂不是化为一摊血水！

噗！

噗噗噗！

那只怪蛤身上的疙瘩如同机关枪一般快速射出毒汁，嗖嗖而来。

"躲开！快躲开！"

众人顾不得许多，一个个连滚带爬狼狈地躲闪那些巨大的"炮弹"！

与此同时，周围一股股白烟冒出来，大片大片的藤蔓倒伏，石头被腐蚀的声音不绝于耳！

噗！

噗噗噗噗噗！

剧毒炮弹接连不断，一次比一次多，一次比一次快，小臭好几次差点儿中招，其中一股更是擦着衣裳飞过去，转眼间衣裳接触的地方就全烂了。

"跑！赶紧跑！"李黑眼叫了一声，吩咐众人尽快远离那只蛤蟆。

大家往前跑了几步，迅速停了下来。

因为前头，另一只蛤蟆正等着呢。

不只那一只，左左右右，全是！

直到此刻，小臭才彻底明白张献忠的手段！

一两百具棺材，一两百个大蛤蟆，极为巧妙地摆列组合，高高低低，上上下下，左左右右，毒液炮弹组成了一个三百六十度无死角的火力网！只要进入这个火力网，不管你往哪里跑，都是一个结果……被射得灰飞烟灭！

呱！

一两百个蛤蟆齐齐叫了一声，不约而同全部胀大了身体，庞大的火力网，已经构建完成，即将火力全发！

"完了！"李黑眼长叹了一口气，"我们跑得再快，躲得再利索，都不可能在这一两百个蛤蟆之下脱身，这回，咱们可要尸骨无存了。"

小臭看着这些蛤蟆，双目圆睁，虽有不甘，但也知道大家这回十死无生！

"宝儿，叫宝儿和它们沟通！"韩麻子大叫道。

小臭闻言大喜，看着宝儿。

宝儿此刻耷拉着脑袋，委屈地看着小臭，又指了指大蛤蟆，摇了摇头。

"怎么，你不是能沟通虫兽吗？当初猴子吴玩的那手'蛤蟆教书'，不是你指挥的吗？"

宝儿指着蛤蟆，一直摇头。那意思，这些蛤蟆，它管不了。

完了！彻底完了！

小臭心如死灰。

就在众人放弃了抵抗，准备受死之际，一阵枪声震耳欲聋！

哒哒哒哒哒哒！

哒哒哒哒哒哒！

无数的子弹射来，将面前的那个大蛤蟆打得全身乱颤、鲜血飞飘，成为一摊肉泥！

哒哒哒哒哒哒！

伴随着枪声，从小臭后方的绿色藤海之处，冲过来大片的警察，手里举着这年头最为先进的轻型机枪，疯狂扫射！

"艾局长！"小臭一眼就认出冲在最前方的，是成都警察总局局长艾云廷，不光是他，白寿臣也跟在身后。

这帮人的加入，顿时让局势逆转。

那些蛤蟆再厉害，也不过是皮肉之躯，如何抵挡得住子弹，纷纷化为肉酱。

艾云廷等人一边扫射一边向前，随后又分散为很多小组，围剿蛤蟆。

一场恶战，在藤蔓海洋中展开，半个多小时之后，枪声停歇。

原本美丽的"森林"，一片狼藉，一两百只化骨蛤全部死去，而被毒汁射中化为血水的警察，起码也有二三十个！

"艾局长，你们怎么来了？"小臭来到满身是血的艾云廷面前，抱了抱拳，"多谢相救！"

艾云廷看着小臭等人，面上没有任何的表情，然后做了个手势。

哗啦啦！

一个个黑洞洞的枪口，对准了小臭等人。

"闯入圣上陵寝者，格杀勿论，行刑！"艾云廷冷喝一声，命令手下开火。

"等等！"小臭蒙了，大喊一声，"艾局长，我们认识呀！怎么要杀我们？我们是朋友！"

"小臭，什么艾局长，他们是那群黑衣人！"李黑眼走了过来，看着艾云廷，笑，"没想到，竟然是你们。"

"你们，是那群黑衣人？"小臭看着艾云廷和白寿臣，看着他们身后的警察，脑袋有些不够用了。

"准确地说，他们，是护宝人。"李黑眼冷笑了一声，"艾云廷，我说得没错吧！"

艾云廷盯着李黑眼，声音冰冷："你们这几个人，原先我印象不错，本想可以放你们一条生路，可你们闯入此地，那就只能死了！"

李黑眼笑："艾云廷，你不会杀我们！起码暂时不会。"

"为什么？"艾云廷笑。

"很简单，真要杀，你们刚才就给我们一梭子了。"李黑眼笑。

艾云廷盯着李黑眼："你，很聪明。"

然后，他四处看了看："和你们一起的那个老道呢？"

小臭这才明白过来，忙道："那个混账东西！找到他，不劳艾局长您动手，臭爷我先把他宰了！"

"内讧了？分账不均还是什么？"艾云廷看着小臭。

小臭一副可怜巴巴的样子："甭提了！艾局长，您英明神武，我们哥儿仨，就是天桥的混混，全被他忽悠过来的，这狗日的在我身上动了手脚，我没几天活头了。还有这两位，全都是因为关心我才来的，我们对你们守护的宝藏一点儿兴趣都没有，真的！唯一有歹念的，就是那个牛鼻子！艾局长，您老人家慧眼如炬，可不能冤枉我们！魏老道那家伙已经跑进去了，得赶紧阻止他，不然就来不及了！您放心，我们戴罪立功，我们帮你们抓住他！您老人家……"

小臭嘴巴利索得机关枪一般，那副低三下四的样子，把艾云廷逗乐了。

"有道理，"艾云廷笑了笑，随即又把枪抬了起来，"你既然知道我们是护宝人，就应该明白，我们不会让任何一个知道此地、进入此地的人活着离开。"

小臭张了张嘴，什么话也没说出来，彻底瘪了。

"那你还是不能杀我们。"李黑眼笑起来。

"给我个理由。"艾云廷道。

李黑眼盯着艾云廷，几乎一字一顿："你知道，光凭你们这些人，对付不了那老道，你，需要我们的帮助！"

艾云廷哈哈大笑，哗啦收起了枪："李黑眼呀李黑眼，果然名不虚传，你的眼光，很毒。"

小臭长出了一口气。

李黑眼倒是很轻松，掏出烟，丢给艾云廷和白寿臣，点上，抽了一口，道："我们也正找那老道呢，既然是大家合为一伙儿，那自然得把话说清楚。"

李黑眼指了指艾云廷和白寿臣："你们到底是怎么一回事儿？"

艾云廷看了一眼白寿臣，并没有什么隐瞒，抽着烟，眯起了眼睛："李掌柜，我们是护宝人，而且是大西国宝藏世代的护宝人。"

431

艾云廷看着众人，道："当年圣上有四个养子，各有能耐。"

小臭道："这个我之前听说了，李定国、孙可望、艾能奇、刘文秀。"

"是的。四个人都是能文能武，一世的枭雄，尤其是李定国和孙可望，刘文秀也同样是颇有大将之风，相比之下，老三艾能奇十分低调。此人性格憨厚老实，对圣上忠心耿耿，不像孙可望那样醉心权势，不如李定国那般雄心壮志，更不如刘文秀心有城府，可以说四个养子之中，他对圣上最忠诚。或许也是因为这个原因，圣上对他很是信任，除了领兵打仗之外，专门组建了一支军队，就如同曹孟德手底下有一支军队专门负责倒斗掘墓一般，专门憋宝，为大西军筹集银钱，这支部队的统领就是艾能奇。"

艾云廷说到此处，脸上不由得露出骄傲的神情："圣上不仅将自己的憋宝本领全部传授给了艾能奇，更是将关乎大西国命运的宝藏交到了他的手里。大西国建立之后，没多久，豪格率军前来，形势十分不妙，圣上见成都无法保住，便定了一石二鸟之计，先是亲自率领大军，乘着百艘大船，声势浩荡顺江而下，对外放出消息说船上装满了金银，然后故意战败，将少部分的金银沉入江底，与此同时，真正的宝藏却由艾能奇带领那支部队，阻断江林，埋葬于此处，这就是'断江沉银'。"

小臭听了，点了点头。

"这笔宝藏，几乎集中了大西国所有的钱财，意义重大，圣上想着是大西军能走就走，日后打回来，再取出，东山再起。但圣上一向考虑周到，想到万一自己有个好歹，宝藏必须得让大西军继续战斗，故而打造了一个宝匣，藏入了秘图，将宝匣的开启密码告诉了四个养子。

"顺治三年，刘进忠叛变，带领清军入川，十一月，豪格派护军统领鳌拜等将领，率八旗护军轻装急进，出其不意，在清晨于凤凰山突袭大西军，那是一场血战！"

谈起当年的那场决战，艾云廷格外激动："十一月二十六，大西前军与清军遭遇，因为突然遇袭，所以大西军分为两部抗击清军，后来豪格率大军来到，双方打得十分激烈。圣上原本坐镇后军，听到前方打得难分难解，就按捺不住，亲自率领御林军前往死战，当地地形复杂，就找来当地农民做向导，兜来兜去，来到山下。圣上见山势奇绝，就问向导：'这山是个甚名？'向导说是凤凰山。圣上听了，十分不悦。当年他曾经遇到个乞丐，是个仙人一般的人物，告诉他四个字'遇凤而陨'。尽管如此，圣上还是率军进山，一举击杀清军将领柏布库，令大西军将士振奋，大举反攻，打得豪格、鳌拜等人不断后退，一直激战到二十七。"

旁边的白寿臣接着说道："原本形势大好，清军人数占劣势，大西军士气高昂，人也多，所以如果不出意外，那场仗大西军赢定了。"

小臭知道白寿臣口中的意外，指的是什么。

"十一月二十七，天一亮大战就继续开打，地处山中，战局混乱，看不清全貌，圣上带领一支人马要找个地方观察清军阵势，被清军发现，一路上清军不断派人偷袭、暗杀，但不知道怎么的，圣上就是安然无恙。圣上当时说：'俺不是一般人，就那些寻常的流箭暗器，奈何不了俺。'乱军之中，他穿着明黄蟒袍，身披金盔金甲，大摇大摆地四处巡视，后来到了河边，见对岸拥出一帮人来。"

艾能奇说到这里，顿了顿："那帮人，豪格和鳌拜都在，领头的是叛将刘进忠，他指着圣上告诉豪格：'那便是八大王！'豪格急忙让人从后面抬出来个小轿子，轿子里出来了一个老道，老道从怀中摸出一个长匣，打开，取出一支羽箭交给了清军的一个神箭手，那人弯弓搭箭，只一箭，圣上应声落马！"

小臭等人听了，目瞪口呆。

"张献忠吃了千年何首乌，得了宝体，一般的兵器不能伤他，那老道取出的那枚羽箭怕是不一般。"李黑眼道。

艾云廷点了点头："整个战局，就因为这个老道彻底扭转，圣上中箭之后，很快就驾崩了，临死之前，将身上的落宝金钱给了艾能奇，让他藏好，千万不要落在那老道手里。

"艾能奇收好落宝金钱，将原先圣上的一个替身杀了，伪装成圣上，埋葬，为了不引人怀疑，连那金匣都放了进去。本来艾能奇就负责藏宝，他知道藏宝地点，即便没了金匣，也能找到。"

小臭听到此处，问道："那老道究竟是何人？竟然知道破解张献忠宝体的方法。"

李黑眼笑道："小臭，你怎么还不明白？天下除了一个人，还有谁对张献忠那么了解？"

艾云廷点头道："没错，正是阴老道！这也是战事之后打探出来的。当时他现身豪格的帅帐，说自己有杀死张献忠的办法。那枚羽箭，非同小可，肩头上偷抹着蜮射之血！"

"什么是蜮射？"小臭问。

溥五爷道："这东西，可是厉害，乃是生活在水中的一种妖物，喜欢含着沙子喷人的影子，一旦被击中，人就会害病死亡，'含沙射影'就是这么来的。"

李黑眼接道："五爷说得是，阴老道憋宝的本领天下无二，便是蜮射再稀罕，他也能憋到，这玩意儿，还真是八大王宝体的克星。"

小臭也是唏嘘不已："当年张献忠夺了他的落宝金钱，此人已是怀恨在心。"

艾云廷道："正是！当时阴老道说二十年后会找圣上报仇，圣上死时距离破庙那晚，正好二十年！"

"接下来的事呢？"韩麻子问道。

艾云廷长叹一声："圣上驾崩，大西军群龙无首，四个养子更是各有各的想法，所以很快一败涂地。艾能奇对圣上最为忠心，他首先想到的不是怎么争权夺势，而是如何下葬圣上，并确保龙体不被发现、亵渎。思来想去，觉得除了藏宝地之外，没有任何一个地方更合适的了。"

李黑眼眉头一扬："所以你刚才说这里是张献忠的陵寝？"

"是了，"艾云廷点头道，"当年断江沉银，在这涛涛的江底，修建了一个秘密之地，里面遍布机关，而且艾能奇还寻来了蛟龙和潜蚕在底下看护，除了他，恐怕没人能进来。所以，那场大战之后，艾能奇悄悄带着一帮人，将圣上的尸体放入棺椁，运入了此地。"

艾云廷顿了顿，又道："可蹊跷的是，艾能奇率领一帮人进去，出来的却只有他自己，而且遍体鳞伤，十分恐惧。至于下面发生了什么，他什么也没说。他留下一个儿子，隐姓埋名，带着一帮人世代守护宝藏，并且告诫：永远不要进入藏宝地！也永远不要让里面的东西出来。后来，艾能奇战死，张献忠的其他三个养子投降的投降，战死的战死，大西国的宝藏也就逐渐成了一个谜。"

艾云廷抽了一口烟："只有护宝的这帮人，世代相传，秘密守护。"

说到这里，艾云廷抬起头，看着众人："你们应该明白了吧，艾能奇，是我的祖先。我，白寿臣，还有这帮人，都是那帮守护者的后代。"

435

众人这才恍然大悟。

"原本我们就这样与世无争，一代代守护，和正常人没啥两样，但因为孙有财那龟儿子，事情变得复杂起来，"白寿臣往前站了一步，皱起眉头，"川军缺钱，正好碰到杨鹿在江底发现了装银子的木槽，加上听闻宝藏的流言，就打起了主意。孙有财是孙可望的后代，知道宝匣的事儿，就献计，然后杨鹿立刻派杜金生去北平。"

"那帮黑衣人，就是你们。"小臭看着白寿臣。

白寿臣尴尬地笑了笑："我们得到消息，一路赶过去，结果被耍得团团转，最后我在钟楼上杀了马六儿之后，发现金匣是空的，就怀疑是溥五爷得了秘图，后来发现你们要来成都，就更确定了，然后就在西安对你们出了手。"

艾云廷笑道："你们福大命大，不但躲了过去，还和杨鹿、马昆山他们搅和在一起，让我们很头疼。"

白寿臣道："我们想尽各种方法破坏，后来得知魏老道指出望江阁那段江面是藏宝地，又疑惑不解起来，既然你们得了藏宝图，应该知道藏宝的确切地点呀。"

艾云廷看着李黑眼："现在看来，李掌柜留有后手。"

李黑眼笑。

"我们将计就计，既然所有人都相信望江阁那边是藏宝地，我们就要将你们拖在那里，故而我用婴孩的尸体和鲜血，将潜蛰引了过去。干掉了杨鹿，就是想把那帮家伙吓跑，可想不到马昆山那个混账，不但没有收敛，反而将段市长拖下了水！"白寿臣一脸气愤，"事情到了这个地步，我们商量一番，觉得最大的阻碍就是马昆山了，只有他死了，事情才能转危为安。"

艾云廷脸上露出无比悲伤的神情来："为了守护宝藏，段市长不惜牺牲自己的性命，和马昆山同归于尽。"

"等等，我怎么没听明白呢?"小臭疑惑道。

白寿臣解释道："段市长邀请马昆山前往，二人在办公室里单独谈话，马昆山一进去，段市长就杀了他。然后打开办公室的窗户，用事先准备好的绳子将马昆山的尸体吊放到了楼下，他穿着马昆山的靴子爬下去，背着马昆山的尸体，来到后院，将尸体埋在院中，又在上面走来走去，让后院满是马昆山的脚印，然后爬上二楼，关上窗户，用马昆山的配枪开枪自杀，制造了一桩密室杀人案，让所有人都怀疑是马昆山杀了段市长然后畏罪潜逃。"

小臭呆了，这手段果真是心思缜密！

"可段市长为什么会为了宝藏不惜牺牲自己呢?"溥五爷问

了一个众人都想问的问题。

艾云廷和白寿臣相互看了一眼。

艾云廷道："圣上四个养子，刘文秀后来的子孙断绝了。孙可望的后代是孙有财，艾能奇的后代是我，而段市长，是李定国的后代！"

"李定国的后代！"众人大惊。

"李定国殉国后，他的后代为了躲避清军的抓捕，纷纷改姓，一个儿子改姓了段，我们和段市长相识很久，才知道这回事，故而走到了一起。"

"段思明……段思明……"溥五爷感慨不已，"李定国前半生为大西国征战，张献忠死后，以一人之力苦苦维持南明政权，堪称一代英雄，他的子孙，即便是改了姓，也没有忘记大明朝，更没忘了大西国，可敬！"

艾云廷苦笑："原以为段市长牺牲，事情就可以了了，但还是没料到川军那边死追不放，不得已，我们只能和川军撕破脸，来硬的。可正闹着呢，发现你们全都消失了，这才赶紧前来……果不其然！"

艾云廷连连摇头。

"你们是怎么进来的？"小臭看着那帮人。

艾云廷将身上的大包放下来，打开，掏出一个巨大的玉匣，里面装着一颗流光溢彩的珠子："这就是蛟龙的蛟珠，有这东西在，它不得不对我们言听计从，我们也是爬进石棺进来的。不过，这是几百年来，我们守护者第一次进来。"

"既然事情都说明白了，那就好办了，"李黑眼丢掉烟屁股，道，"艾局长，我们这帮人并不是为了你们的宝藏而来，我是来瞅瞅宝藏里面有没有我要找的一样东西，是一尊奇异的佛像，其他的我没有半点儿兴趣，溥五爷是纯粹看热闹，他不缺吃穿。至于这哥儿仨，嘿嘿嘿，先前的确是为了发财，不过现在最主要的是为了抓住魏老道，破解小臭兄弟身上的难题。"

"你们的确和那魏老道不一样，不然我们早就开枪了。"艾云廷笑着伸出了手。

双方握手言和。

"你们一路追过来，难道没发现魏老道吗?"白寿臣问。

"之前那老家伙就在这里，可惜一番乱战，估计让他逃脱了。"李黑眼指了指前方。

"那就别愣着了，赶紧追!"白寿臣提起了枪。

众人急忙往前追赶。

绿色的藤蔓之海，变得狼藉无比，但依然枝蔓延展，众人走在中间，很快消失得不见身影。

二三十人，排成排向前搜索，每个人中间都隔着一二百米。

小臭拎着冲锋枪，小心翼翼往前走，只觉得藤蔓摇晃，阴暗之中不知道潜伏着什么危险，神情高度紧张。

不知道走了多久，忽然听得一声惨叫传来，接着是一串枪声，然后归于寂静。

"怎么回事?"小臭忙道。

周围的几人也不知，很快，又有一声惨叫传来。

这声惨叫距离小臭不远，是个年纪不大的警察，就在小臭二百米开外，走得好好的，突然双腿翘趄，像是被什么东西拖进了藤蔓之中，很快没了声响。

小臭拎着枪跑过去，但见远处藤蔓起起伏伏，传来窸窸窣窣的声响，接着就动静全无。

"什么东西?"小臭吓了一跳。

李黑眼看着藤蔓，沉声道："原先我就觉得一直有东西跟着我们，看来是碰上了。"

此时，白寿臣和艾云廷也都走了过来。

"艾局长，看来这里除了那些大蛤蟆，还有别的东西！"李黑眼道。

艾云廷摇头："不可能！根据我们留下的秘典，这里面只有化骨蛤。"

"那刚才的东西是什么？"

"我也不知道。"

"我们不能分散了，得集中在一起，否则定然会被各个击破。"李黑眼道。

艾云廷觉得有道理，点头答应。

一帮人聚集起来，围成一个圆圈，四周戒备，往前赶路。

又走了约莫半个小时，终于走出了这片藤蔓之海。

小臭累得半死："我说诸位，歇歇吧。"

众人点头，来到一块巨石跟前，坐下喘息。艾云廷从包中取出干粮递过来，小臭狼吞虎咽吃了一通。

"你们先歇着，我去撒泡尿。"小臭觉得尿急，把枪递给韩麻子，拎着裤子往旁边跑。

"三弟，你小心点！"韩麻子不放心。

"就撒泡尿，放心吧。"小臭走了几十米，拐了个弯，来到巨石后面，褪了裤子，撒到一半，觉得肚子里翻江倒海，索性蹲下来大便。

正拉得爽快呢，忽然听到身后传来喘气声。

"哎呀，二哥，我都说了不会有事，拉完了我就回去。"小臭以为是韩麻子，转过身，顿时吓得魂飞魄散！

他的对面，几乎贴着鼻尖，幽暗之中，露出了一张脸！

那是一张无法言说的恐怖至极的脸！

苍白，没有一丝血色，光溜溜的，湿漉漉的，没有任何的毛发，连头上也没有！不但如此，头骨凹凸不平，坑坑洼洼！

有五官，比例失调，奇异地排列在脸上，几乎没有额头！

耳朵如同蒲扇一般，几乎有半边脸那么大，长长地耷拉下来，鼻子很小，尖而长，如同鼹鼠一般往前嗅着，两只眼睛巨大，几乎占据了整个脸的二分之一，淡黄色的瞳孔，大面积的眼白，微微泛着绿光，犹如两盏灯笼。

嘴巴很大，一直咧到耳朵下，张开了，露出凌乱不堪的黑黄色的獠牙！

小臭几乎和它面对面，能够清楚地看到对方脸上的毛孔，还有口腔之中发出来的熏人的腥臭味！

"你大爷的！"小臭大叫一声，一拳打在了那张脸上，然后提起裤子就跑。

他这一声惨叫，早惊动了韩麻子和蛤蟆头。

哥儿俩拎着枪跑过来，见小臭那个样子，哭笑不得。

"怎么了？你拉个屎……"蛤蟆头指了指小臭一裤裆的"黄泥"，捂住了鼻子。

"怪物！怪物！我看到了怪物！"小臭指着巨石后面。

蛤蟆头和韩麻子跑过去，搜寻了一圈，回来："什么也没有，三弟，你是不是吓糊涂了？"

"怎么可能呢！我看得真真切切的！"小臭将那怪物复述了一遍，李黑眼、艾云廷他们过来，听了之后，也都面面相觑。

"你说的这种东西，我们的秘典里面没有记载，"艾云廷解释道，"当年这里头布置的机关和怪物，我们都清楚，没一样是这个怪物的样子。"

"几百年了都，难保没有别的怪物出现。"李黑眼倒是相信小臭，"我看，还是小心为妙！"

众人点头称是，拎着枪继续往前赶。

前方，出现了一个陡峭的悬崖，人站在下方，仰着头，根本看不到上面。

只有一个人工开凿的栈道曲曲折折在悬崖上延伸，通往上端的黑暗之中。

"走吧。"艾云廷走向前方。

"局长，你看!"旁边的一个警察叫了起来。

有人围过去，惊呼声传来，小臭看到有的警察干脆转过身扶着石头剧烈呕吐。

小臭走到跟前，见石头后面，躺着一具尸体。

很难说那是具尸体了。

应该是刚才消失的那个警察，全身上下被啃食得血肉模糊，连肚子都被扒开了，里头的五脏六腑被吞噬殆尽，四肢上的肉更是到处是咬痕，露出森森的白骨。

李黑眼蹲下去，检查了一番，站起来，点了一根烟："艾局长，我倒是想起了一件事。"

"什么?"

"你说当年艾能奇带着一帮人将张献忠尸体送进来埋葬，但最后只有他一人出去，而且浑身是伤，并且告诫你们永远不要进来，对不对?"

"对。"

"你们进来时，有没有在那片圆形空间，看到成群的大西国士兵的尸体?"

"看到了，应该就是当年的那批人。"

"是了。我觉得，你们的祖先，他们肯定是碰到了什么东西，全部殉难，只有艾能奇一个人逃了出去，"李黑眼眯起眼睛，"那群尸体上，我们没有发现任何的刀伤剑伤，反而满是牙印。艾局长，你看这里……"

李黑眼指了指尸体。

众人往前凑了凑。

"脸上、四肢，撕扯的地方，都留有牙印，连骨头上都有。我看过狼虫虎豹，也看过各种动物，没有一种牙印像这样的！而这上面的牙印，和圆形空间的那批大西军的尸骨上的牙印，完全一样！"

"也就是说，几百年前的怪物，还存在?!"小臭吓得够呛。

"而且不是一个，"李黑眼抽了一口烟，"能让当年那批大西军全军覆没，一个怪物是做不到的，它们定然是成群结队。"

"麻烦了，"白寿臣皱着眉头，"那批大西军，有好几百人，而我们也不过二十多人。"

"我们有枪呀！"韩麻子倒是不怕，"来多少，弄死多少。"

"赶紧走吧，魏老道已经上去了。"溥五爷指了指栈道入口处的台阶，那里有两行脚印。

众人点点头，上了栈道。

悬崖直上直下，几乎垂直于地面，全都是坚硬的黑色大理岩。当年的修造者，硬生生地在上面凿出了基础，插入几人合抱粗的楠木，修建成曲折宛转的"之"字形栈道，延伸向上方。

几百年过去了，即便是粗大的楠木，也已经腐朽不堪，走在上面，脚下传来吱吱嘎嘎的声响，看着下方的黑暗，令人不寒而栗。

"啊！"走在最前面的一个警察脚底下的木板断裂，惨叫着掉了下去，听得下面发来一声闷响就没了声音，眼见没有活头。

一路上状况不断，等爬到半腰时，已经有四五个人掉了下去。

小臭满身冷汗，走到一处宽敞一点的平台，停下来喘气："真想不到，这江底竟然有如此的奇观！"

"没有这般的凶险，怎能藏宝？"溥五爷满头是汗。

众人歇息了一会儿，艾云廷指了指上面，道："从这里往上，就要小心了。"

"怎么了？"

"这里，有一种怪东西。"艾云廷从背包中掏出一个包裹，打开了，将里面的东西分发给众人。

小臭接过一件来，皱起了眉头。

这玩意儿，用细纱纺织而成，看起来像个头套，就如同养蜂人戴在脸上的那种，不过下方有束口，戴上去，从头到脖子，保护得严严实实，但能够朦朦胧胧看到外面的情景。

艾云廷将这些东西分给众人。

小臭数了数，加上自己，也就二十一个人了。

一帮人全部戴上，一个个看起来像是蒙面的劫匪一般怪异。

"等会儿上去，见到任何情景都不要惊慌，无论如何都不能扯下头罩。记住了！"艾云廷面色阴沉。

众人点了点头。

"走。"

艾云廷第一个穿过了平台。

众人跟在后面。

"搞得这么神神秘秘的！"蛤蟆头很是不满，"这玩意罩着，喘气都不舒服！"

"大哥，忍一忍，听艾局长的。"小臭道。

众人穿过平台，斜斜往上。

再往前面走，依然是栈道，不过这上面的石头却由原先的黑色变成了白色。

光线昏暗，不知道何时起了雾，能见度极低，即便是点起了火把，也只不过能看到脚下一两米开外。

走了一会儿，小臭突然觉得周围越来越亮堂，一抬头，不由得愣住了。

在白色的岩石之上，栈道的一侧，突然出现了一朵花！

一朵如同盘子大的花朵，赤红无比，灿然绽放！

小臭从来没见过这种花，不仅花瓣硕大，花朵更是很长，延展开去，上下起伏飘舞！

更奇妙的是，这朵花散发出淡淡的红色光芒！

一朵，两朵，三朵……

越来越多的花，绽放在黑暗之中，延伸开去，密密麻麻，不知道有多少，形成了一片灿烂光海！

"太……太美了！"蛤蟆子喃喃道。

"记住了，不管你看到什么，不管你听到什么，都不要摘了自己的头套！"看到那些花，艾云廷声音微微有些颤抖，"尽快通过！快！"

说完，他加快脚步，消失在昏暗中。

小臭等人不敢怠慢，低头跟在后面。

"不要看那些花！不要看！"艾云廷大声道。

穿行在花海之中，一阵阵的浓香传来，沁人心脾。

小臭前面是李黑眼，后面是溥五爷，众人都是低着头，不看那些花。

就这么呼哧呼哧走了不知多久，小臭觉得香味越来越浓，自己的脑袋越来越昏沉，逐渐有些喘不过气来。

这种不适感很快就消失了，随之而来的，是无比的愉悦！

是的，愉悦！没有任何的疲惫，全身轻松如同躺倒在白云之上。

有歌声传来，美妙的歌声，浅吟低唱，咿咿呀呀，婉转悠扬。

有笑声传来，妙龄女子的笑声，咯咯咯，动人心弦。

转而，又变成了低低的啜泣，变成了怪兽的吼叫，变成了令人毛骨悚然的呻吟……

然后，小臭看到了很多人的面孔。

猴子吴的，李君之的，魏老道的……

还有一个女人的脸，慈祥无比的脸，站在前方的黑暗中，微笑着看着自己，伸出怀抱……

"娘!"小臭呆呆叫了一声，潸然泪下。

那张脸，自己从来没见过，但内心深处，小臭认出了那是自己的娘。

"娘!"小臭呆呆地走过去，走向那个对自己敞开怀抱的女子。

"小臭!"身边传来一声惊呼，接着小臭觉得自己的手臂被扯了一下，身体往回撤了撤。

与此同时，眼前的幻象消失，看着下面，小臭吓得一身冷汗——若不是刚才李黑眼拉了一把，自己一脚迈出，就是下方的无底悬崖!

小臭转过脸，发现身后的那些警察，一个个状态百出，有的咯咯笑着，有的双手捂脸痛哭流涕，有的恐惧无比，全都神志不清。

扑通!

一个警察一脚迈出，掉了下去。

接着又是一个!

"寿臣，拽住这帮家伙! 快! 让他们清醒过来!"艾云廷大喊。

白寿臣、李黑眼等人全都出动，对着那帮人拳打脚踢，让他们尽快清醒过来，但这个过程中，接连又有几个人掉了下去。

与此同时，还有几个人，摘下了头套。

"不能摘！"艾云廷大叫。

晚了。

小臭看到，那些发出红色光芒的花海中，飘荡着红色的淡淡雾气，离得远觉得是雾，但看清楚了才发现那是从花蕊之中飞出来的小虫，芝麻粒大小，在空气中蠕动着，撞到面罩上的纱网就会被弹开。

但那个摘下头罩的人，就没有这么幸运了，小虫落在脸上，迅速移动，飞快钻入了口鼻、耳朵之中，很快那几个警察抱着脑袋发出痛苦的叫声，脸上出现无数的红色斑块，接着迅速溃烂，惨叫着摔了下去。

"救不了了！走！快走！"艾云廷焦急万分。

众人舍弃了那几个人，相互搀扶，从原先的走，变成了跑。

小臭搀着溥五爷，跑得最快。

一路奔波，跑了差不多十几分钟，终于穿过了那片花海，来到了悬崖上头。

"我的妈呀！艾局长，刚才那些花是什么东西？"小臭一屁股坐下来，后怕道。

艾云廷摘下头罩，满脸是汗，嘴角微微抽搐："那些不是花……"

"不是花？是什么？"

"蛊。"

"蛊？"

"嗯。飞花蛊。一种极为罕见的蛊，"艾云廷点了一根烟，"平时它们会陷入昏睡，一旦有活物靠近，会聚集在一起，形成花朵之状，交配，散发出浓香，迷人心志，然后交配出来的幼虫就会钻入活物的七窍，吞肉食血……"

"险恶至极！"溥五爷道。

二十一个人，活着走上平台的，只有十五个。

小臭往后看了看，这平台极为宽广，起码有几十亩大小，斧劈刀削一般，整整齐齐。

平台上的东西，则让小臭刚刚放松的一颗心顿时提到了嗓子眼。

第二十二章　圣上陵寝

占地几十亩的巨型平台之上，是层层叠叠的尸骨之山！

人的尸骨，惨白散落，堆积在一起，铺展着，目光所及，铺满了整个平台！

平台的正中，有四个巨大的"山峦"，每一个足有二三十米高，金字塔一般矗立着，竟然全部由人头垒成。

四个"山峦"围绕的中心，是一个黑黝黝的巨大洞口。

"怎么这么多尸骨？"韩麻子低声道。

"全是当年的工匠，"艾云廷有些不忍，沉声道，"为了修建这个藏宝地，当时秘密征用了十几万民夫，完成后，全部杀死。"

"真是……凶残！"溥五爷道。

"为的是藏宝之地的安全吧，"李黑眼摇了摇头，"恐怕这里的每一块金银，都附着一个哀怨的灵魂。"

"你们就别叹息了，反正都死了。"蛤蟆头上前一步，朝中心走过去，脚下的白骨被踩得嘎巴一声响，硬生生断裂。

众人鱼贯而去，便随着他们的行走，白骨断裂之声不绝于耳。

这声音，让人不寒而栗。

脚底下、身边，全都曾存活于世界上，如今，却成了一具具白骨，倒伏在这里。

小臭无法想象，当年这么多人，是在何种情形下，被一批批带到这里屠杀，那时，这里定然是哭声震天，血流成河！

难道金银宝藏，就那么重要吗？

这些人，都有父母，都有儿女，都有家，都是活生生的人呀！

一帮人，心情沉重，沉默着，无人说话。

噼里啪啦，一直走到平台中间，才停下。

四四方方的一个巨型洞口，有宽大的台阶通往下面。

"再往下，就是藏宝地了。"艾能奇指着洞口说。

正说着，小臭突然后退了一步，脸色变得极其难看。

"怎么了三弟？"韩麻子觉得小臭不对劲。

小臭伸出手，朝前方指了指。

众人抬头。

尸骨山峦中，亮起了两盏灯。

两盏绿油油的灯，并不大，光线也并不明亮。

"什么玩意儿？萤火虫？"蛤蟆头道。

"不是。"小臭摇了摇头，他的声音有些颤抖。

因为，在那两盏灯的周围，又亮起了两盏，接着，又是两盏……

一帮人纷纷转身，他们发现，周围的四座尸骨山中，连同周围的那些散落尸骨中，一盏盏灯成对亮起！

"那不是灯，也不是萤火虫，"小臭咽了一口唾沫，"我先前见过。"

"见过?"韩麻子有些听不懂。

"那是……那是眼睛!"小臭看着众人,"李掌柜说得不错,那怪物,不是一个,而是……成群结队!"

人面对未知事物时,会产生巨大的恐惧。

当幽暗中一双双绿油油的眼睛次第亮起、逼近,小臭等人即便是手中有枪,双手也微微颤抖起来。

"被包围了!"艾云廷环顾四周,低声道。

不仅仅是包围那么简单,这些怪物,不光前后左右都有,很多还占据了四座尸骨山的高处,无声无息地逼迫而来。

哒哒哒哒!

一个警察终于受不了这气氛,端起冲锋枪朝着对面扫射。

白骨横飞,紧接着就是此起彼伏的叫声。

那叫声,沙哑,凄厉,震得人耳朵嗡嗡直响。

嗖!

不知从哪里飞过来一道黑影,噗的一声穿入开枪警察的胸膛,将其直接钉在了后面的尸骨山上。

那是一柄简陋的长矛,顶端绑着骨头磨制的矛头,锋利无比。

"打!"艾云廷一声令下,所有人端起枪,四面开火。

与此同时,怪物齐声吼叫,纷纷从四周飞射而来!

哒哒哒!

韩麻子挡在小臭身前,抬枪一通扫射,将冲上前的两个怪物打成了筛子。

"妈的,这什么玩意儿呀!"韩麻子看着脚下的尸体,吓得够呛。

小臭此时才完全看清楚这种怪物的模样。

那张脸,那头颅,之前看过,虽然长有五官,但比例极为失调，丑陋、变形、肮脏。

它们身体并不高，一米五六左右，全身赤裸，光溜溜没有一根毛发，四肢粗壮，手指、脚趾都长有薄薄的蹼，如同鸭掌一般，可指甲却长而锐利！

地上的两具尸体，被打中脑袋，脑浆迸出，殷红的鲜血汩汩直流，和身上的黏液混在一起，腥臭无比。

"从来没见过这玩意儿！"溥五爷举着那把小手枪，看了一眼，摇了摇头。

哒哒哒！

哒哒哒！

一帮人靠在一起，拼命扫射，不断有怪物被打中，同样，伴着飞舞而来的长矛，也有警察死伤。

嘶嘶嘶！

怪物们前赴后继，根本不顾死活，双目赤红，低声吼叫。

让小臭目眦尽裂的是，这些怪物极为嗜血，冲上来不光围着死去警察的尸体撕扯、吞吃皮肉，连自己的同类都不放过！

"这他妈的太凶残了！"韩麻子一边开枪一边叫道，"我可不想落在它们手里，尸骨无存！"

"对方太多了，我们弹药有限，赶紧进通道！"艾云廷指着平台正中的那个深深的洞穴。

众人齐齐点头，一边开枪一边向通道撤退。

溥五爷、小臭、韩麻子、蛤蟆头先撤，李黑眼和艾云廷等人带着警察断后。

小臭搀着溥五爷迈着台阶下了洞穴，只觉得里面幽暗无比，散发出一种浓浓的霉味。

点了火把，快速往下，小臭才发现里面的阶梯几乎是螺旋状往下延伸，不知道有多深。

李黑眼等人很快跟进来，随后是那群怪物。

枪声、嘶叫声、怒吼声，回荡在通道内，放大，回荡，震耳欲聋。

众人拼命往下面跑，不知道跑了多久，见前方赫然出现一个巨大的青铜门。

门缝虚掩，显然魏老道已经进去了。

众人一溜烟跑进去，李黑眼、艾云廷、白寿臣三个人最后进来，然后咣的一声关上青铜门，又拖过来旁边的一道沉重石梁，死死顶住。

咣咣咣!

外面传来剧烈的撞击声，还有怪物的吼叫声。

"我的妈呀!"小臭抹着额头上的冷汗，"好险!"

"艾局长，这些怪物，你一无所知?"李黑眼道。

艾云廷满脸是汗："秘典里面从来没有记载过这玩意儿。诸位，我们歇息一会儿，赶紧往下撤，这扇青铜门年久失修，恐怕抵挡不了多长时间。"

众人无言，歇息了一会儿，站起来往下走。

越往下，通道越宽，一路上经历了无数的机关，弩箭、翻板、飞石、毒气等等，自不必说，幸亏有艾云廷他们在，一一化解，倒是无一伤亡。

不知走了多长时间，阶梯终于到了底部，众人面前，出现了一个巨大的地下空间。

空间是一个极为规整的巨大长方体，宽有一二百米，高有几十米，向前延伸，不知道有多长。

两旁的墙壁上，镶嵌着一排排的拳头大的珠子，发出淡绿色的光芒，将空间照得隐隐可见。

就在这样的光芒下，五彩迷离!

墙壁上，都凿有一个个巨大的洞，如同窑洞一般，宽一二十米，高一二十米，深三四十米，里面原本肯定装满了各种金银财宝，但不知道什么原因，木架坍塌，一片凌乱，很多财宝被拖到大厅中，目光所及，金光闪闪，绚烂无比！

银锭、金锭、翠玉、珊瑚、宝石、金币、银币、首饰、珍珠、玛瑙，到处都是，堆积如山，令人眼花缭乱！

"石牛对石鼓，银子万万五！这里，远远不止万万五！发……发财了！哈哈哈，发财了！"蛤蟆头一阵狂笑，扑入金山银海之中，尽情挥洒着那些财宝，几近癫狂。

旁边的很多警察，更是欣喜若狂，奔过去，纷纷将金砖、银锭往身上塞，狗熊掰棒子一般，塞了这个，觉得那个好，塞了那个，又发现更珍贵之物，混乱一片。

白寿臣大怒，举起枪就要上前，被艾云廷拦住了。

艾云廷摇了摇头。

"面对如此的财富，谁不动心？都是拼死拼活的弟兄，能拿得了多少？眼下最重要的事情，是捉拿那老道，还有，就是齐心协力想着怎么出去。"艾云廷道。

"艾局长说得是！"小臭虽然也想弄些财宝，但听了艾云廷的话，也是有些羞愧，忙对在财宝山中搜刮的蛤蟆头和韩麻子道，"大哥、二哥，不要取宝了，赶紧干正事！"

蛤蟆头和韩麻子这才发现艾云廷和白寿臣脸色难看，不得不将身上的东西掏出来，丢在地上，一脸肉疼的样子。

"诸位，先不管这些东西，先抓住那个老道再说！"艾云廷道。

众人这才停止了骚乱，悻悻向前。

从始至终，保持淡定的，恐怕只有溥五爷和李黑眼了。

溥五爷自小生长在皇室之家，什么金银财宝没见过，虽然也有些激动，但很快就平息了。

至于李黑眼，简直视这些东西如粪土一般，跟在艾云廷的身后，背着双手，双目快速在财宝中扫射，像是寻找什么东西。

一帮人踩着无数的宝贝往前走，那种诱惑，非比寻常。

"艾局长，这里有些奇怪。"走了一会儿，小臭道。

不光他，其他人也都看了出来。

这些财宝先前都装入两旁的石室内，很多都是装箱的，大部分都被拖了出来，遭到了毁坏。小臭面前，就有一个半人高的巨大珊瑚树，赤红如血，这样的宝贝，价值连城，只有以前的皇家才能有，可被打得粉碎，极为可惜。

"我觉得，可能是被那帮怪物弄的。若是别人，怎么会干出这等事情来。"溥五爷道。

"五爷说得是，可那些怪物，到底是从哪里来的呢?"艾云廷百思不得其解。

几秒钟后，艾云廷突然哎呀叫了一声。

"怎么了?"小臭问。

"不好! 圣上的陵寝!"

"陵寝?"

"是了!"艾云廷指着通道的深处，"当年我的祖先艾能奇，带着圣上的遗体进来安葬，便是在这藏宝室的深处向下凿出墓室，安置于石棺之内。藏宝室被破坏成这个样子，那圣上的遗体岂不是……"

"他妈的!"白寿臣气得七窍生烟，"局长，赶紧走!"

众人加快脚步，向深处奔去。

走了一二十分钟，眼前出现了一个宽大沉重的石门，石门上面刻着一文一武两个浮雕，面容威武。

石门虚掩，众人钻了进去，又往下走了一二十分钟，眼前出现一个长长的甬道。

甬道两边，竖立着巨大的白色大理石雕刻的石像生，成对排列，气象威严。

穿过长长的甬道，来到一个大殿跟前。

大殿全部用石头垒砌而成，雕刻着飞禽走兽，正中竖立着一块石碑，上面写着一行大字"大西国皇帝之陵"。

绕过石碑，上了台阶，跨过石门，眼前是一个幽暗的空间。

艾云廷将火把扔进面前的一个巨大龙缸中，熊熊火起，照亮了大殿内部。

这大殿内部，完全是按照地宫修建，形状如同"甲"字形，沿着通道前行，两旁是耳室，堆放着各种生活用品、财宝、瓷器甚至还有人殉，走了一二十分钟，面前出现两个高大的赤红色木门。

看到这个木门，小臭就知道主墓室快要到了。

周围温度很低，空气有些稀薄，令人憋闷。

算一算，距离地面恐怕起码有几百米！

小臭走到两扇木门前，正要推开，被宝儿拦住。

猴子冲里面指了指，然后吱吱低叫了两声，发出预警。

小臭闪目观瞧，见朱门上，满是尘土，赫然留着两个手印。

十有八九是魏老道的。

"老家伙在里面，得小心他的手段。我先进去。"李黑眼拎着金刚降魔橛，闪身钻了进去。

约莫等了一两分钟，见里面没事，小臭等人才鱼贯而入。

众人屏声静气，蹑手蹑脚往里走。

里面的墓室，极为高大，上面用无数的夜明珠点缀成漫天的星斗，地上有金银铸造出的九州地形，堪称奇观。

不远处，宽阔的棺床之上，矗立着一个高大的巨型石棺。

棺材高三四丈，宽一两丈，雕刻着飞龙、彩凤，定然是张献忠的龙棺了。

龙棺棺盖被推倒在地，地上散落着无数的财宝，而且还有不断的财宝被人从棺材里面抛出来。

"宝贝呢！宝贝呢！我的宝贝呢！张献忠，你把我的宝贝藏到哪里了！"

棺材中，传出怒吼。

那声音，小臭一听就知道，不是别人，正是魏老道。

见龙棺被打开，陪葬的东西扔了一地，艾云廷早气得七窍生烟，对众人使了个眼色，率领着白寿臣以及剩下的七八个警察举起枪，围着龙棺轻轻走了过去。

"魏老道，出来受死！"完成包围之后，艾云廷怒吼了起来。

龙棺里面的声音戛然而止，取之而代的，是死寂。

"你胆敢闯入圣上的陵寝，毁坏圣上的棺木，真是狗胆！乖乖出来，我给你一个痛快！"白寿臣喊话道。

咯咯咯……

龙棺里头传来一阵低低的怪笑。

"圣上？陵寝？若不是我，他哪来的圣上！哪来的陵寝！这狗货！坏我宝贝！"魏老道的声音颤抖着，听起来嘶哑无比，"就凭你们这帮小辈，实在是……"

言罢，一道黑影从棺材里面飞出。

哒哒哒哒！

艾云廷举起冲锋枪，对着黑影扫射，周围一干人纷纷开枪。

打得那黑影倏地落了地，却是一件衣裳。

"不好！艾局长，快退！"李黑眼大叫一声。

与此同时，却见棺材之中飞出一道红光，直奔艾云廷而去。

"局长！"旁边的白寿臣一把推开艾云廷，挡在身前。

就听见噗的一声闷响，红光穿透白寿臣的胸膛，倏地又回到棺材之中。

白寿臣低头看着自己的身体，见胸口有个拳头大的空洞，汩汩流血。

"寿臣！寿臣！"艾云廷抱着白寿臣，大声喊叫。

"局长，那老道，好毒辣……你……为我，报仇……"白寿臣一句话没说完，头一歪，死了。

"妈的！给我开火！"艾云廷暴怒，举枪扫射。

子弹纷飞，打得龙棺乱石飞溅！

嗡！

自龙棺之中，发出一声闷响，接着就见十几道红光飙射而出，艾云廷身边的那七八个警察，很快就有三四个应声而倒。

"艾局长，快退，那是老道的铁嘴蜈蚣！"小臭一边叫，一边将宝儿扔了出去。

好宝儿！

身形飞入空中，化为一道流光，捕捉那些红光，抓住一个，便丢进嘴里，嘎嘎咀嚼，时候不大，将十几只铁嘴蜈蚣吃得一干二净。

"想不到到头来被这个猴子坏了事！"龙棺中一个黑影飞出来，稳稳地站在了棺材边缘。

正是魏老道！

老道满身尘土，虽然有些狼狈，但一点儿伤都没有。

"艾云廷，我问你，张献忠的尸身藏在什么地方？"魏老道脸色阴沉，面目狰狞。

"尸身？"艾云廷一愣。

魏老道盯着艾云廷："乖乖告诉我张献忠的藏尸之处，贫道还能饶你不死，否则，你们这些人，贫道我一个个送你们归西！"

老道一边说，一边从包裹里取出了一个葫芦。

那葫芦，长约二三十厘米，通体紫红，不知道是什么材料所做。

老道手里端着葫芦，居高临下，冷笑连连。

"魏老道，你破坏圣上的龙棺，还问我圣上的尸身，真是嚣张太甚！"因为愤怒，艾云廷面色涨红，须发皆张，"这里金银财宝多得是，你尽可取了，可你千不该万不该，不该做出此等丧尽天良、破棺毁尸的行径！今日我艾云廷便是万死，也要取你狗命！"

老道闻言，为之一愣："你真的不知道张献忠的尸体藏在何处？"

"魏老道，你是在放屁吗？尸体自然要装在那个棺材里了！"小臭实在看不下去了，大声道。

魏老道看了看小臭，然后又看了看艾云廷，大声道："棺材里根本就没有张献忠的尸身，贫道进来之时，棺盖就被打开了！"

这话，如同晴天霹雳，震得艾云廷目瞪口呆。

"不可能！圣上死后，先祖亲手将圣上入殓这龙棺之中，护送入藏此处！"艾云廷大声道。

"贫道说了，里面并没有！艾云廷，张献忠的尸身到底藏在什么地方？"

"真是废话！跟你说了就在里面！"蛤蟆头早就忍不住了，抬起手，哒哒哒对着老道就是一通扫射！

老道一个鹞子翻身，身体腾空躲开了子弹，与此同时，他扭开葫芦盖子，大手一扬："也罢，先收拾了你们，再找！"

噗！

只见从葫芦之中，喷出一股红色雾气，涌动着，铺展开去，快速而来！

那红色雾气，好像由很多极为细小的颗粒组成，扩展涌动，来得很快。

噗噗噗！

距离老道最近的两个警察躲闪不及，身体沾上了红雾，顿时发出一股股的白烟，发出撕心裂肺的惨叫。

众目睽睽之下，两个警察的身体越来越矮，最后扑倒在地，化为一摊血水。

"不好，化神砂！那是化神砂！"李黑眼见了，面如土色，拉着小臭连连后退。

"什么化神砂？"小臭忙道。

"此乃憋宝行流传已久的最为毒辣的一种东西，乃是用天地间一百零八种最为阴毒的东西炼制而成，莫说是人了，便是大罗金仙，沾染上一丝，也会化为灰飞！此物只是传说，炼制的方法早已经失传！"李黑眼颤声道，"魏老道，你竟然炼成了此等凶残的东西！"

咯咯咯！

魏老道站在棺沿上，怪笑连连："能死在此物之下，也算是你们的造化！贫道原本是想用此物来化解雷劫，若不是尔等不识抬举，也不会撒出来。"

"雷劫！"李黑眼闻言，顿时一呆。

沉默了一会儿，李黑眼盯着魏老道，突然笑了起来："果然！果然！"

"李掌柜，你这是……"

李黑眼死死盯着魏老道，目光如同利刃："你，根本不姓魏，对吧！"

众人听了这话，也是纳闷。

"魏……魏……"李黑眼喃喃了两声，"拆开了，就是'委''鬼'，委身于鬼，便是阴死之人，你，你姓阴！"

"阴！"众人听了这个字，真是五雷轰顶！

"哈哈哈。果然不愧是李君之的儿子，有点意思。"魏老道冷笑连连。

"我早该猜到！"李黑眼上前一步，"家父说，你几十年都面貌不变，江湖上没有人知道你的底细……"

"李掌柜，难道他就是那阴老道！"小臭觉得自己的脑袋有点转不动了，"几百年前，和张献忠搅和在一起的那个阴老道！"

"除了他，还能有谁！"李黑眼沉喝一声，"他乃是憋宝的高人，定然是因为吃了什么天灵地宝，成了不死不休的非人非鬼的怪物，这才会引来六十年一遇的雷劫天罚，所以不得不用落宝金钱护命，并且四处寻找能够帮助自己渡劫的宝物！正因为如此，他才会处心积虑从张献忠手里夺回那枚落宝金钱！是不是，魏老道！"

魏老道仰脸大笑，随即脸上露出了悲愤之色："那是张献忠自己该死！贫道一向逍遥自在，机缘巧合，吞下了一件天宝，虽然寿命无减，但六十年就得挨一次天罚。普天之下，抵抗雷劫落宝金钱效果最好，故而潜入紫禁城放火，盗走金钱，四处游走，发现那条蛟龙，本想着利用张献忠夺走蛟珠，顺便送他一场人间的大富贵，想不到这货竟然趁火打劫，夺了我的宝贝！贫道岂能容他！"

"魏老道！"小臭破口大骂，"你大爷的，你和张献忠的破事情，臭爷懒得问，你骗我，将两个破珠子塞入我的双腿，搞得我现在只有一个月的寿命，赶紧将破解之法告诉我，否则臭爷就是死，也得拉你垫背。"

小臭一边说，一边取出鼋爪，露出了拼命的架势。

"小臭，这事儿是你自己愿意的，不怪我。人为财死，鸟为食亡。你身体中的两颗鳖宝已经彻底与你融合，九死一生，绝难活命，除非……"

"除非什么？"小臭道。

"除非你得了宝体。不过这概率，几乎不可能。"老道摇了摇头，"所以贫道也爱莫能助！"

老道说完，懒得理小臭，大声道："艾云廷，再不说张献忠藏尸何处，你们可真要尸骨无存了。"

说话间，那化神砂已经如同云朵一般从高处将众人罩住，而且封住了去路。

只需老道再挥挥手，便会倏忽而下，躲无可躲！

461

"诸位，连累你们了，"艾云廷满是歉意地看了众人一眼，然后抬起头，愤然对老道说道，"你听着，别说我不知道，便是知道，死也不会告诉你！"

咯咯咯！

魏老道爆笑一声："那就怪不得贫道了！"

言罢，老道手一挥，神鬼恐惧的化神砂铺天盖地落下。

"完了！"小臭哀叹一声，无可奈何。

电光火石之间，却见一道黑影腾空而起。

"宝儿！"小臭见了，不由得失声惊叫。

化神砂下，死路一条，宝儿此举，在小臭看来，绝对是自杀。

却见宝儿，吱吱怪叫一声，全身的毛发由漆黑变成了赤红，毛发生长，额头上的那只"眼睛"勃然睁开，肚皮高高鼓起，张着大嘴，猛然一吸！

呼！

空中简直起了一个小旋风，漫天的"红雾"被那股气流裹挟着，全部吸入宝儿肚中！

吸干净了化神砂，宝儿啪嗒一声掉在地上。

小臭呆了，所有人都呆了！

"宝儿！"小臭哀号一声，奔过去，却见宝儿满脸通红，如同醉酒一般，摇摇晃晃起来，打了个响亮的饱嗝，拍了拍肚子，脑袋晃了晃，倒在了地上。

"这是……"小臭摸了摸宝儿鼻息，见呼吸均匀，竟然呼呼睡了过去。

"哈哈哈哈！"李黑眼大笑，"果真是一物降一物，这苍獿，真是……"

"给我打！"艾云廷见宝儿破了魏老道的化神砂，狂喜，一声令下，冲锋枪交织成密集火网，对着魏老道扫射。

魏老道先见化神砂被破，呆若木鸡，又见艾云廷等人举起枪，知道不妙，不敢托大，从棺沿上狼狈跳下。

哒哒哒哒！

哒哒哒哒！

墓室里枪声震耳欲聋，众人端着枪，一边扫射一边逼近棺材。

枪声持续了好几分钟才停下来。

"魏老道，你机关算尽，老天都不放过你，赶紧出来投降！"艾云廷叫道。

对面没有回应。

艾云廷使了个眼色，众人举着枪，小心翼翼靠近龙棺。

棺床就那么大的方，被众人包围了，搜索了一番，根本看不到魏老道的影子！

"刚才看见他躲到了棺材后面，怎么没人了？"韩麻子十分纳闷，一边说一边走，突然间身体趔趄，还没反应过来，就哎呀一声掉了下去。

"二哥！"小臭跑了几步，来到棺材后面，目瞪口呆。

棺材后，棺床之上，赫然出现一个洞口！

洞口不大，直径也就两三米，深不见底！

"二哥！二哥！"小臭扒着洞口往下喊，里面发出空荡的回音！

"看来那老东西也跳了下去，"李黑眼站在洞边看了看，对艾云廷道，"艾局长，这通向何处？"

艾云廷茫然地摇了摇头："不知道。秘典里记载，圣上的墓室是整个藏宝地的最深处，也是终点，不可能还有通道了！"

"我想我知道到底发生了什么。"溥五爷蹲在洞口旁观察了一会儿，站了起来。

众人齐齐看向他。

"这洞口，边缘极其不规则，根本不像是人工开凿的，应该是塌陷而成。你们看这是什么？"溥五爷举起了手。

他的手指上，满是黏液。

那东西，众人太熟悉了。

"当年挖掘藏宝地，又往下挖陵寝，挖得太深，棺床又太沉重，形成了塌陷。这下面，还有一个神秘空间，里头居住着那群怪物，而当年艾局长的先祖艾能奇带领人前来送葬，应该是完成送葬之后，那群怪物听到了声响，集体出动，它们顺着这洞口蜂拥而出，将那批人屠戮殆尽，然后占据了整个藏宝地。"

小臭听了，惊得魂飞天外："那岂不是说我二哥掉到了怪物的老巢里面？"

"正是。"溥五爷无可奈何道。

"怎么办?"李黑眼看着众人。

"怎么办?"小臭冷笑了一声,"我三人对天发誓,不求同年同月同日生,但求同年同月同日死,别说是怪物老巢了,就是阎罗殿,臭爷也得闯一番!"

"三弟说得好!我和你一块下去救二弟。"

"圣上遗体不翼而飞,那老道逃入了下面,我定然不会放过他!"艾云廷道。

"也罢,我陪小臭走一趟。"李黑眼笑着看溥五爷。

溥五爷乐了:"看我干吗?我天生爱热闹,这种事情,自然要去。"

众人点了点头,决意下去。

"可这洞口下面极深,如何下?"艾云廷道。

李黑眼点了一支火把,探入洞里,喜道:"你们看!"

众人伸出头,见洞口之下,是陡峭的岩壁,岩壁之上,掘凿有浅浅的石坑,想必那些怪物便是踩着这些石坑爬上来的。

"怪物上得来,我们自然也下得去!"小臭脱了衣服,将沉睡中的宝儿包好,背在背上,然后溜下了洞口。

"三弟,小心!"蛤蟆头担心道。

"没事儿。"小臭小心翼翼贴着岩壁,缓慢下去。

众人一个接一个,鱼贯而下。

在上面看着容易,等一下去,众人才知道其中的凶险。

这岩壁,不知道有多高,几乎是垂直向下,石坑并不深,仅仅容得下大半个脚掌,而且又湿又滑,稍不留意,就会一脚踩空,坠落下去!

众人如同壁虎一般,死死贴在岩壁上,丝毫不敢掉以轻心,没多久就全身是汗。

更叫苦的是，这下面的空间不知道是什么地方，竟然刮起猛烈的风。

那风，不仅大，而且极为寒冷。

小臭等人不多时就冻得瑟瑟发抖。

感觉到手脚越来越僵硬，小臭心中暗道不妙。

"诸位，我们得快点儿，否则冻僵了就得掉下去。"小臭看着下方的黑暗，低声道。

"娘的，这下面到底是什么地方？我好像听到了水流声。"蛤蟆头叫道。

的确有水流声，而且是咆哮声。

"应该是地下河。成都周围本来就是盆地，地下水丰富，"溥五爷喘着粗气，"我们现在不知道钻到地下多少米了。"

小臭听了，心中难过。

从洞口到下方，极高，韩麻子掉下去，若是落在硬地上，肯定粉身碎骨，若是落入咆哮的地下河里，恐怕也会被拍晕溺死。

一帮人正在往下爬，就听见上方传来一阵阵的吼叫声，接着便是叽里咣当的乱响。

"不好，那群怪物冲进了墓室，我们得快点！"小臭忙道。

他说得不错，很快，就听见上面传来了怪物的吼叫声。

它们下爬的速度，可比众人快多了。

"快！快！"溥五爷吓坏了。

又往下爬了十几分钟，就听见石壁之上传来嘶嘶嘶的怪声，声音越来越大，很快看到了一双双绿色的眼睛。

"妈的，打！"艾云廷一边往下爬，一边举起冲锋枪射击。

"不能打！"李黑眼叫了一声，但是晚了。

枪声响起，上面有不少怪物被打中，尸体直直落下来。

其中的一两具，正好砸在溥五爷身上。

溥五爷身形肥胖，本来就费劲，被砸着，顿时仰面朝天落了下来。

他在最上面，这么一落，真如同下饺子一般，下面的众人一个都没跑儿，全给秃噜了下来！

"溥五爷，你真是……"小臭身体在空中仰面朝天地下落，耳边风声呼啸，真是想死的心都有了。

就这么坠落了一段时间，小臭突然觉得自己的身体一顿，还没反应过来，就被软软的东西包裹了。

水！

几乎瞬间，小臭就反应了过来。

他落入了水中！

虽然水极为冰冷，但对于小臭来说，简直如同龙归大海，手脚并用，浮出水面。

扑通！

扑通！

就见李黑眼等人下饺子般坠入水中，泛起一阵阵巨大水花。

小臭不敢怠慢，鱼儿一般游动着，将众人一个个拖到岸边。

其他人还好，溥五爷被水拍晕了，被小臭掐了一把人中，才沉沉醒来。

"要是知道下面是水，费那些劲干吗，直接跳下来不就行了！"蛤蟆头晃了晃晕沉沉的脑袋。

"诸位，别叽歪了，我们这是……"溥五爷呆呆地指着前方。

众人抬头、转身，看向前方。

眼前的景象，让他们全都愣住了。

无边无际的一大片水！

没有任何的波澜，平静得如同一面镜子。

水面上，不知道是什么东西，泛出灿烂的点点银色磷光，将整个水面映射的如梦如幻。

就在这光芒之中，在这水雾之中，漂荡着一艘艘的船！

是的，无数的船！

那些船，很小，应该是一整根大树的树干一剖为二做成，宽也就两三米，长七八米，两头尖尖，微微翘起，没有船桨，没有乌篷，更没有人！

无数的船，就那么密密麻麻漂浮在水上，静寂无声！

第二十三章　铜人神树

"我们是来到了黄泉了吗?"小臭看着恍若梦境的水面,看着上面的一条条船。

传说,人死了之后,黄泉路上,有一条大水,名忘川,人渡过之后,便会忘记生前之事。

蛤蟆头甩手给了自己一个响亮的嘴巴子,然后捂着脸道:"好疼!看来,我们没死。"

"这到底是个什么鬼地方?"便是见多识广的溥五爷,此刻也是傻子一般。

众人看向艾云廷,艾云廷脑袋摇得拨浪鼓一般:"你们别看我,我也不知道。"

李黑眼点了一根烟,一口气抽完:"诸位,这地方有点蹊跷。"

他指了指周围:"一点儿风都没有,一个人都没有,这么大的一片发光的大水,这么多船……"

"你不说我们也知道,"小臭看着李黑眼,"怎么办?"

"还能怎么办,只能过去了。"李黑眼回头看了一眼崖壁,上面传来的那群怪物的嘶叫声已经越来越近了。

"不行，得把我二哥先找到！"小臭急道。

韩麻子从上头掉下来，生死不明，对小臭来说，没什么比找到他更重要的了。

一帮人分头，沿着水边找了一番，不见韩麻子踪影，搞得小臭很是担心。

"找不到我看是好事，说明麻子兄弟定然是落入水中，应该不会有事。"溥五爷安慰道。

即便如此说，小臭心中也打鼓，若是被水拍晕了，那就能溺死，即便不溺死，谁知道水里面有什么东西呀？

嘶嘶嘶！

怪叫声越来越大，一双双绿色的眼睛闪现在石壁上，密密麻麻，蝇群一般。

"走！"李黑眼大喝一声，众人顾不了许多，冲向水面。

水冰冷刺骨，除了小臭，其他人游了一会儿四肢便逐渐僵硬起来。

"不行，这样下去不被怪物吃了，也得冻死了，上船！"李黑眼冻得脸色苍白，哆哆嗦嗦道。

众人深以为是，纷纷向那些船游过去。

水面上荡起涟漪，一艘艘小船微微晃悠。

溥五爷游得最快，虽说胖，可他浮力大，本来游泳的本领也高，浪里白条一个。

好不容易游到一艘船边，溥五爷艰难地双手扒着船沿往上爬，不知是因为寒冷还是因为太胖，几次都掉了下来。

小臭游到下面，把他托了上去。

溥五爷蛤蟆一样的身躯砸在船面上，忽然发出轰的一声响，整个人顿时陷了下去。

"怎么回事？"小臭看不到上面的情景，"这些船好像没有船舱呀！"

"我的妈！救命！救命！"船内传来溥五爷的鬼哭狼嚎！

胖子手脚乱舞，很快露了头，吓得够呛："死人！里面有死人！"

小臭爬了上去，站在狭窄的船边，低着头这么一看，也是目瞪口呆。

先前说了，船并不大，宽也就两三米，长也就七八米，没有船桨，也没有船篷，可那是因为从远处看的。

到了船上，小臭才发现，船的表面，用厚厚的木板封死了船舱。这些船年头古老，不知道什么时候造的，木板早就腐朽了，溥五爷那样的身板砸上去，顿时将这些木板砸得粉碎，掉进了下方的船舱之中。

船舱里面，相当凌乱，摆放着很多陶罐、陶俑，还有一些简单的铜斧、渔叉之类的陪葬品，中间赫然是一具森森的白骨！

年月久远，身上的衣服早就烂光了，直直躺于其中。

"这是船还是棺材呀？"小臭愣道。

"是船，恐怕也是棺材。"李黑眼道。

"难道这儿所有的船，都是棺材？"小臭不相信。

其他的人纷纷爬上周边的船，一番动作，果然发现每艘船里面都有白骨，少则一具，多则两具。

"原来漂着一大片棺材呀！你大爷的！"看着光影中晃动的那无数的船，小臭两股战战。

此时，成群结队的怪物已经从岩壁之上跳下，嘶叫着冲过来，这些恐怖的家伙来到水边，见小臭等人站在船上，顿时气愤得嗷嗷乱叫，一个个双脚一蹬，咣咣落入水中，头都不露，只见水底下一道道白影，飞速向这边射来。

"这也游得太快了！"李黑眼咧了咧嘴，道，"别愣着了，划！"

船勉强能装下两三个人，一帮人分为三艘船，小臭、蛤蟆头、李黑眼一艘，溥五爷、艾云廷以及一个警察一艘，其他的三个警察挤在一艘。

船上面没桨，自然是抓来什么就是什么。小臭等人还好，用船上腐烂的船板，溥五爷则抓了半个破罐子，还有一个警察干脆将死人的肩胛骨拿来当桨。

一帮人手忙脚乱，使出吃奶的劲儿，三艘小船嗖嗖嗖朝水面深处划去。

还别说，虽然船看着很怪，可划起来顺风顺水，速度极快，转眼间就冲出去几十米。

小臭见船的速度远远快于那些怪物游泳的速度，不由得松了一口气。

"溥五爷，您老人家见多识广，这些船是怎么回事，能不能给说道说道？"小臭一边划水一边冲隔壁喊道。

溥五爷喘着气："船棺！"

"什么船棺？"

"就是以船为棺。"

"从来没听说过，什么人会把船当棺材？"

溥五爷扔掉了手里的破陶片，干脆偷起了懒："这里面可就太有说法了！船棺，又叫船棺葬，是古代一种独木舟形棺木葬具，就是将整段的巨大树木劈开，在中间掏凿，放入尸体和随葬品，再封闭安葬。这种安葬方式，很奇特，也很稀少，多发现在四川境内。所以，可以说，船棺葬是古代巴蜀人盛行的一种丧葬礼俗。"

溥五爷说得文绉绉的，小臭有点听不明白。

"胖子说得不错，早先我曾经见识过，"李黑眼点了点头，"倒过一次斗，就碰到了船棺，那里面没啥东西，除了陶器就是铜器铁器还有一些漆器，年代嘛，应该是战国时候的。不过胖子，我见到的船棺都是埋在土里的，这漂在水面上的，倒是第一次见。"

"我也第一次见到。"胖子道。

"战国时代，距离现在好几千年了，这些船肯定不是，否则早就烂了。"小臭指了指身下。

"我不这样想，事实上，这些船，恐怕还早于那个年代呢。"李黑眼取出他那把金刚降魔橛，对着船身使劲砸了砸，顿时发出金戈之声。

"这些船，不是一般的木头制成的，而是阴沉木，"李黑眼道，"这种木头，千年不朽，万年不坏，珍贵无比，价值万金。"

"他大爷的！"小臭听说过这玩意儿，都是历代只有皇帝、有权有势的人才能用的东西，"这么多船，都是阴沉木做的，那得多少呀。这群人，也太富了吧！"

李黑眼指了指船舱里面躺着的那位："你看看，他们哪里富了？"

小臭也觉得有道理。如果是富人，那随葬品一定很丰富，可实际上，里头陪葬的东西，寒酸、可怜。

"或许，在这些人生活的年代，阴沉木这种东西并不算稀罕物。"韩麻子道。

艾云廷插了话："如果这些船棺比战国都要早，那可就算得上是上古了，圣上的陵寝，怎么会和这群人扯上关系？"

"很简单，你祖先在人家上头使劲往下挖，挖穿了。"李黑眼道。

"李掌柜，这些人，什么来头？"小臭指了指白骨。

要说判断墓葬的年代、来历，恐怕普天之下没几个人比得上李黑眼。

可李黑眼接下来的话，有点儿出乎大家的意料。

"我还真不知道。"李黑眼说。

"这个，我倒有些研究。我觉得，很有可能是古蜀国的。"溥五爷得意地笑了两声。

"蜀国？刘备刘玄德的那个蜀国？这个我也知道。"小臭接茬，《三国演义》他听了不下百遍，三分魏蜀吴嘛。

溥五爷气得差点儿从船上跳下去："小臭，你能不能多读点书。刘备建立的那个国家，国号是汉。再说，那是三国的事儿了，差得远了！"

"除了那个蜀国，还有别的蜀国吗？"小臭一脸茫然。

473

"当然有！"溥五爷挺了挺脖子，"要说这个古蜀国，那可就牛了。"

"愿听高论。"

溥五爷嘿嘿笑了两声："四川巴蜀一带，自古以来物产丰富，所以很早的时候就有人类居住。传说，黄帝娶蜀山氏的女子为妃，生下来一个男孩，这男孩，长大后'目纵'……"

"什么叫目纵？"

"有人说是双瞳，也有人说是眼睛竖着长，凸出眼眶之外，"溥五爷解释道，"他善于养蚕，所以部落的人都叫他'蚕丛'，成为蜀地的首领，蚕丛，就是蜀人的先王，被视为始祖，备受尊敬。"

溥五爷顿了顿："后来，商朝的时候，蚕丛部落反抗商人，战败，辗转来到四川盆地，躲避战争。有个年轻人，成为新的首领，将部落改称为'柏灌氏'，但是这个部落，后来被南方的鱼凫部落吞并了。"

小臭听得脑袋有点蒙。

"这个鱼凫部落，就在成都附近，兴起于商朝末年，百姓喜欢水，靠打鱼为生。部落里有个人叫杜宇，既聪明又勇敢，所以大家推举他当了首领，因为这个部落擅长打鱼，所以就叫'鱼凫'。杜宇英勇善战，兼并了原先的柏灌氏部落，后来又参加了武王伐纣的战争。因为有功，所以周王室封杜宇为'蜀王'，并准许他建都立国。于是杜宇带领蜀人以鱼凫城为都，建立了蜀国，古蜀国疆域庞大，相当厉害。"

说到这里，溥五爷叹了口气："但是这个杜宇，结局很不好。他老年时，蜀国洪水泛滥，当时的都城鱼凫城就在现在的成都城附近，大水一来，百姓流离失所。杜宇治水失败，百姓哀号痛哭。这时候，有个叫鳖灵的人，据说是个死而复生的人，很有能耐，带领百姓治水很成功，杜宇就让他做了丞相。可是鳖灵做了丞相之后，逐渐架空了杜宇，逼迫他禅位，自己做了蜀王，改名杜灵，号开明帝，也就是开明氏蜀国。"

"那杜宇也的确有点儿惨。"小臭道。

"是了。传说杜宇因为气愤，死后化了一只杜鹃，悲号泣血，所以有'杜鹃泣血'之称，杜鹃鸟现在很多人还管其叫'杜宇'，"溥五爷掉起了书袋，"开明氏蜀国一直发展到秦代，一共有十二位君主，后来秦惠文王派张仪、司马错伐蜀，古蜀国才灭亡。"

这么一说，小臭还真是开了眼界。

真想不到，四川竟然还有这么一个神奇的国度。

"胖子，你怎么就能判断这些尸骨是古蜀国的人呢?"李黑眼道。

"棺葬盛行于古蜀人之中，尤其是开明氏蜀国。他们是鱼凫部落，祖先就是以打鱼为生，可以说船就是他们的家，是他们最重要的东西。古代人讲究'视死如生'，就是活着时候什么样，死的时候也应该是什么样，所以古蜀人死后，就选择船棺葬，他们认为冥界和人世之间，生死异路，阴阳相隔，中间有一条河流作为分野，所以以船作棺，就能够把亡魂送过河去。"

"可为什么我发现的战国时代的船棺葬都是土葬呢？"李黑眼问道。

"那是后来的事情了，战国时代，古蜀人也受到了中原文化'入土为安'这一想法的影响，所以就把船棺埋入了土中，而之前，他们则是把船棺放置于水面，任其漂流。"溥五爷挠了挠头，"我也是在皇宫内库的一本古书里面偶然读到的。我对此很感兴趣，所以研读了很久，连古蜀国的文字我都有些心得。"

"行呀胖子，不错不错。"李黑眼很敬佩，随即又道，"如果这些船棺是古蜀人的，他们为什么会躲在这么深的地下呢？"

"这个我就不知道了，很蹊跷。"溥五爷也是不清楚。

说话之间，众人的手却没停着，小船一直往前，也不知道前行了多远。

此时，小臭才发现原先的那一大片水，不过是个港湾，窝藏在一角，所以波澜不惊。

可一旦驶出这个港湾，眼前的景象截然不同！

头顶上黑漆漆的，不知多高，朦胧不可见，眼前却是渺茫的水面，俨然一个庞大的湖泊，波涛起伏。

更令人惊心动魄的是，远处湖泊的水倾泻而下，似乎有个巨大的瀑布，隆隆震耳，怪不得先前听到巨大的水声。

身处其中，根本不会想到竟然是在深深的地下。

"这水，也太大了！"小臭看了看，道，"诸位，用力划，千万别被卷到瀑布那里，不然就完蛋了。"

"真是蔚为奇观！想不到这地下，竟然还有如此的奇景！壮哉！"溥五爷摇头晃脑。

众人加速，小船在波涛之中起起伏伏，惊险无比，约莫过了一两个时辰，才渡过那段危险水域，来到了大湖正中。

此处，波澜不惊，湖面上闪着点点的磷光，湖水极为清澈，能看到水下几十米，再往下，就是一团黝黑了。

"这发光的到底是什么玩意儿？"小臭随手捞起了一个，发现是个小小的东西，形状有点类似于水母，通体透明，光芒就是从身体里发出来的。

"这里与世隔绝，恐怕形成了自己的生物链。"溥五爷皱着眉头，"这么多水母，说不定还有别的东西。"

话音未落，小臭就觉得眼前一黑，一个庞大的黑影飞快掠过水面，张开巨口，将周围的水母一扫而光，然后飞快游走。

这东西，极为庞大，从小船下面掠过的时候，光尾巴都比船大！

"我的妈！"小臭头皮发麻，"什么东西！？"

"鱼……大鱼……"蛤蟆头体如筛糠。

"小心点，不要打扰它们。"艾云廷面色苍白。

"咱们的船有蹊跷，"李黑眼道，"你们发现没有，刚才那大鱼，肯定能发现我们的船，但似乎它对船很忌惮，吃了东西之后，赶紧溜走。"

"难道是因为阴沉木？"小臭道。

"那就不知道了，"李黑眼道，"如果船上面没有蹊跷，估计早就被它们吞吃、打坏了，还能留到现在？"

李黑眼这么一说，大家稍稍安心。

"魏老道!"蛤蟆头突然喊了一声,指了指前面。

小臭抬头望去,果然见前方有条小船,上面一人拼命划船,可不是魏老道嘛!

"老小子!可算是逮到你了!大家快划,弄死这老家伙!"仇人相见,分外眼红,小臭大喝一声,三条小船快速追上。

"不对呀,魏老道怎么狼狈不堪、仓皇失措的。"李黑眼一边划船一边道。

"看到咱们,老家伙能不慌吗?"小臭道。

"非也。你再看看。"李黑眼努了努嘴。

小臭仔细看了看,发现李黑眼说得不错。

和刚才相比,魏老道的确太惨了。

身上的衣裳烂成了布条,一丝一缕,而且满是黏液,全身是血,而且后背上还有不少伤口。那艘船,更是伤痕累累,后面的船尖都被什么咬掉了。

老家伙站在船上,低着头,使劲划船,完全就是在逃命。

"管他呢,追上去,弄死!"蛤蟆头举着冲锋枪,端起来,哒哒哒放了一梭子,可惜太远,子弹都打在了水里。

众人使尽全身力气,死命追赶,毕竟是人多力量大,距离越来越近,相距也就一二百米。

蛤蟆头站在船头,一边骂一边开枪,子弹落在魏老道的周围,老道躲躲闪闪,也不搭理,继续划船。

"看来是真的在逃命,而且不是因为我们,"李黑眼四处看了看,"蛤蟆头,别开枪了,枪声太大,说不定会引来什么东西!"

正说着呢,就听见嘣的一声闷响!

这闷响,从船下的深水之中传来,就如同老龙的沉吟,震得湖水颤抖,然后在船的前方,一个个巨大的水泡咕噜咕噜冒出。

"有东西！停船！停船！"李黑眼喊了一声，拼命往后划。

噗！！！！！

一两分钟后，水面漫卷，飞溅出高大的几十米的巨浪，浪花之中，露出了一个庞然大物！

包括小臭在内，所有人都呆了，仰着头，直勾勾地仰视着眼前的东西，忘记了说话，更忘记了逃跑！

那简直是一座山峰！

不管是先前的潜蚕还是蛟龙，与这东西相比，都太小了！

小臭估量不出它到底有多大，更看不清它的全貌！

它的身体，应该大部分还沉浸在水中，但露出的这部分，足以震撼人心！

全身透明，微微泛出青色，皮肤上满是闪亮的鳞甲，光一片鳞甲，就有小臭屁股底下的船那么大！身体臃肿、堆浮着，最上面是头颅。

巨大的头颅，生有四只眼睛，每只眼睛又大又圆，玻璃一般，巨口獠牙，嘴边生长着无数的长须。从头顶延伸到脊背，是长长的、尖利的背鳍，粗壮的两肢如同两条大坝一样浮在水面，小臭已经不敢去看它的爪子了。

更奇异的是，它的下身，似乎并没有长腿，而是生有像章鱼那样的粗而长的触角，共有九根，在水中甩着、涌动着，掀起滔天的巨浪！

"你们这帮混账，怎么把它招引出来了！"魏老道在对面破口大骂，然后划着船掉头就跑。

哒哒哒！

有人开枪了。

子弹射在怪物的身上，穿透那些鳞甲，溅起鲜血，但这些伤，对于怪物来说，就像是一只蚊子咬了一口大象，微不足道。

饶是如此，也惊动了怪物，它，缓缓转过了头。

是那三个警察，他们的那条船，在最前方。

因为恐惧，三个人站起来，举着枪疯狂射击。

嗷！

怪物叫了一声，湖面顿时生起一场飓风，与此同时，小臭见到它尾部的一根触角高高升起，对准那艘小船，缓缓张开！

天！

触角，如同花瓣一样绽放，分明是一张大嘴，里面满是獠牙，满是黏液！

呼！

触角上的肌肉骤然收缩，一股巨大的吸力传来，那三个警察连同小船，生生被吸入空中，被那大嘴吞没！

"跳水！不然我们也被吸进去了！"李黑眼叫了一声，众人不敢怠慢，全都跳了下去。

入水之后，拼命往下游，依然觉得背后暗流涌动，通过水面，小臭见众人的那两艘船，同样被吸入大口。

这他妈的也太变态了！小臭暗骂道。

前方不远的李黑眼指了指怪物，又指了指周围，意思是大家游走，毕竟他们很小，怪物不容易被发现。

小臭正要游，发现蛤蟆头呆呆地悬浮于旁边，直勾勾盯着怪物。

小臭游过去拍了拍他，蛤蟆头拉住小臭，指了指。

小臭这么一看，不由得双目圆睁！

怪物的身体，是透明的，在一个触角的前端，小臭看到了韩麻子！

他的身体，位于触角的内部，双目紧闭，面露痛苦之色，正伴随着蠕动滑向怪物的腹部，那里，是个巨大的消化场所。

小臭指了指水面，示意蛤蟆头先上去，然后将宝儿递给蛤蟆头，箭一般游向怪物。

所有的事情都不重要了，包括那个怪物。

小臭唯一的想法，就是救出韩麻子。

手中的武器早就丢得一干二净，唯一能用的，就是那双鼋爪！

在水中，小臭和鱼儿没什么分别，转眼之间来到那触角跟前，趁怪物没注意，高举起鼋爪，狠狠地在触角上开了一个几米长的口子，然后嗖的一下钻了进去。

嗷！

怪物怒叫一声，触角涌动，高高扬起。

小臭差点儿被甩出去，咬着牙，一边拽住肉，一边挥舞着鼋爪拼命往里面挖钻。

他要在怪物触角之中，挖出一条道，通向韩麻子，把他救出来。

剧烈的疼痛彻底激怒了怪物。

它扬起那根触角，拼命甩动，一会儿扬出水面，一会儿对着水面拍打，试图将进入身体的异物弄出来。

小臭尽管头昏脑涨，但始终如同一只蚂蟥一般死死咬住不放，不断往里钻，身上很快被鲜血和黏液覆盖，那滋味，无比的难受。

也不知道过了多久，小臭咬牙切齿划了一刀，就觉得面前一松，划穿了怪物触角上的食道，来到了韩麻子身边。

也是侥幸，里面倒还有空气，充斥着酸臭味，韩麻子双目紧闭，竟然还有脉搏。

小臭大喜，脱下衣服将韩麻子捆在身上，顺着刚才进来的道路，拼命往外挤。

进来困难，出去可就容易了。

伴随着怪物的甩动，小臭和韩麻子如同炮弹一般被从空中甩了出去，咣的一声落入水中。

嗷！

怪物叫了一声，几根触角伸出，朝小臭这边涌来。

小臭背着韩麻子浮出水面，往四周看了看，方才自己和怪物搏斗，倒是给其他人争取了逃命的时间，魏老道自不必说，划着小船早跑远了，李黑眼等人也是游出了怪物肆虐的范围。

看来，一切都只能靠自己了。

小臭在水中兜兜转转，费尽心机躲闪怪物的袭击，他虽然天赋异禀，但时间长了也逐渐丧失了气力。

嗷！

当他刚刚躲过了一只触角的袭击之后，另外一只触角绽放的"花瓣"正对着自己。

"完了！"小臭长叹一声。

就在此时，不知道什么原因，那怪物突然停顿了下来，原先扬起的九根触角突然飞速撤回，整个身体也飞快潜入水下！

这家伙要干吗？小臭悬浮在水面上，看着下方。

怪物出现得突然，但消失得同样迅疾，潜水之后，九根触角收缩、舞动，如同安了一个巨大的螺旋桨，向深处游去。

它难道在逃跑？不对呀！怎么会……

小臭正疑惑呢，突然见到水底浮现出一个巨大的黑影，一口咬住那怪物，拖入下方的黑渊之中。

我的亲娘！

方才那怪物，已经足够巨大，可那黑影更是……

小臭没看清那黑影到底是什么，但有多大，他已经没有概念了。

"小臭！"李黑眼等人见怪物走了，纷纷游过来。

众人又累又冷，船已经没了，漂在这茫茫的大水之中，无依无靠。

咣！

失望之时，隐隐听到了一声闷响。

咣！

咣咣咣！

小臭等人闻听齐齐转身，但见氤氲的水面上，水雾和暗色之中，显现出无数的绿色"灯盏"，然后一个个"房屋"出现在视野之内。

是那群怪物！

它们或几十或一两百，聚集在一种怪东西之上。

那是用巨大的木头制成的，模样看起来很奇怪，根本不是船，而更像是将一根根的巨木捆起来的长方体，又在上面掏挖出大大小小的坑洞，怪物们或站在顶上，或吊在边缘，拍击着木头，发出嘶嘶的叫声。

当然，每个"房屋"上，有很多怪物在用长着蹼的四肢划水。

"只能抢了！"李黑眼咬了咬牙。

众人齐齐点头。

现在一帮人，也只有艾云廷身上还有一挺冲锋枪，其他的人，都丢了远程武器。

怪物来得很快，转眼就到了跟前，其中一艘"房屋"冲在最前，艾云廷举起枪一梭子打过去，上面的怪物纷纷落水，众人奇喊了一声，爬了上去，顿时展开肉搏战。

这场战斗，几乎是屠杀，怪物虽然灵活，但冲锋枪面前血肉模糊。

"想不到这东西还挺好玩，有点像楼船。"溥五爷道。

"管它是什么，快划！"小臭急道。

"真的是楼船！"溥五爷有些吃惊，"准确地说，应该是楼船的一部分！"

"是了！"李黑眼也有些差异，"应该是楼船的末端，原先体形巨大，可后来衰败腐烂，就剩下这么一小部分了，你们看，这里还有桨呢！"

果然，在船舱里面，并排放着十几只桨，全部用青铜打造，但已经锈迹斑斑了。

"还能用！赶紧划！"溥五爷试了一下，大喜。

众人奔到桨边，齐力滑动，残破的楼船顿时呼呼向前，将那帮怪物甩在身后。

483

"这楼船哪来的？刚才来的时候，并没有看到。"小臭问道。

"可能是藏在什么地方的吧，"李黑眼不关心这个，"这种船和楼船很相像，但样式更为古老，应该是楼船的雏形，可惜烂得只剩下这部分了，不能看清楚原貌，当初应该极为巨大。"

"这部分没腐烂，是因为也用了阴沉木，你看看这些铜桨，能锈成这个样子，肯定有个两三千年。"

"我有个问题，"小臭一边划一边道，"那帮怪物为何不用桨呢？如果用桨，肯定比用手脚划得快吧！"

"怪物终究是怪物，不是人，怎么可能知道用桨！"

"那造这些楼船的，又是什么人？"

"自然是古蜀人了！"溥五爷道，"他们擅长打鱼，而且拥有水师，制造这样的船，不在话下。"

"可他们又去了哪里？那些怪物和他们又是什么关系？"小臭连珠炮般发问。

真把溥五爷问住了。

"小臭，二弟似乎有动静了。"旁边的蛤蟆头叫了一声。

小臭把桨交给蛤蟆头，走过去，发现韩麻子胸腔剧烈起伏，双眉紧皱。

小臭扒开韩麻子的嘴，从里面掏出不少的黏液，然后将韩麻子头朝下倒过来背在身上，在船里头蹦走。

这招式，是对付溺水之人的，小臭试过，很管用。

很快，韩麻子哇的一声醒来，吐出无数的秽物，大叫一声："别吃我！别吃我！"

"二哥，你总算是活过来了！"小臭哈哈大笑。

韩麻子捡了一条性命，众人高兴无比，尤其是小臭和蛤蟆头。

据韩麻子所说，他掉下来以后，落于水中，差点儿被水拍得昏过去，刚露出水面，便看到了魏老道，想上去和老道厮打，却看见水面翻滚，探出一个巨大的触角，将自己吸了进去，再然后，就不知道了。

"你是被那大怪物当成了馄饨。"蛤蟆头拍着韩麻子的肩膀笑道。

众人一边说一边划"船"，很快后面追逐的怪物发出的喧器声远去，大"船"驶入昏暗之中，周围变得死寂一片。

没有光亮，没有山石，没有植物、动物，就像行走于虚空中一般。

就这么划着，不知道过了多久，只觉得船咣当一声，仿佛是撞到了什么东西，停了下来。

"触礁了？"小臭急忙从"船舱"里面走出，众人也跟了出来。

却见"船"的确撞到了东西，却不是礁石，而是一个巨大的青绿色的东西。

这东西极其巨大，如同一个大碗一般，"碗口"直径起码有十米开外，高出水面七八米。

溥五爷蹲在船头，往前凑了凑，摸了一下："竟然是青铜的！"

"原来是到岸边了。那边也有。"李黑眼指了指旁边。

顺着他手指的方向，小臭看到旁边也有一个同样大的东西。

"这玩意儿也太大了，"溥五爷仔细辨认了一番，"青铜这种东西，只有夏商周三代大量使用，但从来没见过这么大的。"

"干什么用的？"蛤蟆头道。

"肯定是那些怪物吃饭用的呗。"小臭笑道。

韩麻子跳到碗上，道："这碗里面有东西呢。"

说完，弯下腰用手抓了一把，是一种雪白色的油膏样的东西，很是腥臭。

李黑眼掏出打火机，蹲下去，打了一下，就听轰的一声，整个"大碗"火光冲天，顿时燃烧了起来。

"原来是大蜡烛。"小臭笑道。

李黑眼又将另外一个点着了，就见大碗中的火光在燃烧的同时，火焰不断向上延伸，快速上升，很快周围光亮无比。

众人的目光盯着火焰，逐渐仰起了头，然后嘴巴张成了一个大大"O"形。

那青铜"大碗"，并不是孤零零的一件东西，而是镶嵌在一个大脚上，火焰顺着大脚向上，腿、身躯，逐渐显露出来，然后两条火焰向中间靠拢，最终聚集在一起，轰的一声，再次壮大。

屹立在众人面前的，是一个巨大的青铜人像！

它张开双脚，跨在水边，巍然屹立，双手抱于胸前，手中擎着一个大鼎，熊熊燃烧，俯视着水面。

这青铜人像，起码高百丈！虽锈迹斑斑，但形状巍峨，气吞如虎！

尤其是那张脸，火光中，格外的怪异！

头戴兽面形高冠，双耳极其夸张，长大似兽耳，大嘴亦阔至耳根，方脸，颧骨突出，看起来似人非人，似兽非兽，尤其是那双眼睛，特别蹊跷，圆圆睁开，长长的眼球向外突出，形成两个巨大的圆柱体！

整个巨人，浑然一体，由青铜铸造，但面部，却是金光闪闪，火光照耀之下，宛若古老的神灵一般，看着令人心神荡漾。

"我的妈！"蛤蟆头仰着头，"这人也太大了！"

"奇迹！简直是奇迹！"一帮人里面，最激动的是溥五爷，"青铜的器物，我见过最大的，也不过七八米，与这巨人相比，简直如同蚂蚁一般！百丈高的青铜巨人，而且是整体浇筑，这要是搬出去，绝对是震惊世界的奇迹！"

"这不太可能呀。"李黑眼皱起了眉头，"上古时期，固然青铜铸造水平很高，但采取铜矿、熔化、铸造，需要大量的人手，铸造一个大鼎，都困难无比，这么大的东西，竟然……"

李黑眼觉得这么大的青铜巨人，铸造起来太难。

话还没说完，溥五爷摇起了头："完全有可能。"

他看这种人："对于古蜀国来说，不成问题。"

"这是古蜀国的东西?"小臭惊道。

溥五爷指着青铜巨人的脸："你们还记得我跟你们说过的

吗，古蜀国崇拜的是蚕丛，蚕丛就长着一双纵目。这个古国，人口众多，幅员辽阔，后来因为参与了武王灭商，又获得了很多的俘虏，故而继承了商朝的青铜铸造技巧。四川一代，原本就铜矿丰富，只需派出大量的人手，铸造起来，不成问题。"

溥五爷顿了顿，看着李黑眼道："不过你说得没错，铸造这么大的一个巨人，可不是简单的事儿。在那个年代，没有几十万人是完成不了的，这需要倾一国之力才能办到。"

"这是大手笔！这气势！"小臭找不到语言形容，只能震撼得直竖大拇指。

"这么大的家伙，捧着什么不好，非得捧个碗，跟要饭的一样。"蛤蟆头道。

溥五爷差点儿气死："鼎！那是鼎！"

李黑眼笑道："当年大禹治水，定九州，铸造九个大鼎代表天下，世代相传，后来被周王室放在了洛阳，再后来，秦灭齐国，秦始皇将九鼎搬到了咸阳，随后秦亡，九鼎也就不知去向。鼎，是王权的象征。"

"原来如此。"蛤蟆头吐了吐舌头。

"我想不通的是，倾一国之力，铸造这么大的青铜巨人，为何要埋在这深深的地下？"小臭问道。

溥五爷摇了摇头："不是埋在地下。这么大的东西，无法搬运，应该说就是在这里铸造的。"

"为什么呀？这地方又黑又深，见不到光，搞在这里，干什么？"

溥五爷和李黑眼相互看了看，都笑起来。

"只有一个解释了，"李黑眼笑道，"这般的东西，一般有两个用处，一个是祭祀，一个就是陪葬了。"

"那……"小臭似乎明白了。

487

第二十三章 铜人神树

"这里，应该是一个陵墓！"李黑眼变得激动起来，"而且是一个规格极高的陵墓。"

溥五爷补充道："能拥有这个规格的，也只有古蜀王了。"

"古蜀王的陵墓！"其他人听了，全都愣了起来。

"诸位，别斗咳嗽了，咱们赶紧上去吧，别让魏老道跑了。"韩麻子指着前面道。

水边，是巨大的台阶通向高处，上面湿漉漉的脚印，显然是魏老道的。

众人跳下船，蹚水上岸，沿着巨大的石阶攀爬。

这些石阶又宽又高，爬了十几分钟才到头。

前方是一个巨大的平台，直接在山岩上开凿，平台上的东西，让大家再一次呆若木鸡。

占地十余亩的平台，呈规则的圆形，周围屹立着不下百尊青铜人，高十丈左右，模样和刚才看到的青铜巨人差不多，手中的东西却是各种各样的兵器。

相比这百尊青铜人像，平台中央的东西最吸引人。

那是一株高一两百米的巨大青铜神树！

神树底下是一个巨大的青铜底座，三道如同根状的斜撑扶持着树干的底部。树干笔直，套有三层树枝，每一层三根枝条，全树共有九根树枝。所有的树枝都柔和下垂。枝条的中部伸出短枝，短枝上有镂空花纹圆圈和花蕾，花蕾上各有一只昂首翘尾的巨大神鸟，神鸟屹立于火焰一般的圆轮之中，羽翼飞扬；枝头又包裹在一长一短两个镂空树叶内的尖桃形果实。在每层三根枝条中，都有一根分出两条长枝。在树干的一侧有四个横向的短梁，将一条身体倒垂的龙固定在树干上。

"这树，也太……"小臭已经彻底失语了，别说是青铜铸造的，便是在外面，这么大的树也找不到呀。

溥五爷激动得五官狰狞："这是神树！"

"神树？"小臭道，"什么神树！"

"扶桑树！"溥五爷道，"上古传说中的神树，洪荒中便有，十个太阳出于其中。"

"十个太阳？"

"嗯。十个，"李黑眼道，"后来被后羿射掉了九个。那些神鸟屹立的火焰纹的圆环，就代表着太阳。"

"可只有九个呀。"小臭数了数。

"顶上不还有一个太阳吗！"李黑眼指着高处。

神树的顶端，是一个巨大的圆环，应该是纯金铸造，一点儿锈都没有，圆环镂空，中间雕着火焰纹，火焰纹的旁边，是三只凤凰一般的鸟盘旋于内。

"乖乖，把那大太阳搞下来，这辈子吃喝不愁了。"蛤蟆头直流口水。

"这是古人留下来的东西？"溥五爷气得不行。

众人绕过神树，眼前却是另外一番景象。

是一个峡谷，旁边是高不可见的山体，中间露出一条宽有几十米的通道来。

看得出，这通道是人工开凿出来的。

众人举着火把，缓缓迈入。

峡谷狭长，有风呼呼而过。

"这里有壁画。"小臭道。

通道一侧，坚硬的岩石上，是凿出来的壁画，填充上红色的朱砂，格外分明，但因为年月久了，朱砂大多脱落，但内容却是看得清楚。

众人举着火把，一边走一边看。

壁画画法古拙，但别具风格。

刚开始，是苍莽大地，铺天盖地的大水，大水中全都是些巨大的怪物，有的九头九尾，有的体大如山，有的龙头龟身，有的遍体生睛，一个个面目狰狞，掀起滔天巨浪，吞没山川、田野，吞噬无数的生灵。

穿着兽皮手拿着简陋工具的人群，无法抵抗这些怪兽，痛苦哀号，然后有一个人，被推举出来，带领大家奔走四方，但制服不了那些怪兽，被杀。

"这是……"溥五爷双目圆睁，"这是大禹治水的故事！"

"大禹治水？"大禹治水，小臭听说过，但他想不通，"大禹不是成功了吗？"

"这个被杀的人，不是大禹，而是他的父亲，鲧！"溥五爷解释道，"上古时，洪水泛滥，舜帝派鲧治水，鲧采用围堵的办法，失败了，被杀，后来大禹接了父亲的班，带领民众奋战，三过家门而不入哦，整整干了十三年，采用围堵和疏通的方式，成功完成了治水大业。"

溥五爷指着壁画道："你们看，这就是大禹。"

壁画上果然出现了一个形容伟岸的男子，头戴斗笠、身披蓑衣，率领民众与那些怪兽争斗，但看起来也失败了。

接着，壁画话锋一转，大禹率领民众向天祈祷，一个金光闪闪的东西从天而降，落入大禹之手。

"应该是息壤！"溥五爷道。

"息壤？什么玩意儿？"韩麻子问道。

"上古传说，是一种能够生长永不减耗的土壤，传说大禹的父亲鲧私自将此物从舜帝的身边偷了出来，舜杀他，很大原因是因为此事。"

"偷这东西干吗？"小臭问道。

"你傻呀！鲧的办法是堵，就是筑起堤坝拦截，息壤能够自动生长，永远不减少，所以这玩意儿只要一撒在大水中，就能够自动长出巨大的水坝！”

“但是这和壁画上不一样呀，”李黑眼道，“息壤是鲧从舜帝之处偷的，而这壁画上的宝物却是上天赐给大禹的。”

“但这里写着的，明明是‘息壤’。”溥五爷指了指壁画。

在这个宝物的旁边，刻着两个古老的文字，应该是古蜀文。

“不但这个和传说不一样，后面的故事恐怕也不一样。”小臭指了指后面的壁画。

后面的壁画，显然是大禹治水，但内容并不是大禹带着大家修筑堤坝、疏通河道，而是举着这件宝物，到处制服那些在大水中的怪兽。

宝物面前，不管是何等的怪兽，都恐惧无比，大禹带着民众，顺利将这些怪兽斩杀，然后大水平息。

“的确不一样，”溥五爷也有些想不通，不过随即，双目一亮，“我想，这里记载的，的确是大禹治水，但是另外一个版本了。”

“什么意思？”小臭问道。

“文献记载中，大禹率领民众疏通河道、修筑堤坝，成功治水，但这壁画讲述的，却是好玩儿，”溥五爷看着壁画道，“我原来也一直纳闷，上古时期，怎么会无缘无故出现了那么大的洪水，总算在这里找到了解释。”

溥五爷指着壁画上的那些怪物：“你们看，这些怪物，数目众多，威力巨大，应该是水中的怪兽，正是这些怪物兴风作浪，才引发了滔天的洪水。与其说是洪水，准确地说，应该是它们！”

小臭点了点头：“然也！就我们碰到的潜蚩、蛟龙，哪一个都不是善茬儿，它们若是兴风作浪，一只估计就能够让江堤崩塌、大水漫延。”

“和这些上古的怪兽相比，潜蚩、蛟龙简直不值一提，”溥五大爷睁着眼，“这些可都是伴随着天地而生的水怪！”

“那就是说，大禹是拿着息壤，镇服了这些怪兽，最后平息了洪水。”李黑眼道。

“正是！”溥五爷点了点头，“不过，这个息壤，显然就不是文献中记载的那个什么自动生长、永远不损耗的土壤了。后人不知道大禹治水的真相，所以就曲意附会，觉得里面有个‘壤’字，就觉得应该是土壤，而且还觉得应该是自动生长的土壤。其实，这是一件天赐之宝，专门用来对付怪兽的。”

溥五爷指着壁画道：“你们看，这玩意儿，一点儿都不像土壤。”

的确不像是土，而是一个像金属一般的东西，很小，闪闪发光。

“当然不是土了，不然从天上掉下来，风一吹就散了。”韩麻子总算是说对了一句话。

众人越来越对壁画感兴趣，举着火把往后，想不到壁画到了这里，就没了。

“这是?!”接下来出现的东西，让大伙不由得头皮发麻。

第二十四章　鳖灵地宫

历尽艰辛，众人想不到闯入了古蜀国的地下领地，又在壁画上看到了另外一个版本的"大禹治水"，勾起了无限的兴趣，本想着往下看，但坚硬的岩壁上，光滑一片，壁画到此处戛然而止。

取之而代的，是洞穴！

密密麻麻的洞穴，开凿在两旁的岩体上，从高到低，到处都是，简直如同蜂窝一般。

这些洞穴，入口直径有大有小，大的十来米，极为宽阔，但小的也就两三米，勉强能够钻下去一个人。

洞口出入处，满是黏液。

而洞穴之下，峡谷的地上，堆满了无数的白骨！

这些白骨，不是人的，反而像是什么动物或者是鱼的，层层叠叠不知道有多少，散发出滔天的腥臭之气，令人作呕！

"这他娘的是个什么地方？"小臭捂着鼻子道。

"能猎杀这么大的鱼的，恐怕不是什么善类。"艾云廷指着旁边的一个巨大骨架说。

那骨架奇形怪状，但应该是头大鱼，光脑袋就有五六米高。

"我觉得我们还是尽快通过。"溥五爷低声道。

众人不敢久留，抬脚往前走。

踩在那些白骨上，顿时发出噼里啪啦的声响。

"别弄出声音！"溥五爷道。

"我说五爷，你说得轻巧，怎么可能不发声音，我看就你弄出的声音最大！"蛤蟆头大声道。

"你……"溥五爷正想说话，突然愣住。

"怎么了？"小臭见溥五爷脸色不对，忙道。

溥五爷伸出手指，哆嗦着指了指对面。

小臭转脸望过去，却见高处的洞穴之中，露出了一双绿色的眼睛。

"怪物！"小臭顿时认出来了，"怎么这里也有！"

"咱们闯进了人家的老巢。"李黑眼苦笑道。

说话之间，周围山岩中的那些洞穴里，一盏盏绿色"灯笼"亮起，嘶嘶的声音不绝于耳，令人毛骨悚然。

嗖！

一支简陋的长矛射过来，当场将旁边的那个警察穿个通透！

接着，无数的长矛落下，无数的怪物嘶叫着，从山岩上蜂拥冲下！

"跑！"李黑眼大喝一声，带着众人就跑。

峡谷极长，那些怪物从高处落下，铺天盖地，前后都是。

众人之中，只有艾云廷有冲锋枪，但是子弹早打光了，等于烧火棍，其他人也不过是匕首之类的武器。

"奶奶的，这回算是要栽了。"小臭手握着鼋爪，一边看着怪物一边叫道。

这些怪物，身材低矮，也就一米五六，全身光溜溜，似人非人，似猿非猿，动作迅速，下手极狠，嘶嘶叫着，不仅打斗起来闪转腾挪，而且还有点智慧，懂得相互配合，极为难缠。

众人一边打一边往前冲，时候不大，纷纷带伤。

"这么打不行，肯定过不去。"溥五爷喘着气，看着前后方层层叠叠的怪物，一脸死灰。

"要是宝儿醒来就好了，说不定它可以和这些怪物沟通，让它们住手。"韩麻子看着小臭背着的宝儿。

自打吞下化神砂，宝儿就昏睡不醒，如同喝醉了一般，打着呼噜。

"我也挺奇怪的，"溥五爷举着长矛，干掉了一个怪物，道，"照理说，苍獒能够通百兽之语，能够沟通、镇服它们，连蛟龙都对付得了，为何先前搞不定这些怪物呢？"

李黑眼挥舞着金刚降魔橛，将一个怪物砸得脑浆迸裂，回道："有些东西，苍獒是搞不定的。其一，是那些被动过手脚的东西，比如我们见过的那些大蛤蟆，它们显然被人用一种特殊的方法动了手脚，苍獒无法和它们沟通；还有一种，就是类似这些怪物了。"

495

"怎么讲？"小臭道。

"苍獒能通百兽之语言，这些玩意儿，不是兽呀！"李黑眼叫道。

"那是什么？"

"我怎么知道？"李黑眼哭笑不得。

众人一边说一边往前冲杀，只觉得越杀越多，前方的谷口遥不可及。

"我李黑眼奔走一生，什么阵仗都见过，没想到这一次会死在这里。"李黑眼长叹一声。

"死倒是不怕，可一想到会被这些东西生吃，我……"溥五爷都快哭了。

"没办法了！"艾云廷飞起一脚，踢飞一个怪物，转过身，"你们走，我来处理！"

"艾局长，这么多怪物，怎么处理？"小臭哭笑不得。

艾云廷将身后的背包取出来，从里面掏出一摞东西。

"手榴弹！"小臭叫了一声。

二三十个木柄手榴弹，捆在一起。

"带下来本来是为了对付你们的，一直没舍得用，没想到在这里派上用场。"艾云廷笑道。

"赶紧拿来，炸死这些混账玩意儿！"蛤蟆头大腿上被怪物咬了一口，鲜血迸流，伸手就要去拿手榴弹，被艾云廷挡住。

"这么多怪物，这些手榴弹根本不够用，"艾云廷将手榴弹拎起来，捆在身上，"唯一的办法，就是炸塌这山岩，堵住怪物的去路，这样能够起码减少一大半的怪物，你们往前冲，也就有了希望。"

看到艾云廷的举动，小臭算是明白了。

"艾局长，万万不可呀！要死，他娘的大家一起死！"小臭叫道。

艾云廷呵呵一笑："死我一人，足矣！我家世代守护圣上陵寝，能死在此处，也算是我的归宿。"

言罢，艾云廷对着众人，鞠了一躬："诸位，还请答应我两件事！"

"说！"李黑眼道。

"其一，一定要找到魏老道，不，是阴老道，弄死他！"

"必须的！"小臭咬牙切齿。

"其二，还请你们找到圣上遗体，若是找到了，请妥善安葬。圣上并不是历史记载的那般杀人如麻的恶棍，他，他起码也算是一位英雄!"

"好!我们答应你!"李黑眼道。

"那便拜托了!"艾云廷从地上捡起五六根长矛,抬手将一个怪物射穿,然后拖着怪物的尸体,敏捷地往上爬,站在一个巨大的洞口,高举着怪物的尸体,大声道:"你们这些混账玩意儿,来呀!冲着老子来!"

看着同伴的尸体被那样对待,怪物顿时爆叫连连,纷纷奔着艾云廷冲过去。

"快走!"艾云廷冲着众人大喊。

"走!"小臭含泪喝了一声,挥舞着鼍爪冲锋在前。

"艾局长!"韩麻子等人也是潸然泪下,咬了咬牙,跟着小臭,横冲而去。

众人冲出去几十米,再回头,只见艾云廷已经冲入了洞穴之中,身后跟着无数的怪物。

紧接着,轰的一声巨响,炸得乱石翻飞,峡谷震动!

二三十枚手榴弹,将峡谷完全炸塌,倒下来的山石,将谷口堵得死死的!

如此一来,大部分的怪物被隔绝在后,小臭等人压力顿减!

"艾局长!"看着爆炸的方向,小臭直抹眼泪。

虽然和艾云廷、段思明、白寿臣等人纠缠不清,但相处下来,与马昆山、杨鹿那些人相比,这帮人算得上是真正的汉子。

"走!"李黑眼强忍悲痛,看着前方,"一定要冲出去,不然艾局长白死了!"

"冲!"韩麻子发出一声怒吼,手持着两根长矛,如同一头咆哮的怪兽,杀向前方。

因为艾云廷的死,众人悲愤不已,杀心顿起,完全是拼了命，对着前方冲过来的怪物，上下其手！

"注意配合，麻子和我在前，胖子你在中间，小臭和蛤蟆头负责两侧。杀！"在李黑眼的指挥下，五个人配合密切，如同一台杀戮机器，滚滚开动。

那些怪物，已经投完了手中的长矛，唯一的武器，就是它们的爪子和利齿，嘶嘶怪叫，跳跃而来。

噗噗噗！

长矛穿透身休、鼋爪割裂脖颈、金刚橛扎入脑袋的声音不绝于耳。

众人不知道杀了多久，一个个全身是血，仿佛地狱里跑出来的魔鬼，但那些怪物却是越来越多。

小臭往前看了看，前头涌动、跳跃，起码有上千只。

"杀不完呀！"韩麻子丢下一根断裂的长矛，吐了一口带血的唾沫。

众人之中，他最为强壮，如今气喘吁吁，小臭等人，更是身体酸痛，如果不是凭借着意志支撑，估计早就脱力晕倒了。

"死就死了，杀一个够本，杀两个赚一个！"蛤蟆头咬牙切齿，已经疯狂了。

众人体力不支，知道根本冲不过去了，索性不往前走，站在原处，五人组成队形，做最后一搏。

很快，怪物的尸体在面前层层叠叠，堆起了一人多高的尸丘。

面对如此凶悍的五人，怪物似乎也开始忌惮起来，终于停止了进攻。

"怎么不打了？"蛤蟆头道。

李黑眼扑通一声坐在地上，喘着粗气："不是不打了，它们在商量对策。"

小臭看了看对面，果然，这些怪物聚在一起，嘶嘶叫着，好像是在商量。

"等它们商量完了，就会再次冲上来，到那时……"李黑眼惨然一笑。

五个人，如今全都挂彩，溥五爷伤势最轻，他一直是大家保护的对象，最重的是韩麻子，他冲锋在前，虽然没有致命伤，但全身上下大大小小伤口二三十处。

五个人坐在地上，你看看我，我看看你，哭笑不得。

"原本想着富贵一场，他大爷的！"蛤蟆头从兜里掏出一把珠宝，"看来是无福消受了。"

小臭乐了："大哥，艾局长面前，你竟然也能顺东西。"

这些珠宝，一看就知道是从张献忠的宝藏里面顺的，而且全都是价值连城的东西，别的不说，就中间一块帝王绿的翡翠扳指，带出去，那也能在北平城买一个大宅子。

"入宝山，岂能空手而归?!"蛤蟆头白了小臭一眼。

韩麻子憨厚地笑了一声，拍了拍身上的衣兜："其实……其实我也顺了一些。"

"你们呀！"李黑眼哈哈大笑。

小臭也笑，笑了几声，神情严肃起来："大哥、二哥，等会儿怪物杀过来，万一我不行了，你们就动手，我不想死在它们的利口之下。"

韩麻子和蛤蟆头双目垂泪："咱们三兄弟，一块死！"

说完，众人沉默无声，悲哀、绝望之情蔓延开来。

歇息了约莫十几分钟，就听到对面传来沙沙之声。

"怪物上来了！"韩麻子叫道。

"杀！"小臭拎起鼋爪，跳起来，冲上去。

五个人，站在尸丘之上，接连打退三次怪物冲击，到第四次时，全都没有力气了。

看着层层叠叠爬着同类尸体冲上来的怪物，小臭惨笑一声："诸位，到此为止了。"

韩麻子点了点头："与其死在它们手上，不如自己了断得了。"

"二哥说得是。"小臭潸然泪下，举起鼋爪，"诸位，我先走一步，大哥、二哥，下辈子，咱们还做兄弟！"

言罢，举起锋利的鼋爪就要往自己的心窝插。

吼！

突然一只手伸过来，死死抓住了小臭的手。

是宝儿！

不知什么时候，宝儿醒了，见小臭要自杀，抓住小臭的手，发出了一声怪叫。

此刻的宝儿，毛发恢复了先前的漆黑之色，双目圆睁，看着小臭，又看了看那些怪物，很快明白了过来。

小臭解开衣裳，将宝儿放下来，道："好宝儿，我们要死在这里了，你身形敏捷，应该能逃出去，赶紧走！"

小臭指了指旁边的山崖。

宝儿猴子一个，目标又小，逃出去应该不成问题。

宝儿看着小臭，却是摇了摇头，晃了晃脑袋，大摇大摆向那些怪物走去。

"宝儿！"小臭见状，顿时急了起来。

正要出手阻止，却见宝儿仰着头，突然深深地吸了口气！

这口气，吸得时间真是长，宝儿胸口鼓起，双目圆睁，到了极限之后，呼！

一口气吐出！竟有呼啸之音！

宝儿呼出来的，却不是气了，只见一股红色的烟雾从它的口中吐出来，呼啦啦散开，朝那些怪物扑过去！

"这是……"李黑眼见了，顿时大叫一声："化神砂！"

"化神砂！"小臭算是明白了。

噗噗噗噗！

噗噗噗噗！

怪物层层叠叠冲过来，冲入那团蔓延的红雾之中，发出一声声闷响，顷刻之间化为浓水！

噗噗噗噗！

它们不知道发生了什么，前赴后继冲过来，得到的却是同样的结果！

哈哈哈哈哈！小臭大笑："好宝儿！好宝儿！"

这场不见刀枪的屠杀，持续了约莫三四十分钟，最后，终于听不到那种令人头皮发麻的声响了。

这段时间，众人躲在后面，包扎好伤口，也恢复体力。

站起来，但见峡谷之中红雾已经散去，准确地说，是化神砂已经被那些怪物用身体消化完毕。

地上铺满了一层厚厚的血水，通道之中，空空荡荡，再没有一个怪物！

"真是佛祖菩萨保佑！"蛤蟆头双手合十。

"要谢，得谢宝儿，"李黑眼笑了一声，"还有魏老道。哈哈哈，他根本想不到，那么厉害的化神砂会被宝儿吞到肚里，转化完毕，还会吐出来，屠了这些怪物！"

"走吧！"小臭看了看身后，"后面虽然塌了，但只能短时间阻挡那些怪物，估计很快它们就会翻过来。"

"走！"

众人相互搀扶，快速向前。

又走了约莫一个小时，终于走出了峡谷，眼前豁然开朗。

"这……这又是什么地方？咱们从地狱，来到天堂了！"眼前的景象，让抱着宝儿的小臭呆立当场。

一个空旷、通明、剔透的世界！

阔大不知范围，平坦没有一丝波澜，如同湖面般平静，但又不是。

这世界，矗立在萤石之上，雪白色的萤石，发出淡淡的光芒，仿佛镜子一样，折射出两个世界，上下颠倒，彼此连接，上面是真实的，下面则是镜像。

萤石上有水，却不深，还未没过脚面，清澈无比，覆盖其上。

萤石之上，矗立着一座座"山峦"。

不是自然而生的山峦，而是用青铜塑造的微缩版，最高大的约莫二三十米，至于小的，不过拳头大，林林总总，连绵起伏，与浅浅的水面相结合，形成了一道格外真实的江山图。

"这是四川周围的地形！"溥五爷看了一下，很是激动，"竟然一丝不差！"

小臭感兴趣的，不是这江山图，而是屹立于萤石上、山河中的那一尊尊怪物的雕像。

这些怪物，和先前壁画中看到的有些类似，但又不同。

壁画，只是手绘而成，远没有雕塑来得震撼。

这些怪兽，一个个几丈高，古朴怪异，狰狞微妙，有龙有蛇，有蛟有兽，奇形怪状，不可明说。

在这通透世界的对面，幽暗中，遥遥可以看到一座高大建筑物的剪影。

那建筑物，样式很怪，不是亭台楼阁，四四方方，下头大，上头粗，有点像金字塔，但顶端却是个平台，修建有一座大殿。

"这地方，怪得很。"韩麻子道。

"不会有机关暗器吧？或者是怪物凶兽？"蛤蟆头道。

"你觉得我们还有选择吗?"李黑眼哑然失笑。

也是，后头还有怪物追赶，只有往前，才能有活路。

"魏老道过得去，我们也能过得去。"小臭道。

"我先来，你们跟上。"李黑眼不敢有丝毫的大意，拎着金刚降魔橛抬起脚，轻轻地走上了萤石地面。

嗡。

脚踏上去的时候，浅浅的水面荡起了一圈圈的涟漪，同时脚底发出了一声轻微的声音。

小臭突然发现，巨大的萤石平面，竟然微微倾斜了起来。

李黑眼赶紧将脚缩了回来，面色凝重。

那原本微微倾斜的世界，迅疾恢复原样。

"怎么回事?"韩麻子问道。

"太……太不可思议了!"李黑眼额头冒汗，看着溥五爷。

刚才的那一幕，显然溥五爷也看得清清楚楚。

"这是一个颠倒世界!"溥五爷沉声道。

"啥世界?"韩麻子没听明白。

溥五爷嘴唇抽动了一下，指了指："你们看到没有，这么大的一片地方，上头有大大小小千余座青铜山，分布各处，更有上百怪兽，矗立其间，这么多的东西，全部都压在萤石之上。"

"这个不用你说，我们都看到了。"蛤蟆头道。

溥五爷顿了顿："如此阔大的萤石，并不是天生生长的一片萤石矿，它的下方，是空的。"

"空的!"小臭觉得头皮都炸起来了。

"嗯，"溥五爷有些紧张，又有些兴奋，道，"我不知道建造此处的人用了什么方法，他们采来了巨大的萤石，然后将其严丝合缝地拼凑在一起，成为一个平台，然后用巨大的转轴横穿其中，再于其上，放上铸造的青铜山、怪兽，就如同……就如同一把蒲扇！"

　　薄五爷比画了一下："萤石平台是扇面，上面放着铜山怪兽，转轴就如同扇子中间的那个纵脉，穿过这平台，只有这么一根巨大的铜轴承担起这无比的重量，分量不差分毫地保持了两端的平衡！如果上面的受力不均匀，哪怕是一个人的重量，整个世界就会成为一个巨大的翻板，立刻颠倒，到时候……闯入者就会被翻到下方！"

　　"下面是什么地方？"韩麻子道。

　　"我不知道，但肯定不会是什么好地方吧。"薄五爷额头冒汗。

　　"怎么可能呢?!"小臭简直觉得无法想象，"这么大的世界，不说光这萤石有多重了，便是上面的铜山、怪兽，那也有千万斤，而且分布散乱，竟能保持平衡！哪怕一个人的重量不均，也会翻转！"

　　"嗯。"薄五爷颤声道，"这技术，简直是鬼斧神工！诸位，这肯定是古蜀国造的，可那都是几千年前的事了！这般的东西，便是现在，我们也无法建造出来。"

　　"古人的智慧，实在是……"便是见多识广的李黑眼，也不知道如何形容了。

　　"说这些没用，我只关心怎么过！"蛤蟆头有些着急起来。

　　"自然是平衡世界，自然要平衡，"薄五爷指了指，"有两个方法。其一，大家从中间，也就是铜轴的地方穿过去，这样两边原本就保持平衡，照理说应该没事，但刚才黑眼走的就是最中间，不过是踏上了一只脚，就开始倾斜了……"

"古蜀国建造的人早就预料到了这个情况，所以行不通。"李黑眼苦笑了一声。

"那就只剩下一个方法了，就是上去的人，必须保持平衡，"溥五爷深吸了一口气，看着大家，"我估计他们设计得再精巧，也不可能精确到几斤几两，毕竟这么大的一个世界，至于误差多少在允许范围，我就不知道了，这个得试验。"

"那就是说我们得论斤两上去，跟牛羊上秤一样?!"蛤蟆头顿时头大如斗。

"所以，赶紧说自己的斤两吧。"李黑眼笑道。

五个人，报出了体重，差距很大。最重的，当然是溥五爷，光他一个人，就顶得上小臭和蛤蟆头两人，至于李黑眼和韩麻子，有些差距，起码相差了三四十斤。

"宝儿! 加上宝儿，正好!"韩麻子道。

"真是幸亏有宝儿!"李黑眼笑道。

"你们说，魏老道那家伙，一个人，怎么过去的?"小臭好奇道。

"他不可能是一个人过去的，除非是飞过去。"韩麻子道。

"还真有可能，"李黑眼正色道，"那老妖怪的身手你们不是没看到，闪转腾挪，轻功了得，跟燕子一般，他只需提着气，飞入空中，落下来只需脚点一下借力，便会再次飞起，即便是镜面开始倾斜，下一次他点在相反的方向，镜面就可再次向相反方向转动，再次平衡。他这方法，我们用不了。"

的确用不了，李黑眼或许有这水平，剩下的四个人，尤其是让溥五爷飞起来，那跟让母猪上树一样困难。

"谁先上?"尽管分析得头头是道，溥五爷也没有什么把握。

"我和麻子先来。"李黑眼道。

韩麻子点了点头，二人相互看了一眼，同时跳上了镜面。

嗡！

萤石镜面发出一阵轻轻的闷响，微微晃了两晃，恢复了平静。

"保持平衡！一齐抬脚，不能踏错一步！"李黑眼大声道。

韩麻子当然不敢怠慢，跟着李黑眼一起，一步一步朝前走去。

"该我们了。"溥五爷腿肚子打战，来到跟前，咬紧牙关，和小臭、蛤蟆头同时跳上去。

嗡！！

镜面顿时声音加大，晃了三晃。

"溥胖子，你想害死我们呀！你蹦那么高干吗？本来就重！"小臭冷汗直流。

"下次一定小心，小心。"溥五爷赔着笑。

五个人，左右分开，一步一步小心翼翼往前挪动，速度简直龟爬一般。

刚开始，自然是小心翼翼，大气都不敢出，仿佛吸气吸多了都会增加重量一般，但时候不大，配合熟练之后，速度也就明显快了起来，而且心情也轻松了不少，甚至有说有笑。

"你们看，这些铜山上，竟然也有壁画呢！"走到一座大山跟前，小臭指了指。

果真有壁画，镌刻上去的，极为清楚。

众人一边往前挪，一边看这些壁画的内容。

刚开始，似乎是一个人被推举出来，成为首领，然后加入了一支军队，浩浩荡荡出征，然后就是战场的激烈场面，似乎是胜利了，受到了奖赏，不仅带着很多的牛羊、财宝，还带着无数的奴隶。

"这个人，就是我跟你们说的杜宇。古蜀国真正的第一任王，他率领臣民参加了周武王伐纣，得以建国。"溥五爷解释道。

再下来，就是杜宇率领臣民，在一条大江附近建立了城池，规模宏大，并且南征北战，声势煊赫。

"古蜀国的都城，就在现在的成都附近。"溥五爷道。

壁画上描绘的场面波澜壮阔，但到了另外一座铜山时，画风却突然一转：原本幸福的日子突然有了转变，怪兽出没，洪水泛滥，家园、民众被淹，死伤惨重。杜宇带领无数人去治理，全都失败，整个古蜀国哀号遍地。

接着，壁画内容再次骤变：一条大河边，一群人正在打鱼，突然看到一具尸体逆流而上，众人将尸体打捞出来，那具尸体竟然复活了！

杜宇接见此人，命令他带领百姓治水。

"这就是我先前说过的，古蜀国开明王朝的第一个王，鳖灵。"溥五爷道。

"就是那个篡位的家伙。"蛤蟆头似乎对鳖灵没有好感。

"这画挺奇怪的，一具尸体怎么还能复活呢？而且是逆流而上。"小臭觉得有些理解不了。

"或许是并没有淹死吧。逆流而上，那就说不通了。神奇。"韩麻子道。

"古代文献记载，鳖灵的确是死而复生。"溥五爷对此十分肯定。

众人接着看壁画。

下面的内容，则完全符合溥五爷当初的讲述：鳖灵带领古蜀民众成功治服了洪水，做了丞相，然后又驱除了杜宇，称王。

不过，引起众人注意的是，鳖灵在治理洪水时，和先前在

507

山谷中看到的大禹治水有些类似——都是手中举着同样一个金光闪闪的东西，治服了那些兴风作浪的怪兽。

"息壤怎么会跑到鳌灵的手中？"小臭道。

"这个我也不清楚了。传说大禹治水成功之后，有一次经过水边，息壤从他的身上掉了下去，消失不见。或许是上天见大禹已经成功了，就收回了那个东西吧。我想鳌灵极有可能是在当初溺水的时候，无意间发现了息壤，也正是因为息壤的保护，他才没有死，而且一路向上，来到了古蜀国。"溥五爷道。

众人纷纷点头。

说话之间，脚步却不间断，走了差不多一个多小时，才来到了镜面世界的边缘，这时候，见到对面无数的怪物蜂拥而来。

小臭等人加快速度，越过了镜面世界，纷纷松了一口气。

"终于脱险了。这镜面世界，哈哈，那群怪物想必是过不来的。"小臭道，"这就是一道天堑！"

可话音未落，众人都呆了——那群怪物跑到镜面世界的边缘时，丝毫没有任何的停留，它们对此很是熟悉，成对成对地跳上去，快速而来。

"这也……"小臭觉得牙疼。

"毕竟，这里是人家的地盘。"李黑眼沉喝一声，"跑吧！"

众人顾不得喘息，朝着远处的那个庞大的"金字塔"奔去。

一路上，全都是黑色的砾石、山岩，没有任何的绿色，像是火山爆发之后的世界。

而在这黑色世界之中，有着无数的悬崖峭壁，下面是遥不可见的深渊，传来巨大的激荡水声。

"这是地下河，我想是一直流向外面的那片大水。"溥五爷看着下面道。

众人跑得飞快，但那群怪物来得更快，等到金字塔下时，已经尾随而至。

"上塔!"溥五爷大声道。

来到塔下，众人都被深深震撼了。

这塔，太大了!

四四方方，单边长度至少有两三千米，全部用黑色的整齐的条石垒成，严丝合缝，连一片刀刃都插不进去。塔的正面，一道道阶梯遥遥通向顶部，仿佛是通向幽冥神界一般。

众人迈步攀登而上，这时候，那无数的怪物也来到了塔下。

成千上万的怪物，苍白的光溜溜的身体拥挤着，丑陋的脑袋仰起，嘶嘶怪叫，那人形的五官，扭曲狰狞，让人不寒而栗。

但奇怪的是，它们对塔似乎极为恐惧、敬畏，潮水一般将塔包围起来，里三层外三层，尽管看着众人愤怒无比，却没有一个敢走上去。

"它们为什么不追上来?"小臭好奇道。

"不知道，或许……"李黑眼面色凝重，"或许这塔上，有它们忌惮的东西。诸位，咱们还是小心为妙。"

既然怪物不敢上来，众人也就不急着逃命，放慢脚步，一边往上爬一边观察。

塔上，除了黑色的砾石，空无一物，水气缭绕，白雾弥漫，很快就只能看到周围几米。

因为异常潮湿，所以阶梯十分滑腻，散发着浓厚的血腥之气。

"这石头上脏兮兮的什么玩意儿?"小臭弯下身子，用手抹了抹。

阶梯上，覆盖着一层厚厚的油污一样的东西，呈黑褐色。

小臭抹了一把，放在鼻子下闻，皱起了眉头。

"这是血！"韩麻子道。

"血！"小臭呆了，"几乎将这塔都覆盖了，而且这么厚，得需要多少东西的血才能……"

"的确是血。"李黑眼点了点头。

众人心情不免变得忐忑起来，爬了约莫一两个小时，终于来到了塔顶。

举目四望，一片昏暗，上不见天，下不见地，大风呼啸，雾气莽莽，寒冷刺骨。

金字塔顶端，是一座大殿！

巨大的殿堂，高四五十米，很是宽阔，通体发出翠绿之色。

整座大殿，竟然全部用青铜筑成，古老沧桑。

大殿前，立着一个高大的石碑，上面有古蜀国的文字，但千年的风吹水蚀，上面的文字早已经斑驳不清。

溥五爷走过去，用袖子擦拭了一番，费力地阅读着，然后噔噔噔后退了两步："原来如此！原来如此！"

"怎么了？"小臭见溥五爷很是激动，忙问。

"此处，是鳖灵的陵墓！"

"那就对了。"李黑眼似乎对这个答案并不惊讶，"一路上来，那么大的手笔，倒也符合他的身份。"

"那这个大塔，就是坟冢？"小臭指了指脚下。

"非也。"溥五爷摇头，"整个大塔，是墓基，在地下几千米的地方筑造，延伸到幽冥之中，这座大殿，才是鳖灵的停尸之所。你们看，这大殿的形状，像什么？"

溥五爷指了指。

众人缓缓来到侧面，这才发现，虽然正面看上去像是个普通的大殿，可实际上，它的形状，却像是一艘船！

一艘铜船！

"管他呢，我们进去再说。"蛤蟆头冻得瑟瑟发抖，指了指殿门。

众人拾级而上，来到高大的青铜门跟前，见铜门虚掩，想必魏老道已经进去。

吱嘎嘎推开铜门，里头一片昏暗。

如此大的大殿，纵深极大，里面竟然没有一根柱子！

幽暗之中，小臭发出了噫的一声叫。

"怎么了？"李黑眼忙问。

"那边，很远的地方，我看到了宝气，一团宝气。"小臭指了指大殿的深处。

"什么样的宝气？"李黑眼问道。

"紫……紫色！"小臭激动起来，"天宝！"

"光线太暗，得弄几个火把。"李黑眼道。

"哪里找木头呀，全是铜。"韩麻子往前走了几步，一个趔趄，差点掉下去，被小臭一把拉住。

脚底下，是宽约一两米，深约七八米的沟槽，底下是黑乎乎的黏稠状东西。

李黑眼蹲下来，仔细闻了闻，大喜："好像是油脂！"

随即，点起了火，扔下去，只听得噗的一声响，油脂沾火，冲天而起。

这沟槽，环绕了整个大殿内部，大火次第延伸，将整个大殿照得白昼一般！

众人进殿，原先根本看不清前面的东西，此刻，大殿内的情景却是一清二楚。

"这么多……人！"小臭连连后退。

有人，而且是很多人！

前方的巨大空间里，站着密密麻麻的无数的武士！

这些武士，全身穿着罩子一般的青铜铠甲，巍然屹立，组成了一个个整齐的方阵！

这是一支几千人的军队！分工明确，前方是盾兵，中间是手持长戈的步兵，后面则是庞大的战车！

"真是……大手笔！"面对着这雄浑的军阵，李黑眼双目圆睁。

虽然年代已久，铠甲、武器、战车上都生了厚厚的铜锈，但那股滔天的杀气扑面而来！

"当年古蜀国在杜宇的领导下，加入了周王的军队，讨伐商朝，而且应该是一股有生力量，光从这军阵就能看出来，他们太能打了，"溥五爷也是赞叹连连，然后又道，"古代都有陪葬的习俗，特别是帝王，都喜欢死后以军阵陪葬，守护自己的亡灵，但一般说来，大都是陶俑，这鳖灵实在是大手笔，竟然弄了几千个铜俑！"

众人一边说，一边走进军阵，啧啧称奇。

"恐怕，不是铜俑。"韩麻子摇了摇头，脸色很难看。

他来到最近的一个军士面前，闻了闻。

所有的军士，都披着厚厚的盔甲，连手都遮盖了，就像是铁乌龟一般，脸上，则罩着厚厚的青铜面罩，面罩上用猩红色的朱砂涂抹出饕餮纹路，凶煞无比。

韩麻子小心翼翼揭掉了面罩，即便他有心理准备，也不由得倒吸了一口凉气。

里面，是尸体！

一具干瘪的尸体，似乎生前经过特殊的处理，皮肉并没有腐烂，而是干瘪炭化，张着嘴巴，死的时候，一定很痛苦。

小臭觉得头皮发麻。

这几千军士，几千具盔甲之内，竟然曾经是活生生的人！

"怎么做到的?!"李黑眼也惊了，"如果是铜俑，能站立这么久，还可以理解，这些人……"

"应该是当时穿着盔甲排好军阵，然后灌入什么药物，僵死。"溥五爷观察了一番，道，"所有人，都是自愿的。"

"自愿的? 几千人呀!"小臭不知道该说什么了。

"咱们还是不要打扰他们安息，往后面走吧。"李黑眼道。

众人排成一队，缓缓穿过这几千亡灵大军。行走其中，一个个屏声静气，生怕弄出什么声响来，这几千亡灵就会复活。

穿过这军阵，花了半个多小时的时间，接着，眼前豁然开朗。

应该是主墓室了。

前方立着一个巨大的青铜人像，和之前大水边看到的几乎一模一样，只不过规格缩小而已，青铜人像的身后，东南西北四方，匍匐着四个巨大的青铜兽，高几丈，小臭却是认得，乃是青龙、白虎、朱雀、玄武四灵，一个个惟妙惟肖。

513

四灵守护着一个铜台，也是锥形，上面停放着一个巨大的青铜棺椁！

棺椁长一二十米，宽五六米，棺盖已经打开，落在地上，从棺材之中，长出一棵巨大的水桶粗细的树！

说是树，似乎又不是，更像是藤蔓，根系从棺椁之中伸出，包裹了整个铜台，顶端的枝干、藤叶，则覆盖住了上方，形成了一个茂盛的小小森林！

这情形，太奇怪了！

更奇怪的是，众人看到了一个人！

魏老道。他站在铜台之下，披头散发，手里举着一柄寒光闪闪的断剑，满身是血，警惕地看着四周。

"魏老道，终于逮住你了！"小臭见了，冷笑一声，取出了鼋爪。

魏老道早已听到了众人的脚步声，但他没有跑，更没有冲过来厮杀，而是缓缓转过身，看着众人，表情奇怪。

"姓魏的，今天让你这老怪物吃不了兜着走！"韩麻子举起了长戈，那是他从军阵中拽出来的，虽经历了几千年，但依然锋利。

蛤蟆头挥舞着同样来路的一柄短剑，李黑眼和溥五爷也纷纷亮家伙。

魏老道变得十分焦急，对众人频频使眼色。

"你这老家伙怎么回事？我告诉你，暗送秋波没用！"韩麻子骂道。

魏老道做出了一个嘘声的手势，低低道："闭嘴！"

到了此时，李黑眼也觉得情况似乎不太正常，拉着众人往后缓缓退了几步。

"怎么了？"小臭低声道。

"不对劲。魏老道多厉害的一个人，似乎在怕什么东西！"李黑眼道。

"是了。你看他，披头散发，狼狈极了，似乎……"溥五爷也觉得李黑眼的判断没有错。

"这周围，哪有什么东西。赶紧干掉他，不然这老小子又跑了。"小臭顾不了许多，大步朝魏老道走去，走出二三十步，眼见得就要来到魏老道面前，忽然听到身后传来李黑眼低低的一声急呼："小臭，停下来……"

"怎么了？"小臭转身只见剩下的那四个人一个个面色涨红如猪肝，溥五爷甚至已经瑟瑟发抖了。

"上面……上面……"李黑眼压低声音，指了指小臭头顶。

“上面怎么了……”小臭一仰头，“我的娘……”

进来之时，他们五个人根本就没往上面看！

主墓室的上方，极为高广，而且层层叠叠，穹顶一般。

就在这上方，盘踞着一个巨物！

一个漆黑的巨物！

那是一条大蛇！

全身漆黑如墨，足有五六米粗细！每一片鳞甲都在火光下灼灼闪亮，与周围的暗淡、铜锈融为一体，它巨大的身体在穹顶中的铜梁中盘绕，根本看不到尾巴，那一颗头颅，吉普车大小，呈现三角形，不时吐出血红色的信子！

人类对蛇，有一种天生的恐惧，何况是这么大的一条黑色巨蛇！

蛇的脑袋，从上而下垂落下来，在空中微微扭动，早就摆好了攻击态势，蓄势待发，随时都会张开它的血盆大口！

蛇头距离小臭也就十几米，这么点距离，小臭根本躲不了。

也正因为离得近，小臭才明白为什么魏老道不跑不逃更没有上来与众人打斗，那蛇的双目，已经瞎了，只剩下两个巨大的黑窟窿。

它是依靠声音来判断周围的动静的。

蛇身之上，蛇头之上，有一二十道伤口，汩汩流血，显然是魏老道所为。

怪不得那群怪物不敢上来，怪不得这鳖灵的墓室没有任何的机关暗器，光有这么一条巨蛇守护，足矣！

小臭遍体生寒，如同木雕石刻一般，一动不敢动。

“小臭，咱们谈个条件如何？”魏老道的声音，如同蚊子一般。

“谈个屁，先弄死你再说。”小臭道。

“恐怕你还没弄死我，就被这蛇吞了。”魏老道说道。

两个人在一块咬耳朵，声音极低。

“你把我害成这样，没什么好谈的，除非你帮我解了身上的鳖珠之厄……”

“这个，还真挺难的。”魏老道挠了挠头，“我先前说过，你基本上算是十死无生……”

“那还说个屁，我即便是死，也得拉你垫背！”

“别急呀，”魏老道急忙制止小臭的动作，道，“鳖珠入体，吞吃你的精气，照理说，多则三四个月，少则一两个月，你绝对会死翘翘。但是，有个例外……”

“你说过，如果把自己搞成‘宝体’，还有希望，但我同样记得，你说这个概率几乎等于零。”

“等于零，不等于没有呀，”魏老道看了看周围，“此地，有个东西，我想说不定能让你弄成‘宝体’。”

“你大爷的，别忽悠我了，你诡计多端，恐怕又是要害我。”

“我说真的。贫道对天发誓……”

“谁信呀，连天雷都要劈你！”

“贫道也是因为机缘巧合，吞了一件天宝，结果弄得人不人鬼不鬼，还得每六十年接受一次天罚，唯一的办法，就是寻找抵抗之物，帮我度劫，可恨张献忠那混账东西，夺了我的宝贝，害得这些年来，我痛苦无比，几次三番差点儿丧命，好不容易找到他的藏尸之所，又被你们给……”

“你到底想干吗？”

“这巨蛇，非同小可，乃是上古时烛阴的子孙，极难对付。若是以前，宝物在我手，定然让它乖乖臣服，可现在我没有那落宝金钱，对付不了它。”

小臭盯着魏老道，让他说下去。

"小臭，咱们这次联手对付巨蛇，只有如此，大家才能都平安。"

"我有什么好处？"小臭道。

"我之前就说过，金银财宝我没兴趣，你看到那个大棺材没有，里面随便一样东西都价值连城，到时候全都是你们的。我只要我的那枚落宝金钱！"

"你是说落宝金钱在那棺材里？"

"嗯。"

"姓魏的，你以为我傻呀。那是古蜀王鳖灵的棺材，落宝金钱在张献忠的尸体上，张献忠的尸体怎么会跑到鳖灵的棺材里？"

"你们在上头，看到张献忠的尸体了吗？"魏老道打断了小臭的话。

小臭一愣。

"上头，张献忠的龙棺材里，并没有尸体。"魏老道说道。

"你是说……"小臭睁大了眼睛。

魏老道轻轻点头："他的尸体被那群怪物抬到了此处，放入了鳖灵的棺材中。"

"为什么？"

"这个现在一时半会儿说不清楚，咱们得先把这个大家伙给干掉。"魏老道朝头上指了指。

两个人在嘀嘀咕咕，后面的众人也听得到。

李黑眼朝小臭点了点头。

现在形势危急，如果这巨蛇除不掉，大家都活不了。

"我答应你，如果你再耍滑头，老子做鬼都不放过你。"

"贫道对天发誓！"

"那你说，如何搞死这巨蛇？"小臭皱起眉头，"宝儿行吗？"

"那苍猨虽然厉害，但不是这巨蛇的对手，我说了，它是上古怪物烛阴的子孙，外面的世界早就绝迹了。"

"烛阴是什么玩意儿?"小臭问。

魏老道翻了个白眼："跟你解释不清楚，反正就是一个巨大巨大的大蛇，大到你无法想象。"

"你直接说，怎么搞死它?"

魏老道伸出两根手指："咱们兵分两路。"

"说。"

"你弄出动静，引开大蛇，我趁乱进入铜棺，只要落宝金钱得手，嘿嘿，我祭出那东西，这条大蛇立刻就被克制住，到时你插它一万刀都没问题。"

"你大爷!"小臭气得要死，"你当我傻呀!我去引开巨蛇，这家伙一口就能吞了我。到时你跑进去，得了宝贝，我没命了。不干!"

"只有这一个办法了。"魏老道哭丧着脸。

"这个办法，很好，"小臭点了点头，同样伸出两根手指，"咱们得换一换，你去引开大蛇，我跳进去摸出落宝金钱。"

"你大爷!"魏老道气得爆粗口，"那我要是没命了，你岂不是拿了宝贝?"

"你身手比我厉害呀!"小臭瞪着眼，"你老妖怪一个，轻功了得都差点儿会飞了，当然你引开它的概率比较大。放心，我跳进去，摸到落宝金钱就来救你，我对那玩意儿不感兴趣，一个破铜钱而已。到时你告诉我怎么得'宝体'，破解体内的鳖珠，我一定把落宝金钱给你。我感兴趣的，是金银财宝。你要是答应，咱们就干，你要是不答应，咱们一起死翘翘算了。"

"你大爷的。"魏老道被小臭气得七窍生烟。

后面李黑眼等人听了，一个个憋着笑。

恶人还得恶人磨，魏老道这个老妖怪遇到小臭这么个小恶棍，也算是倒霉。

"行，我答应你！"魏老道想了想，道，"这东西速度太快，我顶多再能招架它两三个回合，也就几分钟的时间，这么短的时间之内，你必须找到落宝金钱，得手之后，赶紧扔出来，明白吗？"

"我尽力。"

"别他娘的尽力，是一定要！不然贫道真死翘翘了！"

"死贫道不死秃驴，就看你运气如何了。"小臭道。

"那就这么说定了。"魏老道哭笑不得，深吸了一口气，突然飞起，双脚蹬着身边青龙铜像的爪子，横空而去。

动静极大，早被那巨蛇听得真真切切，巨蛇身体涌动，那颗巨大的脑袋对着魏老道飞去的方向狠狠咬了过去！

"快进棺材！"魏老道的声音，凄厉而急迫。

嗖！

小臭不敢怠慢，身形晃动，犹如一支离弦之箭，射向铜棺，噔噔噔上了台阶，一哈腰爬了上去。

站在棺材边缘，看着下面，小臭顿时愣住了！

第二十五章　天下太平

巨大的棺材中，珠光宝气氤氲！

里外三层，最外一层为铜，中间为银棺，最里层的，则是用玉石做成。

棺材之中，拳头大的夜明珠、白玉、珍珠、玛瑙、珊瑚、碧玺、各色宝石、金银堆积得层层叠叠，火光照耀下，灼灼放光。

就在这无数的珍宝之中，并排躺着两个人。

不，是两具尸体。

左边这个，看不出具体模样，穿着一身纯金打造的盔甲，面部戴着纯金面罩，双手合握于胸前，捧着一个小小的白玉雕琢的盒子。

右边这个，身穿一件明黄色的龙袍，身材高大，尸体一点都没有腐烂，面如冠玉，长须浓眉，英俊威严。

这两具尸体，不用说小臭就能看出来，左边这位定然是古蜀国开明王朝的第一任王鳖灵，右边这个，肯定是张献忠了。

令他惊讶的，不是这无尽的珍宝，也不是这两具尸体，而是张献忠身上的异相。

他脸朝上平躺，神态安详，仿佛睡着一般，但从胸口处，生出一根树藤来。那树藤，水桶粗细，根须几乎将张献忠的上半身全部覆盖，向外茁壮生长。

原来外面看到的那棵藤木，竟然从张献忠身体中长出，这也未免太不可思议。

小臭正愣着呢，就听见身后魏老道大喊："愣什么呢！赶紧找东西！"

小臭转过脸，见魏老道像个无头苍蝇一样在上头乱飞，那巨蛇张开大嘴，连咬几口，每次都几乎擦着魏老道的脑袋呼啸而过。

小臭赶紧跳进棺材中，连滚带爬往张献忠尸体跟前凑。

他看到那团紫光宝气，从张献忠的脖颈处发出，应该就是那落宝金钱。

但藤木几乎充斥了半个棺材，里头金银珠宝又滑又多，一时半会儿根本到不了前头。

"快！快！"魏老道虽然功夫了得，但毕竟不是鸟，在空中飞了几次，终于支撑不住，如同断了线的风筝一样往下坠。

巨蛇听到动静，怪叫一声，身体弯成弓状，张开大嘴朝魏老道下落处咬去！

小臭急得顾不了许多，双脚一蹬，身体横飞，越过藤木，仰面朝下，扑向张献忠的上半身。

落下来，不偏不倚，正好和张献忠来个脸对脸、嘴对嘴。

和个死人亲密接触了一下，小臭大喊晦气，正要爬起来，突然觉得嘴巴一热，似乎从张献忠口中，有什么东西咕噜一声钻进了口中。

"你大爷的！"小臭心中暗道一声不好，急忙张嘴吐出，怎料那东西滑溜无比，咕嘟一声钻进了自己的肚中。

"什么玩意儿?"小臭手指伸进嘴里掏了掏，终于还是没弄出来。

"快! 小臭，快!"外面传来魏老道的声音，简直已经绝望至极。

他从高空往下掉，巨蛇的大口张开，根本无法躲闪。

小臭扒开张献忠的龙袍，发现他脖子上戴着一个金链子，一把扯开，果然见上面有个古钱!

这钱，非金非铜，光华闪闪，上面写着四个篆字：天下太平!

落宝金钱!

小臭大喜，握着金钱站起来，朝着大蛇的方向，嗖的一声扔了出去!

嗡!

噗!

啊!

几乎是同时，三个声响回荡在空间。

嗡，是落宝金钱发出的声响，一经抛出，放出无数道光华。

噗，是巨蛇将魏老道接个正着，一口吞了。

啊，显然是魏老道最后的惨叫了。

对于巨蛇来说，魏老道简直塞牙缝都不够，直接咽到了肚子里。

而大蛇完成这个动作后，那落宝金钱也飞到了它的头顶，悬空而立，大蛇怪叫一声，扑通跌倒在地上，再也动弹不得!

一切发生在电光火石之间，一帮人看得目眦尽裂。

周围一片死寂!

良久，李黑眼等人走过来，面面相觑。

"可怜这老道，还是死于蛇口，"溥五爷看了看那大蛇，又抬头往上瞅了瞅，"这大蛇，原来是被养在这里。"

"养在这里?"韩麻子愣道。

溥五爷指了指上方的铜梁："我们只能看到巨蛇的上半身，尾巴却看不见，我想，它的尾部肯定被固定在了上头，这样它便无法逃离，只能一直守在此处，看护陵墓。"

"那它吃什么?"

"自然是那些怪物。"溥五爷道，"没看到那些怪物十分惧怕这大蛇嘛，定然是隔段时间就会自动上来一批，被大蛇吃掉。这条蛇在整个陵墓被造成时就被带进来，在悠久的岁月中，长成了这庞然大物。"

"凶恶玩意儿!"韩麻子走到跟前，举起长戈，使出浑身的力气，几乎将整个长戈连杆子都戳进了巨蛇的一只眼睛里!

长蛇怪叫一声，身体扭动了一下，不动了。

溥五爷原本想阻止，哪里来得及。

"麻子，你怎么杀了它!"李黑眼叫道。

"这东西，不杀，留着干吗?"韩麻子道。

"本是天生异物，杀了实在可惜。"溥五爷道。

"不只如此，"李黑眼回头看了看，"那群怪物能感受到巨蛇的气息，巨蛇死了，它们肯定会爬上来!"

"管不了这么多了，"溥五爷来到铜台之下，仰起头，突然叫了一声，"这藤木什么时候枯萎的?"

谁也没注意到，自棺材中张献忠尸体上长出的那棵蓬勃藤木，突然枯萎，不仅原本翠绿浓密的叶子迅速变黄、飘落，连枝干都以肉眼可见的速度干瘪、开裂，最后竟然化为一阵青烟散去!

"怎么回事?"李黑眼也惊奇无比。

"这藤木，是……何首乌！"溥五爷捡起一片巴掌大的叶子，张大了嘴巴，"这么大的何首乌，起码……起码有千年！"

"千年何首乌！"李黑眼似乎想到了什么，跳上了棺材，居高临下看着小臭："小臭，你刚才做了什么？"

小臭愣道："没什么，就从张献忠的身上扯下了落宝金钱。"

"不对，落宝金钱离身，应该和这千年何首乌没关系……噫，张献忠胸口怎么有这么大的一个洞？"

"当然有洞了，原木这藤就从他身上长出来。"

"那你对尸体做了什么？"

"没什么，我落下来的时候嘴对嘴，好像有什么东西从他嘴里钻进我的肚里，恶心死了！"

"我知道了！"李黑眼大喜，"小臭，你现在有什么感觉没有？"

"感觉？"

"就是身体中有没有异常？"

小臭晃了晃身体："没什么呀……似乎，比以前感觉到暖洋洋的，以前总是觉得冷，冷冰冰，现在……"

"你真是，狗屎运！"李黑眼笑道，"这回，你想死都死不了了。"

"为何？"

"你看！"李黑眼指着张献忠的尸体。

这时候，众人都爬了上来。

众目睽睽之下，原本栩栩如生的张献忠遗体，迅速腐烂，变成了一具白骨。

"李掌柜，这到底怎么回事？"小臭问。

溥五爷笑道："怎么回事？敢情你自己还不知道呀？你得了宝体了。"

"宝体？"

"嗯。张献忠早年意外吃下了千年何首乌，成了宝体，他死之后，千年何首乌依然留在他体内，在这里，或许是因为环境影响，破体而出，枝叶繁茂，你刚才和张献忠来个嘴对嘴，那千年何首乌的本体，钻进了你的肚子里，便宜了你。"

"我，真的不会死了?!"小臭大喜过望。

"死是不会死了，可得了宝体……"李黑眼和溥五爷相互望了望，想说什么，最终没说出来。

"不死就好！哈哈哈。魏老道，没有你，臭爷我也照样福大命大造化大，我这五绝横命，也不是吹出来的。"

小臭三人在这边说话呢，那边蛤蟆头早跳进去将各样珍宝往兜里塞："发财了，发大财了！"

韩麻子见状，也是跳进去开始扒拉东西。

珍宝的诱惑力，他们抵挡不了。

"李掌柜、五爷，有件事儿我想不清楚。"小臭也没闲着，一边说话一边脱下衣服把珍宝往里头放。

"什么？"溥五爷看着忙活的哥儿仨，哭笑不得。

"张献忠的尸体在上面好好的，怎么会跑这棺材里来？"

"当然是那些怪物抬进来的。"

"对于那些怪物来说，张献忠不过是一具尸体，没事儿它们抬这里干吗？还得冒着被大蛇吞吃的危险。"

溥五爷挠了挠头："这个，我也说不清楚。"

正说着呢，蛤蟆头看到了古蜀王双手中的那个白玉盒。

"二弟、三弟，这盒子里头的东西肯定值钱！不然这家伙怎么死了还抓住不放？"蛤蟆头见多识广。

"应该是。"韩麻子想都没想，弯腰拿起来。

"别打开，小心……"李黑眼叫了一声。

晚了。

韩麻子动作灵活，吧嗒一声打开了。

并没有想象中的机关暗器。

就听韩麻子叫了一声："竟然是空的！不对，怎么还有一页纸呀。"

"别胡扯八道了！"溥五爷站起身，"古蜀王生活在商周之时，那时候根本就没有纸！"

"不骗你，真的有一页纸，还有字呢！"韩麻子果然从里面拿出了一张纸，晃了晃。

溥五爷惊奇无比，走过去。

盒子中间有个凹槽，并不大，似乎先前放置了什么东西，但空空如也，只有这张纸。

溥五爷惊奇无比："怎么会有纸呢！"

一边说，一边接过来，扫了一眼，然后溥五爷双目圆睁，身体都抖动了起来。

"怎么了五爷？上面写着啥？"小臭和众人凑了过去。

溥五爷缓缓读了出来，声音颤抖："游荡天下，四处为家，参透天地，误入古冢，观神奇之种种，叹古蜀之伟壮！时光荏苒，沧海桑田，雄图霸业，终抵不过黄土一抔，万灵之长，化而为兽，悲哉，叹哉！所谓四大皆空，不过如是。唯盒中天赐之宝，蒙尘地下，甚为可惜。息壤煌煌，苍生凄凄，贫僧取之，当造福万民，留书一封，特告有缘之人。"

溥五爷读完，看着大家："你们知道这信，谁写的吗？"

"谁？"

"姚广孝！"

"谁？"李黑眼差点儿没栽倒。

"姚广孝！"溥五爷抓着信，仰头大笑，"哈哈哈，我明白了，我终于明白了！"

"明白什么？被你搞得一头雾水！"小臭诧异。

溥五爷指着指玉盒，又指了指不远处的落宝金钱："息壤这东西，乃天赐之宝，大禹用它治水，鳖灵用它镇服水兽成为王。鳖灵死后，将息壤陪葬，装入这玉盒之中，几百年前，姚广孝那和尚，当时游荡天下，机缘巧合来到了这里，取走了息壤，并特意留下了这封信！"

"然后呢？"小臭懵懂。

"还不明白吗?！"溥五爷大声道，"后来姚广孝投奔了朱棣，帮助朱棣篡位成功，又修建北京城，将息壤打造成了落宝金钱，放置在了太和殿正脊之上，成为镇国之器！"

李黑眼早就明白了："小臭，落宝金钱，就是息壤！张献忠死后，艾能奇他们率领工匠往下挖掘陵墓，不料挖通了下方这个世界，无数的怪物冲上去，几乎将他们全部杀死，然后这群怪物发现了张献忠的遗体。对于他们来说，那不是一具尸体，因为那具尸体之上，有落宝金钱，对于他们来说，那和息壤没什么区别，那是无比神圣之物，所以它们抬着尸体，将落宝金钱放置在了鳖灵的龙棺之中。它们看守的，是古蜀王陵，更看守着这至宝！"

"这是天意！天意！姚广孝从这里盗走了息壤，打造成了落宝金钱，魏老道盗走了落宝金钱，又被张献忠夺走，张献忠身死，安葬在这里，又被这些怪物发现抬了回来……物归原主，天意！天意！"溥五爷感慨连连。

小臭听了，只觉得天雷阵阵。

"我说你们就别说这些了，赶紧把宝贝弄了！"蛤蟆头对这些不感兴趣，学着小臭的样子，用衣服包了一堆财宝，又在脖子上、手上戴了许多，跟跟跄跄。

韩麻子也是如此。

李黑眼看着他们乐得不行，正要说话突然听到后方传来巨大的声响，转过脸去，见无数的怪物撞翻了那些尸俑，蜂拥而来！

"不好！"李黑眼面色苍白。

这墓室周围密闭如罐头，只有正门一个出口，面对无数怪物，如何出得去？！

"别拿宝贝了，杀出去！"李黑眼举起金刚降魔橛。

"这么多宝贝呀！他大爷的！"蛤蟆头鬼哭狼嚎，不甘心地放下了包裹，拎起了刀。

小臭跳出棺材，飞身将落宝金钱抓到手中，笑道："李掌柜，放心，咱们死不了，而且还能带着宝贝出去！"

"还是三弟聪明！这落宝金钱，能镇服妖魔鬼怪，对这群怪物来说，定然有效！"韩麻子大笑。

巨蛇都能镇服，别说这些怪物了。

迎着怪物，小臭上前两步，唰的一下投出了落宝金钱。

所有的目光，都凝聚在那金钱之上。

没有想象中的金光闪闪，更没有想象中的怪物集体被镇服，落宝金钱划出一道弧线，叮当一声掉在地上，滚落开去。

冲在最前面的一个怪物吃了一惊，走过去，捡起金钱，用鼻子闻了闻，双手举起，双膝跪倒，露出无比崇敬的神态。

其他的怪物也是对着金钱纷纷跪倒，嘶嘶大叫。

接着，怪物们缓缓站起来，盯着小臭等人，发出愤怒的叫声，一步步围了过来。

火光之中，它们一个个光溜溜的身体显露无遗，五官狰狞，一张张丑陋的、变形的脸，好像地狱里的夜叉。

"竟然对它们……无效？！它们是怪物，为何，为何……"

小臭叫了起来。

"它们不是怪物……"溥五爷从棺材中跳到小臭旁边，看着面前的无数怪物，突然脸色变得十分悲哀，"其实，我看到它们的第一眼，就有了一个想法，后来越来越觉得猜得不错，现在，我完全可以肯定了。"

"胖子，什么意思？"李黑眼也带着韩麻子、蛤蟆头跳了出来。

溥五爷看了看众人，又看了看那群怪物，大声道："它们，是人！活生生的人呀！"

"人？"小臭大睁着眼，"怎么可能是人呢！它们这鬼样子……"

"是人！很久以前，几千年前，它们，是人！和我们一样！是人！"溥五爷悲哀地看着这些丑陋的、变形的、狰狞的怪物，"几千年前，他们的祖先奉命守护着这个地下世界，在这不见日光的地方生活，几千年的时光，他们脱落了毛发，因为在水中捕鱼，手脚长出了蹼，双目变大，五官畸形，更因为近亲繁殖、无法与人交流，智力也逐渐退化，最终成了动物一般的怪物！它们，曾经，是人呀！"

溥五爷的话，振聋发聩，将小臭等人震撼得灵魂出窍！

"时光荏苒，沧海桑田，雄图霸业，终抵不过黄土一抔，万灵之长，化而为兽，悲哉，叹哉！"姚广孝信中的那句话，回荡在小臭耳边，如同黄钟大吕！

不知道为何，看着这群怪物，小臭没有了先前的痛恨、厌恶，取而代之的，是令人窒息的悲哀！

一群活生生的人，因为一个王权者，变成了这般的东西！

这天下！这苍生！到底，为什么而存在？！

噗！

529

第二十五章 天下太平

就在此时，一声闷响传来。

只见旁边那条大蛇的腹部飞扬起一道血箭，一道人影破体而出，射向最前方的一个怪物，手起剑落砍掉了怪物的脑袋，一把夺过怪物手中的落宝金钱，哈哈大笑："终于还是我的！我的！我的宝贝！"

魏老道！

他，竟然还没死！

"哈哈哈！我的宝贝！我的宝贝！"此时的魏老道，全身是血，面目溃烂，几近疯狂，双脚一跺，腾空飞起，就要往殿外走。

噗噗噗噗噗！

几十柄长矛从怪物中飞起，其中的五六根准确无误射穿了魏老道的身体！

魏老道惨叫一声，坠落地下，周围的怪物一拥而上，将魏老道淹没，随即传来撕咬、咀嚼之声。

小臭，目瞪口呆。

叮叮叮叮……

伴随着一阵轻微的脆响，一个东西滚落在小臭脚下。

弯下腰，捡起，擦去鲜血，赫然是那枚落宝金钱。

小臭缓缓将金钱挂在脖子上，仰起了头。

无数的怪物，一步步逼来，愤怒地嘶叫着。

"没办法了，杀一个赚一个！"韩麻子和蛤蟆头同时发狠，挥舞着武器冲了上去。

李黑眼、溥五爷和小臭紧跟而上。

尽管拼尽全力，但怪物太多了，小臭等人连冲了好几次，不但没冲出去，而且个个身上挂彩，被逼得连连后退。

"上棺材！"李黑眼叫了一声，众人跳上棺材，居高临下，凭借着这个"堡垒"抵抗。

咣！咣！

见众人进了棺材，怪物更愤怒了，前赴后继，朝棺材冲过来，很多撞在棺材上，咣咣直响。

五个人挥舞着武器，拼死搏杀。

不知道坚持了多久，蛤蟆头的长剑断了，韩麻子的长戈也被夺了去。

"砸死这帮狗日的！"两个人抓起棺材中的金块、银块、珠宝往外砸，后来没有顺手的，韩麻子盯上了那具尸体！

"把你们的王，还给你们！"韩麻子弯腰，一咬牙，将那具尸体给抱了起来，直接扔了出去。

啪嗒！

尸体扔出去之后，铜棺的底部发出一声清脆的响声。

紧接着，龙棺晃了两晃。

"麻子，你干什么了……"李黑眼觉得不妙，转过脸，见身后的韩麻子把尸体扔出去了，大急，"你怎么把古蜀王的尸体……"

咣！

龙棺剧烈震动了一下，紧接着周围的青铜四灵缓缓往前移动，整个墓室、整个大殿都在剧烈晃动！

咯咯咯……

顶上的铜梁发出痛苦的呻吟声。

"怎么回事？"韩麻子道。

"机关！"李黑眼长叹一声："我应该想到这个……古蜀国掌握着奇妙的平衡树，整个大殿，恐怕整个塔，看似稳定，其实都是建立在微妙的平衡之上，动了古蜀王的尸体，这个平衡就会打破，然后……"

"然后什么？"小臭叫道。

"坍塌！全部坍塌！"

咣！

一根粗粗的铜梁掉了下来，整个大殿开始坍塌，接着天摇地动，地面开始出现裂口！

"我哪里知道呀？怎么办？"韩麻子叫道。

"把棺材盖子弄起来盖上！快！但愿我们能在这棺材里保住性命！"李黑眼叫道。

此时，大殿中混乱一片，那些怪物意识到这地方要塌了，哪里顾得上小臭等人，怪叫着朝外面逃去！

五个人抬起沉重的棺盖，跳进去，又费力将棺盖合上。

刚盖上，就听得咣咣声不绝于耳，铜棺似乎在坠落！直线坠落！

李黑眼说得不错，世界，崩塌了！

巨大的金字塔，轰然裂开，无数的条石、铜梁、军俑、怪物混在一起，坠落！

向下方的无边的黑暗坠落！

那里，是九泉！

坠落的过程中，小臭昏了过去。

恍恍惚惚中，他感觉铜棺落入了水中，冰凉的水灌进来，然后众人被冲了出去！

黑暗中，小臭再次昏厥！

不知道过了多久，等再次醒来时，小臭看到了阳光。

圆盘一样的太阳挂在空中，光芒灿烂！

有云朵飘过，有鸟群飞掠，能够听到虫鸣，能够闻到花香。

"我死了吗？"小臭感觉到全身酸疼，勉强爬起来，发现自己躺在一片滩石之上。

不远处，李黑眼、溥五爷、韩麻子、蛤蟆头分散各处，不知死活。

小臭艰难地站起来，走过去，拍着他们的脸："醒醒！醒醒！"

……

"他大爷的，这么一趟，差点死翘翘，那么多宝贝，屁都没落到！"蛤蟆头一屁股坐下，骂骂咧咧。

一条乌篷船，缓缓行驶在锦江之上。

五个人，全都包扎得严严实实，鼻青脸肿，惨不忍睹。

"能活下来就已经是老天开眼了，还要什么宝贝呀。"李黑眼点了一根烟，笑道。

"是，能活着，就是万幸。"小臭笑道。

"我们是怎么出来的？"韩麻子问道。

"应该是地下河，"溥五爷龇牙咧嘴坐下来，"我们掉入了地下河中，然后被冲了出来。"

"还是可惜那宝藏了。"韩麻子回头望了望。

距离他们二三十里的地方，曾经的那个江道，那个渡口，早已面目全非，周围坍塌陷裂，然后又被江水吞没！

张献忠的藏银之地、那个古老的地下世界，全都被埋葬。

永远，永远，被埋葬了。

"也不是什么都没落到。"韩麻子看了看大家，一边笑，一边解开了自己的衣领。

他的脖子上，挂着一串项链，纯金打造，上面五六颗宝石闪烁放光。

"也是哦。"小臭也笑，从脖子上掏出金链子，露出了那枚锃亮的古钱，旋即被吱吱怪叫的宝儿塞了回去。

"你们俩太过分了！二弟，平时看着你最老实……我告诉你们，有福同享！这我也有份儿！"蛤蟆头朝韩麻子扑过去。

众人大笑。

"小臭，以后有什么打算？"李黑眼往小臭身边凑了凑。

"我这个人，五绝横命，一生注定颠沛流离，孤独终老，发不了财，所以……"小臭笑了笑，没说下去，"李掌柜、溥五爷，你们呢？"

"我呀……"溥五爷笑，"这番见识了不少，开了眼界，自然回北平继续当我的爷。"

"我继续开我的铺子，干我的买卖，不过回北平之前，我还得办件事。"李黑眼盯着前方的江面，笑道。

"什么事？"

"川军那帮人还在望江阁跟前兴师动众，不能让他们觉得那地方啥玩意儿都没有，"李黑眼回头看了看，"真正的宝藏，还是埋葬了好，被这帮人得了，暴殄天物，埋葬了，还在咱们中国的土地上，还属于咱们中国人！将来，或许有一天，我们的子孙能够取出来，造福天下。"

"嗯。"小臭点了点头。

他取出了那枚古钱。

阳光下，古钱锃亮，光芒闪烁。

上面那四个字，小臭觉得写得真好。

天下太平！

是呀，天下太平，是多么美好的一件事！

尾 声

民国二十六年，1937年，川军、成都水警局、成都政府组织人马在望江阁江面轰轰烈烈开展作业，对外宣称是疏通河道，这期间整个锦江发生了很多怪事，终于引来众多记者，调查之后，发现他们组织的"淘金公司"在寻找张献忠的宝藏，经报道后，很快传遍全国。

经过整整两年的劳作，1939年秋季，淘金队伍从河道中挖出了大石牛和大石鼓，打捞主办方随即召开发布会，宣称："石牛、石鼓都出来了，'万万五'还能跑得脱吗？"不久，江道中又传来特大喜讯：坑旁的金属探测器发出了尖锐的叫声。旋即，狂热浪潮席卷整个成都。

几天后，在无数人的注视之下，川军从坑下挖出了他们所谓的财宝：三大箩筐小铜钱和可怜巴巴的一堆碎银。

轰轰烈烈的张献忠宝藏事件，最终成为了一出闹剧。

与此同时，北平，曾经沉下石牛、石鼓制造这场闹剧的李黑眼和溥五爷正在泰丰楼有滋有味地喝着酒。

"那三个混账家伙又干吗去了？"溥五爷问道。

“他们呀……哈哈哈，除了那个，还能干什么？”李黑眼呵呵一笑。

江湖三百六十行，行行出状元。三百六十行之外，又有外八行，称为奇门，其中，就有憋宝一门。

不知是什么时候，憋宝行当开始流传一个人的故事。

这个人，年纪不大，身材瘦小，形容奇绝，据说天生五绝横命，所到之处，天地异宝手到擒来。

据说，他有两样东西形影不离，一是挂在脖子上的一枚金光灿灿的铜钱，一个是蹲在肩膀上的一只全身墨黑的猴子。

很多人不知道姓甚名谁，但因为那猴子，因为他的本事，都叫他，“猴神”。

（全文完）

后 记

我的故乡，安徽省灵璧县，位于皖北平原，黄土厚实，民风淳朴，历史悠久，我更喜欢称其为"浍州"。

几千年来，要数发生在这里的大事，能书于史册的恐怕只有让楚霸王四面楚歌的垓下之战和让朱棣决战胜利并最终登上帝位的靖难之战了。历史纵横捭阖，惊天动地属于大人物，更多的时候，这里的老百姓不关心那些风云变化，世代平静生活，热衷于各种奇闻怪谈。

我儿时是个奇怪的小朋友，不喜欢和同龄人玩耍，整日跟在爷爷后面听评书、和很多老人一起扯闲篇，听他们所闻、所见的奇异传说。

这其中，就有憋宝人。

昏黄的灯光下，我不止一次听他们讲述憋宝人的种种传说，他们的独特行规，他们的高强本领，还有那无数的诡异宝物。讲述者言，这些是确确实实存在之事。我爷爷就亲口告诉我，他曾见过一个憋宝人是如何从我们这里憋走了一件宝物，言语之中既有敬佩，也有惋惜。

对于憋宝人，幼时我只当是传说，直到亲身邂逅一个要猴子的老人，我才知道了这个隐藏在芸芸众生深处的奇特行当。

这个古老的职业，很少为外人所知。憋宝人，一生飘忽不定，行走于大江南北、黄河上下，多装扮成算命先生、江湖艺人、乞丐，寻找着他们的宝物。而发生在他们身上的故事，让我流连忘返，始终无法忘记。

如今，我离开那个叫土山村的小村，栖身北京。我认为，世界上最好的城市，是民国时的北平，而北平最令人着迷的地方，莫过于天桥，那是一个庞大的、有趣的世界。我倾心于收集老北京的各种传闻，尤其是天桥的奇人异事，幸运的是，我结识的一位老者，一辈子都在天桥沉浮，经他之口，让我得以窥见当时不为人知的很多秘密。他，曾是憋宝人。

世事沧桑，东风暗换流年，历史的车轮滚滚向前，伴随着的是科技、社会的高速发展，同时很多曾经存在之物、存在之人，也在我们不经意间永远离开了历史舞台，成为绝响。

憋宝，这延续了不知多少年的古老职业，如今是否还存在，我无从所知。我能做的，就是将这个自幼年就吸引我的古老题材，讲述出来，呈献给大家。

中华文明历久弥新，奇花异朵多不胜数，这是我们伟大民族最为自豪的地方，也是我们中国人卓然不同于别人的魅力所在。

憋宝人的故事，将会延续，张小臭的传说，还会有新的内容。

亲爱的读者，希望你们能喜欢。

张云

2018 年 11 月 26 日于北京搜神馆